Le Livre de Poche Jeunesse

La déclaration

Gemma Malley

Gemma Malley a suivi des études de philosophie à Reading, en Angleterre, avant de devenir journaliste. Elle est aujourd'hui l'autrice d'une dizaine de romans pour la jeunesse. *La déclaration* est son premier roman.

GEMMA MALLEY

La déclaration

L'histoire d'Anna

Traduit de l'anglais
par Nathalie Peronny

À Dorie Simmons

Couverture : Florie Briand
Photographie de couverture : Prisca Martaguet

L'édition originale de ce roman a paru en langue anglaise, chez Bloomsbury, sous le titre, *The Declaration, Anna's Story*, Bloomsbury Publishing Plc.

1

11 janvier 2140

Mon nom est Anna.

Mon nom est Anna et je ne devrais pas être là. Je ne devrais même pas exister.

Pourtant, j'existe.

Ce n'est pas ma faute si je suis là. Je n'ai jamais demandé à naître. Même si ça n'excuse pas le fait que je sois née. Mais on m'a retrouvée très vite, ce qui est « une bonne chose ». En tout cas d'après Mrs Pincent. Elle, c'est la Directrice de Grange Hall. On l'appelle « Madame l'Intendante ». Quant à Grange Hall, c'est l'endroit où je vis. C'est là qu'on apprend aux gens comme moi à se rendre Utiles – ou « comment tirer le meilleur parti du pire », pour reprendre la phrase de Mrs Pincent.

Je n'ai pas d'autre nom. Pas comme Mrs Pincent. Son nom entier est Margaret Pincent. Certains l'appellent « Margaret », d'autres – la majorité –, « Mrs Pincent » ; nous, on dit seulement « Madame l'Intendante ». Depuis quelque temps, je me suis mise à l'appeler « Mrs Pincent », moi aussi, mais jamais en face – je ne suis pas folle.

Les Légaux ont tous deux noms. Parfois plus.

Moi, non. Je suis juste Anna. Les gens comme moi n'ont pas besoin d'avoir deux noms, d'après Mrs Pincent. Un seul suffit.

Elle n'aime pas le nom « Anna », d'ailleurs ; elle m'a même expliqué qu'elle avait essayé de m'en faire changer quand je suis arrivée ici. Mais j'étais une enfant bornée, comme elle dit, je ne répondais qu'à « Anna », alors elle a fini par laisser tomber. Tant mieux – il me plaît, à moi, ce nom. Même si ce sont mes parents qui l'ont choisi.

Je hais mes parents. Ils ont violé la Déclaration et se sont conduits en parfaits égoïstes. Aujourd'hui, ils sont en prison. J'ignore où exactement. Aucun de nous ne sait quoi que ce soit à propos de ses parents. Mais ça me va très bien comme ça – je n'aurais rien à leur dire, de toute façon.

Tous ceux et celles qui vivent ici n'ont qu'un seul nom. C'est l'un des critères qui nous distinguent des autres, d'après Mrs Pincent. Pas le plus important, loin de là ; cette question du nom n'est qu'un détail. Sauf que pour moi, ce n'est pas un simple détail. Parfois, j'aimerais avoir un deuxième nom, moi aussi, même hideux… n'importe lequel. J'ai même demandé à Mrs Pincent si je pouvais m'appeler Anna Pincent, un jour, et porter son nom accolé au mien, mais ça l'a mise dans une colère noire : elle m'a balancé un coup sur la tête et m'a privée de repas chauds pendant deux semaines. Mrs Larson, notre

Instructrice de Couture, m'a expliqué plus tard que c'était une insulte de la part de quelqu'un comme moi de penser pouvoir porter le nom de Mrs Pincent. Comme si on avait un lien quelconque, elle et moi.

En fait, j'ai comme qui dirait un deuxième nom. Mais vu que tout le monde ici a le même, ça ne compte pas vraiment. Sur le registre de Mrs Pincent, celui dont elle ne se sépare jamais, je suis marquée comme « Surplus : Anna ».

C'est plus un descriptif qu'un nom, au fond. Parce qu'on est tous des Surplus, à Grange Hall. Surplus. Excédentaires. En trop.

J'ai vraiment beaucoup de chance d'être ici. Ça me permet de racheter les Péchés de mes parents, à condition de travailler très dur et de devenir employable. Il s'agit là d'une occasion exceptionnelle pour les gens comme nous, d'après Mrs Pincent. Dans certains pays, les Surplus sont éradiqués. Abattus comme des animaux.

On ne ferait jamais ça ici, bien sûr. Ici, on aide les Surplus à se rendre Utiles aux autres afin que leur existence soit moins nuisible. C'est pour ça que Grange Hall a été construit en Grande-Bretagne, à cause des demandes en personnel des Légaux, et c'est pour ça qu'on doit travailler dur, très dur : pour mieux prouver notre gratitude.

Mais on ne peut pas construire des Foyers aux quatre coins de la planète pour le moindre Surplus ayant eu le malheur de naître. C'est un peu comme un vase rempli à ras bord, dit toujours Mrs Pincent : chaque Surplus peut être la goutte de trop qui fait tout déborder. L'éradication est donc la meilleure solution pour tout le monde ; qui voudrait être un poids pour Mère Nature ? Voilà pourquoi je hais mes parents. C'est leur faute si je suis là. Ils n'ont pensé qu'à eux, pas aux autres.

Moi, je pense parfois aux enfants qui se font « éradiquer ». Je me demande comment procèdent les autorités, et si ça fait mal. Et aussi où ils trouvent leurs domestiques et leurs serviteurs, dans ces pays-là. Ou leurs hommes à tout faire. Mon amie Sheila dit qu'on éradique aussi les enfants ici, parfois, mais je ne la crois pas. D'après Mrs Pincent, Sheila a une imagination trop débordante et c'est ce qui entraînera sa perte. J'ignore si son imagination est comme le dit Mrs Pincent, mais je crois qu'elle invente des choses, comme le jour de son arrivée ici, quand elle m'a juré que ses parents n'avaient pas signé la Déclaration, qu'elle était une Légale et qu'il y avait un grave malentendu parce que ses parents s'étaient affranchis de la Longévité. Elle n'arrêtait pas de répéter qu'ils viendraient la chercher dès que cette histoire serait réglée.

Ils ne sont jamais venus, bien sûr.

Nous sommes cinq cents à Grange Hall. Je suis l'une des plus anciennes, dans tous les sens du terme. Je vis ici depuis que j'ai deux ans et demi – c'est l'âge que j'avais quand on m'a retrouvée. J'étais cachée dans un grenier… vous vous rendez compte ? Apparemment, les voisins m'ont entendue pleurer. Ils savaient qu'il n'était pas censé y avoir d'enfant dans cette maison, alors ils ont appelé les Autorités. Je leur dois une fière chandelle, comme dit Mrs Pincent. D'après elle, les enfants comprennent d'instinct la vérité ; j'avais dû me mettre à pleurer exprès pour qu'on me retrouve. Quelle autre option avais-je ? Passer le reste de ma vie au fond d'un grenier ?

Je ne me souviens ni de ce grenier ni de mes parents. Je crois qu'il me restait encore quelques souvenirs, au début, mais comment savoir ? C'était peut-être seulement des rêves. À quoi bon enfreindre la Déclaration et avoir un enfant, si c'est pour le cacher dans un grenier ? Je trouve ça complètement idiot.

Je ne me rappelle pas non plus mon arrivée à Grange Hall, mais ça n'a rien d'étonnant. Qui se souvient de ses deux ans et demi ? Je me souviens seulement qu'il faisait très froid ; et aussi que j'ai appelé mes parents en hurlant jusqu'à m'en briser la voix parce que j'ignorais encore à quel point ils étaient égoïstes et stupides. Je sais aussi que je faisais toujours tout de travers, quoi que j'entreprenne. Mais c'est tout. Je fais les choses bien, aujourd'hui. J'ai appris le sens des responsabilités, comme dit Mrs Pincent. Bientôt, je deviendrai même un Bon Élément.

Bon Élément : Anna. Oui, c'est bien mieux que Surplus.

La raison pour laquelle je vais bientôt devenir un Bon Élément, c'est que j'apprends vite. Je maîtrise cinquante plats à la perfection, et une quarantaine à un niveau satisfaisant ; je ne suis pas aussi douée avec le poisson qu'avec la viande, mais je sais bien coudre et je ferai une excellente gouvernante d'intérieur à en croire mon dernier rapport d'activité. Si je me montre un peu plus soignée et attentive, il sera encore meilleur la fois prochaine. Ce qui signifie que dans six mois, quand je quitterai Grange Hall, je serai peut-être placée dans l'une des meilleures maisons. Dans six mois, j'aurai quinze ans. L'âge de me débrouiller par moi-même, comme dirait Mrs Pincent. J'ai vraiment de la chance d'avoir été si bien formée. Je Sais-Où-Est-Ma-Place, et les patrons des bonnes maisons apprécient cette qualité.

Je ne sais pas trop quoi penser à l'idée de quitter Grange Hall. J'ai hâte, sûrement. Mais ça m'effraie un peu. Je ne me suis jamais aventurée plus loin que la maison du village où j'ai fait un stage de trois semaines pour remplacer la servante de la propriétaire, qui était tombée malade. Mrs Kean, notre Instructrice de Cuisine, m'avait accompagnée là-bas un vendredi soir et était venue me chercher trois semaines plus tard. Il faisait nuit, chaque fois, si bien que je n'ai pas vu grand-chose du village.

La maison dans laquelle je travaillais était très belle. Rien à voir avec Grange Hall : les murs étaient peints dans des tons vifs et chaleureux, il y avait une moquette si épaisse qu'on pouvait s'agenouiller dessus sans se faire mal, et même d'énormes canapés dans lesquels on avait envie de s'enfoncer et de s'endormir pour ne jamais plus se réveiller. Mrs Sharpe allumait ses radiateurs, parfois. C'est la personne la plus douce que je connaisse ; un jour, pendant que je faisais le ménage dans sa chambre, elle m'avait proposé de me mettre du rouge à lèvres. J'avais dit non, de peur qu'elle en parle à Mrs Pincent, mais j'avais regretté, plus tard. Mrs Sharpe me parlait presque comme si je n'étais pas un Surplus. Elle disait que c'était agréable d'avoir de nouveau un peu de jeunesse dans la maison.

J'adorais travailler là-bas. Parce que Mrs Sharpe était gentille, mais aussi à cause de toutes ces photos de lieux extraordinaires qui ornaient les murs de chez elle. Sur chacune d'entre elles, on la voyait tout sourire, un verre à la main, ou posant debout devant un monument ou un bâtiment magnifique. Elle m'a expliqué que c'étaient ses souvenirs de vacances. Elle partait en voyage à l'étranger au moins trois fois par an. Avant, elle y allait en avion, sauf qu'avec le coût des taxes énergétiques il fallait désormais prendre le train ou le bateau, mais ça ne l'empêchait pas de partir quand même car c'est très important de voir le monde, sinon à quoi bon ? « À quoi bon quoi ? » j'avais failli lui demander, mais on n'est pas censé poser de questions, c'est une vraie marque d'impolitesse. Elle était allée dans quatre cent cinquante pays différents, dont certains plus de deux fois, et je m'étais ressaisie à temps pour ne pas rester plantée la bouche ouverte, de peur de lui montrer que je ne savais pas qu'il y avait autant de pays dans le monde. On ne nous parle jamais des autres pays, à Grange Hall.

Mrs Sharpe doit avoir visité quatre cent cinquante-trois pays, aujourd'hui. Je le sais, parce que ça fait exactement un an que j'ai travaillé chez elle. J'aurais aimé rester sa servante. Elle ne m'a pas frappée une seule fois.

Ça doit être fantastique de voyager. Mrs Sharpe m'a montré une carte du monde, avec l'emplacement de la Grande-Bretagne. Elle m'a parlé des déserts du Moyen-Orient, des massifs montagneux en Inde, et aussi de la mer. Je crois que j'aimerais surtout le désert, parce qu'apparemment on y est toujours tout seul. Difficile d'être un Surplus au milieu du désert ; même si vous savez qui vous êtes, personne n'est là pour vous le rappeler.

Mais je ne verrai sans doute jamais aucun désert de ma vie. D'après Mrs Pincent, ils disparaissent à vue d'œil depuis qu'on sait comment construire par-dessus. Le désert est un luxe que ce monde ne peut plus se permettre, dit-elle – et je devrais plutôt me soucier de la qualité de mon repassage au lieu de rêvasser à des endroits où je ne mettrai jamais les pieds. Là, je pense qu'elle a tort, même si je n'oserai jamais le lui dire en face. Mrs Sharpe m'a expliqué qu'autrefois elle emmenait sa servante, pour qu'elle s'occupe des valises, des billets… bref, de l'organisation en général. Elle l'avait gardée à son service pendant quarante ans et avait été très triste de devoir s'en séparer ; sa nouvelle servante ne supportait pas la chaleur, et elle ne pouvait plus partir avec elle. Si je me faisais embaucher par une patronne qui voyage beaucoup, je crois que je me moquerais pas mal de savoir s'il fait trop chaud. Le désert est l'endroit le plus chaud sur terre, et pourtant, je suis sûre que je m'y plairais beaucoup.

« Anna ? Anna, viens ici immédiatement ! »

Anna leva les yeux de son journal intime, cadeau de départ de Mrs Sharpe, et le rangea précipitamment dans sa cachette ainsi que son stylo.

« Oui, Madame l'Intendante ! » s'écria-t-elle en sortant de la salle de bains F2 pour s'élancer dans le couloir, mortifiée. Depuis combien de temps Mrs Pincent l'appelait-elle ? Comment avait-elle pu ne pas l'entendre ?

À vrai dire, elle n'avait jamais réalisé à quel point l'écriture pouvait être une activité absorbante. Voilà un an que Mrs Sharpe lui avait offert ce journal. C'était un gros carnet épais à la couverture de daim rose pâle et aux pages d'un papier crémeux si lisse et si beau qu'elle n'osait pas le gâcher en inscrivant quelque chose dessus. De temps à autre, elle le ressortait, juste pour l'admirer. Elle le touchait, le retournait entre ses doigts, savourant avec un plaisir coupable le velouté du daim avant de le remettre soigneusement à sa place. Mais elle n'avait jamais rien écrit dedans. Jusqu'à aujourd'hui, du moins. Aujourd'hui, prise d'une impulsion subite, elle l'avait sorti de sa cachette, s'était saisie d'un stylo et, sans réfléchir, s'était mise à écrire. Une fois qu'elle s'était lancée, impossible de s'arrêter. Les pensées, les sentiments qui restaient d'habitude enfouis sous le poids de son inquiétude et de sa fatigue avaient brusquement jailli à la surface, comme pour y chercher de l'air.

Bref, c'était bien joli, tout ça. Sauf que si elle se faisait prendre, elle serait punie par des coups. Premièrement, elle n'était pas censée accepter de cadeau de qui que ce soit. Et, deuxièmement, les journaux intimes étaient strictement interdits à Grange Hall. Les pensionnaires n'étaient pas là pour lire ou écrire ; ils étaient là pour apprendre et travailler, comme aimait à le répéter Mrs Pincent. Les choses seraient tellement plus simples, d'après la Directrice, si on pouvait se passer d'apprendre aux Surplus à lire et à écrire, car la lecture et l'écriture étaient des activités subversives qui vous aidaient à penser – or les Surplus qui pensaient trop devenaient ingérables et bons à rien. Mais les employeurs exigeaient des domestiques un minimum instruits, si bien que Mrs Pincent n'avait pas le choix.

Si Anna était vraiment un Bon Élément, elle se serait débarrassée de son journal – elle le savait. La tentation était un excellent test, comme disait souvent Mrs Pincent, et un test auquel elle avait déjà échoué par deux fois : d'abord en acceptant ce cadeau, puis en se mettant à écrire aujourd'hui. Un Bon Élément ne succomberait pas si facilement à la tentation, non ? Un vrai Bon Élément n'enfreindrait pas le règlement, un point c'est tout.

Mais Anna, qui n'enfreignait jamais rien et considérait que les règles étaient faites pour être suivies à la lettre, avait fini par tomber sur une tentation irrésistible. Maintenant que les pages du carnet portaient la marque de son écriture, elle savait que la limite avait été franchie. Et pourtant, elle ne pouvait supporter l'idée de perdre son journal, quel qu'en soit le prix à payer.

Elle devrait simplement veiller à ce que personne ne le trouve, se disait-elle en se hâtant vers le bureau de Mrs Pincent. Si son secret restait bien gardé, peut-être pourrait-elle continuer à s'épancher dans son journal et se convaincre qu'elle n'était pas si mauvaise, après tout ; que la petite bulle de paix fragile qu'elle s'était forgée à Grange Hall n'était pas menacée.

Juste avant d'atteindre le bout du couloir, Anna vérifia rapidement sa tenue et aplanit le tissu de son uniforme. Les Surplus devaient avoir l'air propre et soigné en toutes circonstances, et Anna n'avait aucune envie de s'attirer les foudres de Mrs Pincent pour si peu. Elle était Déléguée, désormais. Ce qui signifiait qu'elle avait droit à une seconde ration à la fin du dîner en cas de restes et surtout à une couverture supplémentaire, détail qui faisait toute la différence entre un lit bien confortable et une nuit glaciale à claquer des dents. Non. Pour rien au monde elle ne voulait d'ennuis.

Elle inspira à fond et, s'efforçant de redevenir la Anna calme et organisée de toujours, tourna au coin pour frapper à la porte de Mrs Pincent.

Le bureau de la Directrice était une pièce froide et sombre au plancher nu, à la peinture murale jaunie, écaillée, et baignée de la lumière blafarde d'un plafonnier semblant faire ressortir toute la poussière statique de l'air. Elle avait beau aller sur ses quinze ans, Anna s'était rendue tant de fois dans ce bureau pour se faire battre ou punir qu'elle ne pouvait réprimer un pincement de terreur chaque fois qu'elle en poussait la porte.

« Ah, te voilà, déclara Mrs Pincent avec irritation. Tâche de ne plus me faire attendre si longtemps, à l'avenir. Je veux que tu prépares un lit à l'étage des garçons. »

Anna hocha la tête.

« Bien, Madame l'Intendante, répondit-elle avec déférence. Est-ce pour un Petit ? »

Les occupants de Grange Hall étaient répartis en trois catégories : Petits, Moyens et Aspirants. Les Petits étaient généralement les nouveaux arrivants, c'est-à-dire ceux âgés de quelques mois à cinq ans. On savait toujours quand un Petit venait d'arriver au Foyer à cause de ses vagissements qui duraient des journées entières, le temps pour lui de s'habituer à son nouvel environnement. Raison pour laquelle le dortoir des Petits était situé au dernier étage, là où ils ne dérangeraient personne. C'était l'idée, du moins ; en pratique, il n'y avait aucun moyen d'échapper à leurs hurlements. Ils envahissaient absolument tout, aussi bien leurs pleurs que les souvenirs qu'ils faisaient remonter à la mémoire de chacun ; des années de sanglots qui hantaient l'air en permanence, tel des fantômes. Peu de Surplus oubliaient vraiment leurs premières semaines ou leurs premiers mois de vie dans le rude environnement de Grange Hall ; peu gardaient un souvenir agréable d'avoir été arrachés aux bras de parents désespérés pour être acheminés en pleine nuit dans ce lieu strict et austère. Chaque fois qu'un Petit arrivait, les autres s'efforçaient de se boucher les oreilles et d'ignorer le flot de souvenirs qui, inévitablement, remontait à la surface. Personne n'avait pitié d'eux. C'était plutôt le mépris et la colère qui prédominaient : encore un nouveau Surplus pour leur gâcher l'existence. Les Moyens, eux, allaient de six ans à une douzaine d'années. Certains Surplus étaient déjà des Moyens quand ils arrivaient au

Foyer, et ceux-là avaient plus tendance à s'isoler et à se retirer en eux-mêmes qu'à pleurer. Les Moyens s'acclimataient en effet plus vite aux règles ; ils avaient tôt fait de comprendre que les pleurnicheries n'étaient guère tolérées, ici, et que cela ne valait pas la peine de se faire punir. Mais ils avaient beau être plus faciles à gérer que les Petits, ils n'en apportaient pas moins leur lot de problèmes. Du fait de leur arrivée tardive, de leur séjour prolongé auprès de leurs parents, ils avaient souvent une conception néfaste des choses. Certains remettaient en question les cours de Science & Nature ; d'autres, comme Sheila, se raccrochaient secrètement à l'espoir que leurs parents viendraient les chercher. Les Moyens pouvaient se montrer très têtus, parfois, et incapables de comprendre la chance qui leur était offerte.

Anna, elle, était une Aspirante. Aspirante à l'emploi. Le statut d'Aspirant signifiait que vous aviez commencé votre apprentissage pour satisfaire vos futurs employeurs. C'était aussi la phase où l'on vous testait en abordant des thèmes divers comme la Longévité, les parents ou les Surplus, afin de vérifier si vous saviez Où-Était-Votre-Place et si vous étiez prêt à servir à l'Extérieur. Anna était trop intelligente pour tomber dans le piège. Pas question pour elle de se comporter comme ces idiots qui sautaient sur la première occasion de vider leur sac et de critiquer la Déclaration. Ceux-là connaissaient leurs deux minutes de gloire avant d'être expédiés illico en Centre de détention. Au Dur-Labeur, comme disait Mrs Pincent. Anna frissonnait rien qu'à y penser. En tout cas, elle savait Où-Était-Sa-Place et n'avait nullement l'intention de remettre en question les cours de Science & Nature ou les Autorités. Elle culpabilisait déjà assez comme ça d'être née sans devenir en plus une fauteuse de troubles.

Mais Mrs Pincent fronça les sourcils. « Non, pas chez les Petits, répondit-elle sèchement. Dans le dortoir des Aspirants. » Anna ouvrit des yeux étonnés. Personne n'était jamais arrivé à Grange Hall en tant qu'Aspirant. Il devait y avoir une erreur. À moins que le nouveau n'ait déjà été formé ailleurs…

« Vient-il… d'un autre Foyer ? » demanda-t-elle avant d'avoir pu retenir sa langue. Mrs Pincent n'appréciait guère les questions, sauf pour se faire préciser un ordre.

La Directrice plissa les yeux. « Ce sera tout, Anna, fit-elle. Veille à ce que le lit soit prêt dans une heure. »

Anna acquiesça sans un mot et tourna les talons en s'efforçant de masquer sa curiosité. Un Aspirant. Il devrait avoir au moins… treize ans, oui. Qui était-il ? Où avait-il vécu pendant tout ce temps ? Et pourquoi arrivait-il seulement maintenant ?

2

Peter n'arriva que la semaine suivante. Il fit son entrée au beau milieu du cours de Science & Nature, et Anna s'efforça de ne surtout pas le regarder parce que c'était ce que tous les autres étaient en train de faire et qu'elle ne voulait surtout pas lui montrer sa curiosité. Il se prendrait aussitôt pour quelqu'un d'important – non, hors de question.

Elle connaissait en tout cas un détail dont personne n'était au courant : elle savait que le nouveau n'était pas arrivé avec une semaine de retard, mais bien le soir où l'avait annoncé Mrs Pincent. Sauf qu'il était arrivé en pleine nuit, et qu'on avait dû l'emmener ailleurs, parce que son lit était encore intact le lendemain matin.

Il était environ minuit quand elle l'avait entendu, il y a sept jours exactement. Tout le monde dormait à poings fermés, sauf elle, cachée au Niveau 2 pour écrire dans son journal avant de le ranger soigneusement dans sa cachette. Un silence total régnait dans Grange Hall, hormis le *ploc* occasionnel d'un robinet mal fermé ou les pleurs habituels en provenance du dernier étage. Ce silence lui convenait tout à fait, car il signifiait qu'elle était en sécurité et que personne ne viendrait la déranger. En revenant du bureau de Mrs Pincent, Anna s'était promis de jeter son journal, honteuse d'avoir succombé si vite à la tentation. Mais la simple idée de s'en séparer la remplissait d'effroi et de chagrin, et elle s'était aussitôt trouvé des arguments pour ne pas le faire – le plus convaincant d'entre tous étant que si elle jetait son carnet, on finirait forcément par le retrouver. Aucune chance qu'une telle merveille puisse croupir dans une poubelle sans être vue. Et quand bien même elle l'emballerait dans du papier journal, quelqu'un finirait forcément par tomber dessus et le lire.

Non. Mieux valait le garder à l'abri quelque part, et la salle de bains F2 (F pour Filles) était le seul lieu sûr. Située au deuxième étage, cette pièce recélait un secret qu'Anna connaissait déjà bien avant de posséder un journal intime : une petite cavité dissimulée derrière l'une des baignoires. Elle en avait fait la découverte quelques années auparavant, en laissant tomber son savon par terre ; par crainte de se faire punir si elle le perdait (les savonnettes étaient censées durer quatre mois, et le gâchis était considéré comme une forme de subversion punie par des peines de travail de nuit), elle avait réussi à se contorsionner jusqu'à faire passer son bras entre le rebord de la baignoire et le mur, et avait senti la savonnette posée en équilibre sur une petite saillie parfaitement invisible, à moins de la chercher délibérément.

Au début, elle n'y avait pas vraiment fait attention. Soulagée d'avoir récupéré son savon, elle avait fini de se débarbouiller en toute hâte et réintégré le dortoir juste à temps pour le serment du soir. Ce n'est que plus tard qu'elle avait réalisé l'énormité de sa découverte, à la fois exaltée et terrifiée. C'était son secret. Ce n'était pas comme un objet qu'on pouvait tenir entre ses mains, bien sûr, mais hormis son uniforme de Grange Hall, sa brosse à dents et son gant de toilette, c'était la première fois que quelque chose lui appartenait rien qu'à elle.

Les Surplus n'avaient pas droit aux objets personnels ; rien ne pouvait décemment leur appartenir dans un monde auquel ils imposaient déjà leur présence, comme disait Mrs Pincent. Et Anna avait beau savoir qu'une cachette secrète ne constituait pas vraiment une possession personnelle, les semaines suivantes, galvanisée par ce premier pas vers la propriété privée, elle s'était mise à collectionner des trophées un peu plus concrets. Telle une pie voleuse, elle s'était emparée d'un fragment de tissu de la jupe d'une des Instructrices, d'une cuillère à café oubliée au Réfectoire, et les avait soigneusement remisés dans sa cachette, folle de joie à l'idée de détenir ces trésors. Mais c'était il y a longtemps. Elle avait abandonné ce petit jeu puéril, depuis.

Du moins l'avait-elle cru. Et espéré.

Quoi qu'il en soit, son journal intime était resté à l'abri dans sa cachette. Le soir de l'arrivée du nouveau Surplus, Anna s'était rendue jusqu'à la salle de bains F2 pour une toilette tardive avant d'aller se coucher, juste histoire de vérifier que son carnet était bien là, de le tenir entre ses mains et de relire ces phrases qu'elle avait créées, ces mots qui étaient sa marque à elle. La journée avait été longue : ateliers et séances d'apprentissage, exercices pratiques de cuisine, sans parler de ce lit à faire dans le dortoir des Aspirants. Elle avait accompli toutes ses corvées et soigneusement préparé le lit du nouvel arrivant avec un drap et une couverture, complétés d'un gant de toilette, d'une brosse à dents, d'une savonnette et d'un tube de dentifrice neufs posés par-dessus, fidèle en tout point aux instructions de Mrs Pincent.

À présent, grelottant de froid dans son bain glacé (les Surplus n'avaient pas droit aux bains chauds – interdiction pour eux de gaspiller plus de ressources naturelles que le strict nécessaire), voici qu'Anna, la Déléguée, enfonçait précautionneusement son bras le long du mur. Sa récompense pour son bon comportement. Anna savait que c'était mal, mais c'était plus fort qu'elle. Elle se sentit folle de joie en saisissant son journal. La douce sensation de sa couverture rose entre ses doigts, ajoutée à la perspective de l'arrivée d'un nouveau Surplus, la remplissait d'excitation et lui nouait un peu le ventre. Un Aspirant provenant de l'Extérieur… il saurait à quoi ressemble le monde, il n'aurait pas été formé au Foyer. Il serait… Anna s'était mise à écrire avec des tremblements d'impatience. À la vérité, elle n'avait aucune idée de la personnalité qu'il pourrait bien avoir (dangereuse et indisciplinée, sans doute), mais elle savait en revanche que son arrivée changerait beaucoup de choses, ici. Comment un événement si énorme pourrait-il n'avoir aucune conséquence sur le reste ?

Pendant que ces pensées bourdonnaient dans sa tête, Anna avait levé les yeux vers l'horloge et constaté à regret qu'il était déjà minuit moins cinq. Nombreuses étaient les pièces encore équipées d'horloges à Grange Hall, et ce bien que les Surplus n'aient pas besoin de connaître l'heure. Elles étaient solidement fixées aux murs, comme Anna avait entendu Mrs Pincent l'expliquer à l'un des Instructeurs ; après tout, avait ajouté la Directrice, elles lui évoquaient « des temps meilleurs ». Anna n'avait pas bien compris si elle voulait parler d'une époque révolue, ou si le passage du temps lui-même lui semblait plus appréciable lorsqu'il s'affichait sur une horloge, mais elle adorait observer le lent déplacement des aiguilles à l'intérieur de ces gros cadrans ronds. Elle avait même convaincu Mrs Dawson, l'une des Instructrices, de lui apprendre à lire l'heure, même si cela lui était inutile. Les Surplus avaient l'heure directement incorporée à leur poignet et la lisaient en mode digital. L'Heure-Incorporée avait été l'une de ces Idées-Neuves pour Surplus développées à une époque où les Foyers étaient encore relativement récents. Le temps n'était pas du côté des Surplus, disait Mrs Pincent ; le temps faisait partie de ces choses qu'ils ne méritaient pas. Les Légaux avaient tout leur temps devant eux, mais les Surplus, eux, n'en étaient que les esclaves, comme le leur rappelait chacune des sonneries stridentes de Grange Hall annonçant les repas, le réveil ou l'extinction des feux.

L'Heure-Incorporée était donc l'une des dernières Idées-Neuves à avoir vu le jour, avait une fois confié Mrs Kean à Mrs Dawson sans savoir qu'Anna les écoutait. Si les Idées-Neuves n'étaient plus aussi nombreuses qu'avant, d'après elle, c'était à cause du sentiment d'autosatisfaction général qui régnait désormais : plus personne ne s'embêtait à inventer des nouveautés car cela demandait trop de travail. Ce à quoi Mrs Dawson avait rétorqué « Tant mieux ». Mrs Kean l'avait dévisagée, comme si elle s'apprêtait à lui répondre quelque chose, mais elle s'était contentée d'acquiescer sans un mot, et la conversation en était restée là.

L'Heure-Incorporée était incrustée sous la peau, au niveau du poignet, et son mécanisme était entretenu par les mouvements des Surplus afin de ne pas entraîner de gaspillage énergétique supplémentaire. Grâce à cette présence permanente du temps, affirmaient les Autorités, aucun Surplus ne pourrait être en retard ou abandonner ses corvées trop tôt. D'aussi loin qu'elle s'en souvienne, Anna avait toujours vécu avec l'Heure-Incorporée et avait du mal à comprendre pourquoi ce n'était pas le cas de tout le monde. Mais les Légaux, les Instructeurs par exemple, avaient tous une montre pour leur indiquer l'heure – ce qui revenait exactement au même, sauf que l'heure était inscrite sur le cadran.

Anna baissa les yeux et se rendit compte qu'en dépit des efforts des Autorités elle était déjà en retard – même si c'était seulement pour aller se coucher. Elle allait devoir terminer son bain et tâcher de se calmer pour trouver le sommeil, sans quoi la journée du lendemain serait un calvaire. Elle était rassurée de savoir son journal à l'abri et n'avait aucune raison de penser à ce nouveau Surplus. Aucune raison de se sentir aussi fébrile.

Anna sortit rapidement de la baignoire, prit une minuscule serviette sur l'étendoir et s'essuya machinalement, appréciant le contact du coton rêche et sec après l'eau froide et savonneuse. C'est alors qu'elle l'entendit arriver. Les bruits semblaient distants, étouffés. Cela ressemblait à des glapissements de chien blessé, mais Anna réalisa vite qu'il s'agissait sans doute des cris d'une personne bâillonnée. Il arrivait en effet qu'on bâillonne les Surplus quand ils se montraient trop bruyants. Les syndicats de Transporteurs avaient d'ailleurs insisté sur ce point, d'après Mrs Pincent ; leurs collègues n'arrivaient plus à faire correctement leur travail dans ces conditions. L'existence des Surplus était déjà assez pénible comme cela, disait-elle, sans en plus provoquer des troubles et traumatiser les Légaux.

Anna avait alors entendu quelque chose se briser ; puis, quelques secondes plus tard, un craquement, suivi d'un bruit évoquant la chute d'un objet lourd et mou sur le sol. D'autres voix étouffées. Et, pour finir, le silence.

Elle avait quitté la salle de bains sur la pointe des pieds en retenant son souffle et en tendant l'oreille – peut-être pour entendre l'installation du nouveau Surplus à l'étage, dans le dortoir des Aspirants. Mais elle avait fini par laisser tomber. Il avait dû se rendre au bureau de Mrs Pincent. Elle en saurait plus le lendemain, de toute façon. Pour l'instant, il était temps d'aller dormir.

Mais le lendemain matin, après un petit détour sur le chemin du Réfectoire pour voir la tête du nouveau (et, pourquoi pas, faire sa connaissance), elle avait trouvé son lit intact, comme si personne n'y avait dormi. Les autres Aspirants du dortoir avaient haussé les épaules quand elle les avait questionnés ; Mrs Pincent ne leur avait rien dit à ce sujet et ils n'allaient pas faire des histoires pour un lit inoccupé. Qui disait lit vide disait couverture supplémentaire, et personne ne s'en plaignait.

Ne voyant toujours aucune trace du nouveau le lendemain, puis le surlendemain, Anna en avait conclu qu'il avait dû être transféré dans un autre Foyer, voire dans un Centre de détention ; on avait peut-être jugé qu'un Aspirant était trop âgé pour intégrer Grange Hall.

Puis, une semaine plus tard, il avait fait son entrée.

Il était apparu, vêtu de la traditionnelle combinaison de travail bleu marine des Surplus – informe, résistante, fonctionnelle – au moment où M. Sargent leur expliquait l'origine de la Longévité pour la cinquantième fois environ. M. Sargent était leur Instructeur de Science & Nature et il ne se lassait jamais de leur raconter cette histoire, celle de la découverte du remède contre la vieillesse par les Scientifiques-Naturels. Avant cela, les gens mouraient. Sans arrêt. De maladies horribles. Et ils faisaient peur à voir, par-dessus le marché.

Anna connaissait l'histoire de la Longévité par cœur. Mais, comme M. Sargent, elle lui vouait une véritable passion. La Longévité permettait aux humains de réaliser pleinement les ambitions de Mère Nature. La Longévité prouvait que les humains étaient supérieurs sur toute la ligne. Mais supériorité allait de pair avec responsabilité, soulignait M. Sargent. On ne pouvait pas abuser de la confiance et de la générosité de Mère Nature.

Avant l'apparition de la Longévité, les gens mouraient de choses diverses appelées cancer, crise cardiaque ou sida. Ils souffraient également de handicaps, c'est-à-dire de dysfonctionnements impossibles à réparer. Si vous perdiez une jambe dans un accident, par exemple, vous deviez passer le reste de votre vie dans une sorte de fauteuil sur roues parce qu'on ne savait pas comment fabriquer de jambes neuves, à l'époque. Le Renouvellement n'existait pas encore, pas plus que les exercices cérébraux, et les gens mouraient aux alentours de soixante-dix ans, à l'exception de quelques chanceux qui n'avaient au fond pas tant de chance que ça : ils étaient fatigués tout le temps, devenaient sourds d'oreille… à ce compte-là, autant mourir tout de suite.

Puis les Scientifiques-Naturels avaient découvert le Renouvellement, grâce auquel on pouvait se procurer des cellules flambant neuves pour remplacer les anciennes et améliorer les autres en prime. D'abord, ils avaient éradiqué le cancer. Puis les maladies cardiaques. Il leur avait fallu un peu plus de temps pour venir à bout du sida, mais ils y étaient parvenus aussi, même si cela exigeait davantage de cellules neuves.

L'un d'entre eux, le Dr Fern, avait alors fait une autre découverte : il s'était aperçu que le Renouvellement marchait également contre le vieillissement. Il en avait pris lui-même pour servir de cobaye et, d'un seul coup, il avait cessé de vieillir. Sauf qu'au début, il n'avait fait part de sa découverte à personne. Et quand il avait fini par le faire, les Autorités (qu'on appelait alors « gouvernement ») avaient officiellement rendu le traitement illégal, à moins d'avoir le sida ou un cancer, à cause de concepts baptisés « Retraite » ou « Fardeau Pour La Société ».

Le Dr Fern avait fini par mourir, n'ayant pas eu le droit de poursuivre le traitement ; mais quelques années plus tard, les Autorités s'étaient rendu compte que, grâce à la Longévité, les gens n'auraient plus à s'arrêter de travailler. Si la population ne vieillissait pas et ne tombait jamais malade, cela permettrait au gouvernement de faire des économies colossales. Quantité de gens suivaient déjà le traitement, mais dans la plus parfaite illégalité. Les voix s'élevaient de partout pour réclamer la légalisation du traitement de Longévité si bien qu'en 2030, le Premier ministre avait mandaté une Commission d'enquête pour trancher. En découvrant qu'il n'y avait aucun effet secondaire et que cela permettrait de prolonger la vie pour toujours, il en avait conclu que c'était un progrès extraordinaire. Tous les plus grands labos pharmaceutiques de Grande-Bretagne s'étaient associés afin de se lancer dans la production massive de pilules de Longévité destinées au monde entier.

Les gens cessèrent de mourir. D'abord en Europe, aux États-Unis et en Chine, puis partout ailleurs. Certains pays s'y mirent plus tard que les autres car le traitement était trop cher. Des groupes terroristes avaient alors frappé l'Angleterre pour l'obliger à baisser les coûts ; la méthode avait fonctionné et les prix avaient baissé, permettant à tout le monde de se procurer le traitement.

« Et à votre avis, que se passa-t-il ensuite ? » demandait toujours M. Sargent à ce moment précis de l'exposé, ses petits yeux brillants balayant la classe à la recherche d'un volontaire capable d'expliquer la faille fondamentale du programme.

Neuf fois sur dix, Anna levait la main.

« La Terre est devenue surpeuplée, disait-elle avec gravité. Si personne ne meurt et que chacun continue à faire des enfants, il n'y a plus assez de place pour tout le monde.

— Exactement », commentait M. Sargent. Et il leur parlait alors de la Déclaration, instaurée en 2065 afin de limiter le nombre d'enfants à un seul par famille. Si les parents tentaient d'en avoir un deuxième, celui-ci était éliminé.

Quelques années plus tard, on avait compris que la politique de l'enfant unique n'était pas suffisante. En 2080, la Déclaration avait donc été révisée : il s'agissait désormais d'interdire totalement les naissances, sauf si l'un des deux parents décidait de s'Affranchir de la Longévité. Chaque pays avait dû signer la Déclaration et une toute nouvelle Brigade des Surplus, ou Rabatteurs, comme on commençait à les surnommer, était désormais chargée de traquer les réfractaires à la loi.

En vous Affranchissant, vous obteniez le droit d'avoir un enfant. « Un enfant par Affranchi » ou « Une vie pour une autre », comme le préconisait la Déclaration. Mais comme cela signifiait également tomber malade et mourir, l'option attirait peu de candidats.

Les Affranchis étaient souvent vus d'un mauvais œil, expliqua M. Sargent. Qui accepterait de mourir pour le seul plaisir d'avoir un enfant, sans même savoir s'il tournerait bien ou mal ? Il y avait bien sûr des criminels égoïstes qui ne s'Affranchissaient pas et mettaient quand même des enfants au monde pour qu'ils pillent les ressources naturelles et gâchent la vie des Légaux… mais les Surplus présents dans cette pièce ne le savaient que trop bien, n'est-ce pas ? C'était donc la raison d'être de Grange Hall : offrir des perspectives aux Surplus nés de ces criminels ; les aider à comprendre leurs responsabilités, et leur apprendre à se rendre Utiles aux Légaux. Les Surplus n'étaient d'ailleurs pas autorisés à suivre le traitement de Longévité. « À quoi bon prolonger leur agonie ? » ajouta M. Sargent.

Et c'est à ce moment-là que Peter fit son entrée. La porte s'ouvrit et Mrs Pincent pénétra dans la classe, Peter juste derrière elle. Anna ignorait encore son nom ; elle comprit juste qu'il s'agissait de lui en le voyant pour la première fois, enfin, franchir la porte du laboratoire de Science & Nature. Et elle comprit du même coup qu'il n'avait pas été transféré ailleurs, finalement.

Tout le monde observait l'inconnu à la dérobée. Anna, qui l'épiait aussi du coin de l'œil mais sans le montrer aux autres, nota qu'il était grand et maigre, qu'il avait la peau très pâle et marquée de taches sombres pouvant aussi bien s'apparenter à des ecchymoses qu'à de la crasse. Mais ce fut son regard qui l'intrigua particulièrement. Il avait les yeux marron, ce qui n'avait rien de palpitant en soi, mais très différents de ceux des autres Surplus : ils survolaient la pièce, se posant quelques instants en un point précis avant de passer rapidement à un autre, comme s'ils cherchaient quelque chose et analysaient les informations au fur et à mesure. Mrs Pincent désapprouvait les regards trop directs ; si vous étiez surpris en train de fixer quelque chose, ou quelqu'un, vous vous faisiez le plus souvent pincer l'oreille. Le résultat, c'est que les Surplus gardaient généralement les yeux rivés au sol. Or le nouveau avait un regard ouvertement inquisiteur et défiant, constata Anna, et cela ne pouvait être qu'une source de problèmes.

« Va t'asseoir là-bas, lui ordonna Mrs Pincent en désignant une place vide. À côté d'Anna. »

Celle-ci s'efforça de rester impassible, mais ses yeux furent aimantés malgré elle dans la direction de Peter et elle sentit son cœur s'accélérer quand leurs regards se croisèrent. Il l'observait fixement, comme s'il n'avait peur de rien, comme s'il ignorait Où-Était-Sa-Place.

À peine Mrs Pincent repartie, après avoir bien spécifié que personne ne devait prêter attention au nouveau Surplus, il se pencha vers elle, comme si s'adresser à quelqu'un en pleine leçon était ce qu'il y avait de plus normal au monde. « C'est toi Anna Covey ? murmura-t-il si bas qu'elle crut l'avoir rêvé. Je connais tes parents. »

3

Ce nouveau Surplus, avait aussitôt songé Anna, aurait du mal à s'adapter et à comprendre Où-Était-Sa-Place. Et si ça l'amusait de raconter des mensonges et de parler aux gens de leurs parents comme si ce n'étaient pas de sales criminels égoïstes, il apprendrait bien assez vite que ce genre de plaisanterie vous valait généralement un séjour à l'Isolement ou une volée de coups.

Elle l'avait donc évité après sa remarque déplacée à propos de ses parents, qui l'avait à la fois irritée et plongée dans l'embarras. Mais chaque fois qu'elle tournait à l'angle d'un couloir, il fallait qu'elle tombât sur lui, comme par hasard, avec son regard si perçant qu'elle ne savait plus où se mettre alors que c'était lui le nouveau, et lui qui aurait dû se sentir gêné.

Elle fut donc fort contrariée quand, quelques jours plus tard, alors qu'elle se rendait au Stock F2, elle le trouva en train de l'attendre dans le couloir devant la porte du sanatorium, au Niveau 2, là où se trouvaient la plupart des dortoirs des filles.

Les couloirs de Grange Hall étaient immenses, ils parcouraient toute la longueur du bâtiment. Il y avait en tout cinq étages, en comptant le sous-sol : au Niveau 0, les salles de cours, le Réfectoire et le bureau de Mrs Pincent ; au Niveau 1, les dortoirs des garçons, qui comprenaient dix grandes chambrées de dix à vingt lits chacune (on pouvait faire tenir plus de Moyens que d'Aspirants dans une même chambre, surtout les plus jeunes d'entre eux), et deux salles de bains ; au Niveau 2, même configuration pour les filles ; au Niveau 3, les dortoirs des Petits et des Domestiques, qui étaient des Légaux employés pour les tâches ménagères et le travail de cuisine non assurés par les Surplus et pour veiller sur les Petits, bien que « veiller » soit un terme encore trop doux pour décrire leur travail. Chaque couloir, chaque pièce étaient conçus à l'identique – murs gris pâle, béton gris foncé au sol, néons fluorescents et radiateurs ultrafins installés du temps où Grange Hall avait une autre vocation ; aujourd'hui, ces radiateurs étaient éteints en permanence, car, comme le disait Mrs Pincent, les Surplus n'avaient pas droit au chauffage central. Les plafonds bas et les fenêtres à triple vitrage, recouvertes chacune d'un long store gris, permettaient de conserver la chaleur tout en bannissant l'Extérieur ; tout au long de la façade, des caméras de vidéosurveillance filmaient l'arrivée du moindre visiteur et faisaient en sorte que personne ne puisse sortir du Foyer sans être vu.

Quand elle tomba nez à nez avec Peter, Anna s'apprêtait à aller ravitailler l'armoire à stock, l'une de ses tâches en tant que Déléguée, et tenait à la main une liste détaillée du nombre de tubes de dentifrice et de savonnettes utilisés par les Surplus de son dortoir. Un tube ou une savonnette de trop, et toutes se verraient condamnées à des heures de travail supplémentaires pour gâchis de ressources essentielles. Mais le dortoir d'Anna ne dépassait jamais le quota ; elle y veillait scrupuleusement.

Elle aperçut Peter et plissa légèrement les yeux en passant devant lui. C'est seulement lorsqu'il prononça son nom qu'elle s'arrêta, à contrecœur.

« Anna, dit-il tout bas. Anna Covey. »

Elle le foudroya du regard.

« Surplus Anna, rectifia-t-elle. Je te prierai de ne pas utiliser de mots venant de l'Extérieur et de cesser d'affirmer que tu connais mes parents, vu qu'en ce qui me concerne je n'en ai pas. »

Peter la fixa d'un air incrédule et Anna oscilla nerveusement d'un pied sur l'autre, peu habituée à être dévisagée avec une telle insistance.

« Alors, il se passe quoi, ici ? demanda-t-il en désignant l'entrée du sanatorium.

— Examens de santé, répondit Anna d'un ton sec. Tu subiras un contrôle médical intégral et seras vacciné contre toutes les maladies. En plus d'être pesé. Les Surplus ont le devoir de se maintenir en bonne santé afin de ne pas contaminer le monde avec leurs maladies. »

Peter leva les sourcils. « Je croyais que les Surplus n'avaient pas droit aux médicaments. Je croyais qu'on voulait qu'ils meurent le plus vite possible. »

Il parlait d'une voix basse, un peu cassante, et Anna commençait à s'échauffer.

« Bien sûr que les Surplus n'ont pas accès aux médicaments, répliqua-t-elle avec agacement. Les vaccins sont là pour prévenir, pas pour guérir. »

Elle ne pouvait détacher son regard de Peter, de ses yeux sombres et vifs, de son teint pâle et de son menton affirmé… Elle se força à regarder ailleurs.

« Être un Surplus, cela signifie devoir limiter son impact sur la Terre, soupira-t-elle. Personne ne veut notre mort. On veut éviter que nous répandions des maladies ou que nous soyons trop faibles pour pouvoir nous rendre Utiles.

— Et toi, es-tu… *utile* ? » lui demanda Peter.

Anna plissa le front.

« Évidemment. Je serai bientôt un Bon Élément. Les plus Utiles parmi les Surplus. »

Peter acquiesça sans un mot, comme pensif, puis leva de nouveau les yeux vers Anna. « Vous avez des ordinateurs, ici ? Ou une bibliothèque ? »

Anna le dévisagea. « Des ordinateurs ? » répéta-t-elle avec prudence. Elle savait ce qu'était un ordinateur. Mrs Sharpe allumait le sien deux heures par jour, pour regarder la télévision et lire les journaux, et Mrs Pincent en possédait un elle aussi. Mais Anna n'en avait jamais utilisé. Comment le pourrait-elle, quand tous les appareils électriques inutiles étaient bannis de Grange Hall ? Elle n'aimait pas trop l'idée que ce nouveau Surplus puisse en savoir plus qu'elle. « Nous n'en avons pas besoin, répondit-elle sur la défensive. De toute façon, les ordinateurs consomment trop d'énergie. Tout le monde le sait.

— Bien sûr. Suis-je bête », soupira Peter. Il martela du pied le sol et, de nouveau, Anna ne put s'empêcher de l'observer en détail, si vigoureux et frêle à la fois. Il semblait si sûr de lui, si gonflé d'énergie et de curiosité, qu'Anna se sentait à la fois intriguée et mal à l'aise en sa présence. Les Surplus apprenaient la passivité, l'obéissance, or l'étincelle qui brillait dans les yeux de Peter lui donnait le sentiment d'observer quelque chose d'interdit, comme si elle se laissait entraîner dans un tourbillon en sachant pertinemment que le courant était sans doute trop fort et qu'elle ne savait peut-être même pas nager.

« Il faut que j'y aille, lâcha-t-elle. J'ai le stock à réapprovisionner. »

Elle commença à s'éloigner, mais s'arrêta de nouveau en entendant la voix de Peter.

« Est-ce que… tu te plais, ici, Anna ? » lui demanda-t-il d'une voix douce, teintée d'une pointe de défi.

Anna se retourna, stupéfaite. Comment pouvait-on poser une question pareille ? Elle se mordit la lèvre, sentit ses joues s'enflammer en le voyant sourire avec une étincelle dans le regard, et cette fois le tourbillon l'emporta complètement.

« J'y *suis*, ici, répondit-elle d'une voix sourde. Et toi aussi. Les Surplus ne sont pas ici pour s'y plaire, Peter, mais pour accomplir des tâches. Des tâches utiles. Et plus tôt tu le comprendras, mieux cela vaudra pour tout le monde. »

Anna tourna rapidement les talons et, d'un pas vif, s'éloigna dans le couloir, s'efforçant de gommer ce sourire de son esprit et de se concentrer sur le nombre de tubes de dentifrice pour le mois à venir.

Elle ne revit pas Peter aux séances d'apprentissage du lendemain. Les Surplus garçons et filles avaient certains ateliers en commun (Science & Nature, Bienséance, Lessive & Blanchisserie), mais la majorité des classes étaient non mixtes.

Les cours avaient lieu dans de minuscules salles aux bureaux collés les uns contre les autres. Lors des quelques très belles journées d'été, il n'était pas rare que les Surplus les plus faibles s'évanouissent sous le coup de la chaleur. Ce jour-là, en revanche, il régnait un froid terrible. Au fil des heures, Anna avait tenté de se réchauffer en contractant les muscles de ses jambes.

Le soir, au dîner, elle était si frigorifiée et affamée qu'elle ne remarqua même pas la présence de Peter, qui s'était discrètement glissé derrière elle dans la queue pour le potage. C'est seulement au moment de se diriger vers l'une des longues tables étroites du Réfectoire, son bol fumant entre les mains, qu'elle l'aperçut et comprit qu'il avait l'intention de s'asseoir avec elle.

« Les garçons restent ensemble, d'habitude », asséna-t-elle sèchement en posant son bol sur la table pour porter aussitôt une première cuillerée de potage grumeleux à ses lèvres. Elle se sentait fatiguée, irritable, et n'aspirait qu'à manger tranquillement dans son coin ; la compagnie de Peter, avec ses commentaires stupides et ses questions incessantes, était bien la dernière chose dont elle avait envie.

« Mais pas tout le temps ? » demanda-t-il en posant son propre bol et en tirant bruyamment le banc pour s'asseoir.

Anna l'ignora et continua à manger pendant que la table se remplissait.

« C'est répugnant, déclara Peter au bout d'un moment. Qu'est-ce que c'est que ce truc ? Ça a un goût abject. »

Personne ne dit rien. Au bout de longues secondes de silence, Anna reposa sa cuillère à contrecœur.

« C'est bon et très nourrissant, répliqua-t-elle d'un ton las.

— Qu'y a-t-il de bon et de nourrissant là-dedans ? s'indigna Peter. Ce n'est même pas de la viande. C'est de la sciure. »

Anna déglutit. « C'est de la viande reconstituée, expliqua-t-elle. Avec de la farine pour épaissir. Et je trouve ça délicieux.

— Alors tiens, prends ma part », fit Peter en poussant son bol vers elle.

Anna le considéra froidement. « Tu dois manger, Peter. Il est de notre devoir d'être robuste et…

— Robuste et en bonne santé, ouais, l'interrompit-il. Eh bien, je ne serai ni l'un ni l'autre si je mange de ce truc. »

Anna sentit son cœur s'emballer. Tous les autres Surplus de la tablée gardaient la tête résolument baissée, ce qui ne voulait pas dire qu'ils ne suivaient pas la scène. Une seconde ration de potage, c'était du jamais-vu, et Anna ne pouvait s'empêcher de lorgner voracement vers le bol de Peter. Mais si Mrs Pincent venait à apprendre qu'il n'avait pas mangé, il risquait d'être puni pour rébellion.

Osant un regard furtif alentour, Anna saisit le bol de Peter et versa la moitié de son contenu dans le sien avant de le lui rendre.

« Finis le reste, lui intima-t-elle à mi-voix. Tu dois manger quelque chose. »

Peter haussa les épaules. « Il y a pire au monde que d'avoir faim, lui susurra-t-il. Tu ne crois pas, Anna ? »

Elle sentit le poids de son regard insistant et, préférant l'ignorer, s'empressa de finir son potage. Elle voulait s'éloigner de Peter à tout prix. Elle voulait qu'il se taise, qu'il cesse de la dévisager comme si ce qu'il racontait avait un quelconque intérêt pour elle.

Mais loin de capter le message, Peter rapprocha sa tête de la sienne. « Ta mère est un vrai cordon-bleu, Anna. Elle mijote des plats délicieux. Tu veux que je te raconte ? »

Anna plaqua ses mains sur ses oreilles, faisant tomber sans le vouloir sa cuillère par terre. « Non, siffla-t-elle entre ses dents. Elle ne mijote rien du tout et je n'ai plus envie de t'écouter. »

Agacée, elle se pencha pour ramasser sa cuillère. Mais au moment où elle allait l'attraper, une grosse semelle s'écrasa sur ses doigts et Anna glapit de douleur.

« T'as perdu quelque chose ? » fit une voix. Anna grimaça. C'était Surplus Charlie, un autre Aspirant aussi grand de Peter mais en plus costaud, à tel point que sa combinaison de travail semblait trop serrée pour lui.

« Enlève ton pied de là, lui ordonna Anna avec colère en cherchant à le repousser de son autre main. Je te dénoncerai…

— Tu t'inclines devant moi, Surplus Anna ? fit Charlie d'une petite voix, un éclat moqueur dans ses yeux verts. On dirait que tu as enfin compris Où-Était-Ta-Place. »

Anna serra les dents et tenta de nouveau de dégager ses doigts, quand elle vit soudain Charlie tituber vers l'arrière et tomber par terre. Libérée, elle se releva et eut alors la vision de Peter, debout, un pied posé sur la poitrine de Charlie.

« C'est plutôt à *toi* de comprendre où se trouve la tienne, rumina Peter. Et aussi d'apprendre les bonnes manières. »

Il se tourna vers Anna avec un petit sourire. « Que dois-je faire de lui, Anna Covey ? » articula-t-il en silence tandis qu'elle l'observait d'un œil affolé. Les bagarres étaient tolérées dans les dortoirs, mais au Réfectoire les Surplus n'étaient même pas censés s'adresser la parole ; tous les trois risquaient d'être battus à cause de Peter si l'un des Instructeurs faisait irruption. Le pire, c'était qu'il avait poussé Charlie pour la défendre et qu'Anna se sentait à présent terriblement vulnérable, chose qu'elle s'était toujours efforcée d'éviter.

« Je n'ai pas besoin de protecteur, Surplus Peter, s'enflamma-t-elle. Et si tu ne lâches pas Surplus Charlie immédiatement, nous finirons tous en Isolement. Ça t'amuse peut-être de croupir là-bas, mais pas moi. »

Peter parut hésiter, puis haussa les épaules et ôta son pied.

Charlie se releva péniblement et fixa Peter d'un regard lourd de menaces. « Tu vas le regretter, sale pourriture de l'Extérieur », marmonna-t-il.

Il alla se placer dans la file d'attente, et Peter se rassit à côté d'Anna, qui se décala machinalement d'un cran sur le banc. Tout le monde avait les yeux rivés sur eux, et Anna sentit le poids du regard de Peter posé sur elle.

« Je voulais seulement t'aider, chuchota-t-il en s'appuyant sur ses coudes.

— Les Surplus ne sont pas là pour s'entraider. Nous sommes là pour aider les Légaux, répondit sèchement Anna. Et je sais me débrouiller toute seule, merci bien.

— O.K., lâcha Peter d'un ton irrité. Alors désolé de t'avoir dérangée. Je voulais juste…

— Quoi ? » l'interrompit Anna. Son regard croisa longuement celui de Peter avant qu'elle parvienne à s'en détacher.

4

Le nouveau Surplus est très difficile. Il se croit trop bien pour être un Surplus, et trop bien pour moi. Mais il a tout faux. Il est complètement stupide, et il ment tout le temps. Il est déjà allé deux fois en Isolement, et franchement, il ferait mieux d'y rester.

Il n'a pas compris Où-Était-Sa-Place, il croit qu'il peut se permettre de me chuchoter des trucs pendant les cours. Il prétend ne pas s'appeler Surplus Peter, mais Peter Tomlinson, comme s'il faisait partie des Légaux ou je ne sais quoi. Il m'a aussi soutenu que mon nom était Anna Covey et qu'il connaissait mes parents. Je n'ai jamais rien entendu d'aussi idiot ! Tout le monde sait que les Surplus n'ont qu'un seul nom, ou encore que nos parents sont en prison et qu'ils l'ont bien mérité. Alors quoi ? Il a grandi en prison avec eux ? Ben voyons. C'est un fauteur de troubles, comme je l'ai flairé dès le départ. Et il passe son temps à mentir pour attirer l'attention. Exactement comme Sheila quand elle est arrivée.

Tout ça montre bien ce qui se passe quand on rattrape les Surplus trop tard. Et à quel point j'ai eu de la chance d'arriver si tôt à Grange Hall. Rien qu'à sa démarche, on croirait un Légal. Comme si le monde lui appartenait. Alors qu'en réalité il n'a aucun droit d'être ici, comme nous autres.

Je me souviens d'un autre garçon qui avait du mal à s'adapter, lui aussi. Il s'appelait Patrick, et il pleurait sans arrêt à son arrivée ici, alors qu'il était déjà presque un Moyen et qu'il aurait dû être un peu plus mature que ça. Il était constamment envoyé en Isolement, ou puni, car quand il ne pleurait pas, il contredisait les Instructeurs, leur disait qu'il voulait rentrer chez lui, que ses parents finiraient par le retrouver et que Mrs Pincent regretterait ce qu'elle avait fait. J'avais bien essayé de lui parler, mais il refusait de m'écouter. D'après Mrs Pincent, certains Surplus auront toujours du mal à s'intégrer et refuseront d'Accepter La Réalité ; Patrick se croyait supérieur aux autres, comme elle disait. Il est resté quelques semaines à Grange Hall, puis on l'a emmené ailleurs. Mrs Pincent a expliqué qu'il avait été transféré dans un Centre de détention où on savait mieux s'occuper de gens comme lui et où il ne perturberait pas notre apprentissage. Si Peter ne fait pas attention, il finira comme lui. Mrs Pincent dit qu'on vous fait travailler très dur tout le temps, dans ces Centres de détention. Et que les garçons n'ont pas droit à une seule couverture, même quand il fait très froid. Patrick a été envoyé là-bas pour son bien, a conclu Mrs Pincent. S'il n'apprenait pas à se conduire en tant que Surplus, il ne trouverait de travail nulle part, et alors que deviendrait-il ?

Hier, Peter a été envoyé en Isolement pour avoir dit à M. Sargent que c'étaient les vieux qui étaient des Surplus, pas nous. On avait du mal à en croire nos oreilles. Je n'avais jamais vu M. Sargent aussi furieux. Il n'est pas devenu rouge – il est devenu tout blanc, et une veine s'est mise à palpiter sur son front. J'ai bien cru qu'il allait le corriger, mais à la place, il a préféré appeler Mrs Pincent et Peter a été envoyé en Isolement. Le pire, c'est qu'il m'a fait un clin d'œil quand ils l'ont emmené hors de la classe. Comme si ça l'amusait, d'aller en Isolement.

Il en est ressorti ce soir, mais je ne suis pas sûre qu'il ait vraiment compris la leçon, parce qu'il m'a fait un grand sourire idiot au Réfectoire, comme si on était copains ou je ne sais quoi. Peter n'est PAS mon copain. Je voudrais que Mrs Pincent le transfère ailleurs, pour que les choses puissent enfin revenir à la normale. Ou, mieux, je voudrais que Mrs Sharpe décide de m'embaucher comme gouvernante, comme ça je voyagerais avec elle à travers le monde et je garderais sa maison propre comme un sou neuf. Je voudrais qu'elle m'emmène loin d'ici.

Anna referma soigneusement son journal et le remit à sa place dans sa cachette derrière la baignoire. Elle le considérait déjà comme un ami proche, un confident. Autrefois, avec les autres Surplus de son dortoir, elles se parlaient souvent entre elles, parfois jusqu'à tard dans la nuit, pour échanger leurs secrets et leurs pensées. Mais Mrs Pincent l'avait alors nommée Chef de dortoir, ce qui voulait dire qu'elle était censée lui rapporter tous les secrets ou les manquements à la règle des membres de sa chambrée. Ses anciennes copines avaient rapidement cessé de lui parler et elle s'était habituée, depuis, chaque fois qu'elle entrait dans une pièce, à voir les conversations s'arrêter net et les groupes se disperser. Ça ne l'atteignait pas, se disait-elle fièrement ; mieux valait s'efforcer d'être un bon Surplus. De toute façon, les Surplus n'étaient pas là pour échanger des messes basses. Ils étaient là pour appliquer les ordres et obéir aux Légaux. Anna était bien décidée à devenir le meilleur Surplus de tous les temps. Elle serait si parfaite que cela permettrait presque de racheter le fait qu'elle soit née. Mais elle se sentait très seule sans personne à qui parler, surtout en ce moment, avec Surplus Peter, dont la présence la perturbait beaucoup. Voilà maintenant trois semaines qu'il était arrivé à Grange Hall, et chaque fois qu'elle le croisait dans un couloir, Anna se sentait rougir jusqu'aux oreilles et regardait ailleurs, pour mieux l'épier du coin de l'œil lorsqu'il était passé. Il la mettait mal à l'aise, cherchait sans arrêt à lui parler, alors qu'elle voulait seulement qu'il la laisse tranquille. Anna avait l'impression qu'il l'observait en permanence avec son petit sourire moqueur au coin des lèvres et cela la rendait nerveuse, confuse. Elle ne voulait surtout pas lui montrer qu'elle était consciente de son regard.

Une fois sortie de son bain, après un rapide coup de serviette pour se sécher, Anna jeta un dernier coup d'œil à la baignoire, afin de s'assurer que son journal était bien caché, puis se dirigea vers le dortoir tout en passant mentalement en revue son emploi du temps du lendemain matin. Gestion Domestique à huit heures trente, Bienséance à neuf heures trente et Astiquage d'Argenterie. Mrs Sharpe en avait une collection immense chez elle – couverts, bougeoirs, cadres et autres – et Anna était sûre d'impressionner tout le monde avec sa parfaite maîtrise de l'exercice. « C'est un travail où il faut savoir prendre son temps, lui avait expliqué Mrs Sharpe.

Non seulement pour la qualité, mais pour soi-même. Astiquer l'Argenterie est une activité thérapeutique. » Anna était tout à fait d'accord. Il n'y avait rien de plus beau qu'une argenterie étincelante, et elle espérait un jour travailler dans une maison où il y en aurait autant que chez Mrs Sharpe.

Tout le monde dormait déjà quand Anna atteignit le dortoir. Sans bruit, elle ôta son peignoir et se glissa sous sa maigre couverture en repliant les coins sous elle pour se tenir chaud, avant de sombrer d'épuisement.

Elle était si exténuée qu'elle faillit ne pas se réveiller quand, une vingtaine de minutes plus tard, elle sentit une légère tape sur son épaule. Mais la sensation était si insistante qu'elle finit par l'arracher à un sommeil sans rêves et à la ramener entre les murs froids et austères du dortoir ; elle ouvrit les paupières et se redressa d'un bond, les yeux ronds de stupéfaction. C'était Peter, penché au-dessus de son lit.

« Toi… comment, pourquoi… qu'est-ce que tu fais ici ? » siffla-t-elle entre ses dents.

Elle était furieuse et ne se gênait plus pour le lui montrer. Il était bientôt minuit. Elle avait besoin de ses précieuses heures de sommeil. Peter avait déjà enfreint tant de règles depuis son arrivée qu'ils risquaient tous les deux des semaines, voire des mois, de travaux forcés. Les Aspirants ne s'aventuraient jamais du côté du dortoir des Aspirantes.

« Qu'est-ce que tu fais là ? » répéta Anna d'un ton incrédule, outrée de le voir si délibérément transgresser les règles, comme si elles ne le concernaient pas.

Peter posa un doigt sur sa bouche pour lui intimer le silence avant de jeter un regard circulaire. Puis il se pencha vers elle et lui prit la main.

« Anna Covey, il faut que je te parle de tes parents, murmura-t-il. Ils te cherchent. Tu dois t'arracher aux griffes de ce monstre de Mrs Pincent. Je suis venu te ramener chez toi, Anna. »

Anna le repoussa. « Tu ne connais pas mes parents, et je n'ai pas de chez-moi, souffla-t-elle. Mes parents sont en prison. Mon nom est Anna tout court. Je suis un Surplus. Toi aussi. Fais-toi une raison et fiche-moi la paix. »

Peter se rembrunit, mais ne fit pas mine de vouloir partir.

« Tu as une marque de naissance sur le ventre, dit-il tout doucement. Une sorte de papillon. »

Anna sentit les petits poils de sa nuque se dresser. Comment savait-il une chose pareille ? Qui était-il, pourquoi lui disait-il toutes ces choses ?

« Il faut que j'y aille », lâcha Peter avant qu'elle puisse ouvrir la bouche.

Et il s'éclipsa en un clin d'œil, se glissant sans bruit jusqu'à la porte pour disparaître dans le couloir. Comme un fantôme, songea Anna en se rallongeant dans son lit, soudain en proie à une violente envie de pleurer. Lentement, elle déplaça sa main le long de son ventre pour l'amener jusqu'à la marque rouge située au-dessus de son nombril. Sa fameuse tache de naissance. Celle qui lui avait fait honte toute sa vie et qu'elle s'efforçait de cacher pour s'épargner les moqueries et les surnoms.

Comment Peter savait-il ? Et qui lui avait dit que sa tache ressemblait à un papillon ? Quand Mrs Pincent l'avait vue pour la première fois, elle l'avait comparée à une mite morte et affirmé que c'était un message de Mère Nature pour montrer qu'Anna n'était qu'un insecte nuisible. Les mites dévoraient ce qui appartenait aux autres et exploitaient leurs hôtes. « Pertinente analogie », avait-elle ajouté.

Pourtant, la description de Peter avait réveillé quelque chose en Anna, presque comme un souvenir mais pas tout à fait ; plutôt la vague sensation qu'elle aussi, autrefois, assimilait sa tache à un papillon. Il lui semblait même se remémorer que, toute petite, elle y voyait le signe qu'il lui pousserait un jour des ailes pour s'envoler loin de Grange Hall. Mais Mrs Pincent avait raison : ce n'était pas un papillon, c'était une mite. Rouge. Répugnante. Elle la détestait.

Comment Peter osait-il la déranger dans son lit pour lui rappeler la Souillure-de-son-Existence ? De quel droit venait-il dans son dortoir pour la provoquer, prétendre savoir des choses qu'il ne savait pas ou traiter Mrs Pincent de monstre ? Peut-être cela faisait-il partie d'un nouveau test sophistiqué, se dit Anna. Peut-être en ce moment même était-il en train de faire son rapport à Mrs Pincent et de chercher d'autres pièges pour la forcer à dire ou faire quelque chose de mal. Elle aurait dû protester que Mrs Pincent n'était pas un monstre, songea-t-elle encore avec angoisse tandis que la sueur perlait à son front, malgré le froid. En même temps, elle n'avait pas vraiment eu l'occasion de dire quoi que ce soit, n'est-ce pas ?

Mais elle se ressaisit ; c'était une idée stupide. Mrs Pincent n'emploierait jamais quelqu'un comme Peter pour jouer les espions. Elle n'avait aucune confiance en lui ; Anna le voyait bien rien qu'à sa façon de l'observer en permanence.

Si ce n'était pas un espion, il devait y avoir une autre explication. Quelqu'un avait dû lui parler de sa tache. Ils étaient sans doute déjà tous en train de se moquer d'elle.

Bah, tant pis. Il pouvait se faire passer pour qui il voulait, elle n'écouterait pas un mot de ce qu'il raconterait. Elle était une Déléguée. Elle n'était pas censée prêter attention à ce genre d'idioties.

Anna se retourna dans son lit, ferma les yeux et s'efforça de se rendormir.

Mais ce fut d'un sommeil agité, parcouru de rêves d'enfants en larmes, de femme hurlant et de petit papillon enfermé dans une prison grise et froide.

5

Grange Hall était un bâtiment de style géorgien moderne datant de l'an 2070. Son architecture s'inspirait de celle de Sutton Park, un imposant manoir construit en 1730 dans le Yorkshire et depuis longtemps réduit à l'état de ruines. Il en restait quelques photos, néanmoins, et les Autorités l'admiraient tant qu'elles avaient décrété que tous les édifices gouvernementaux seraient sur son modèle, mais en les construisant avec des pierres grises et non beige crème, sous prétexte que cette teinte résistait mieux au temps, ainsi qu'en rabaissant la hauteur des plafonds. Les plafonds bas permettaient des économies de chauffage central, l'hiver, et compte tenu des taux prohibitifs que les Autorités se voyaient contraintes de maintenir sur le coût de l'énergie, les plafonds hauts représentaient un luxe que peu de gens pouvaient encore se permettre.

À l'origine, Grange Hall abritait le département du Revenu et des Bénéfices, mais rapidement jugés trop étroits, les locaux s'étaient vus désaffectés pendant plusieurs années, jusqu'à l'instauration de la loi Surplus et des tout premiers débats sur les Foyers de recueillement. L'idée était de créer de nouvelles infrastructures destinées à regrouper les Surplus et bénéficiant d'une technologie et d'outils pédagogiques haut de gamme afin de permettre le développement d'une main-d'œuvre obéissante, travailleuse et docile ; Grange Hall fut donc réaménagé à la hâte afin d'héberger le nombre croissant de Surplus ramassés aux quatre coins du pays. Au fil des ans, des plans et des études divers avaient continué à affluer au département de la Longévité et des Surplus (le plus souvent lorsqu'un nouveau responsable prenait la tête du sous-secrétariat aux Surplus) : projets de bâtiments nouveaux, de fusion des trois Foyers de Surplus du territoire britannique en un seul, d'adoption du modèle de déportation européen… Mais chaque fois, ces propositions restaient lettre morte, car qui disait changement disait prises de risque, instabilité, qui disait technologie nouvelle disait dépenses d'énergie supplémentaires, et au final, tout le monde s'en fichait. Le poids de la léthargie l'avait donc emporté et Grange Hall était à présent le plus vieux Foyer de Surplus du pays, avec ses moquettes et ses peintures datant de l'époque où il était un édifice gouvernemental, l'odeur tenace de la paperasserie et de la frustration encore incrustée dans ses murs.

Margaret Pincent détestait les plafonds bas de Grange Hall. Son père lui avait enseigné que la stature influait directement sur la hauteur de plafond. Ceux qui avaient le bras assez long pour se procurer des coupons énergétiques supplémentaires bénéficiaient des salles les plus hautes ; tous les autres étaient ainsi contraints de se voûter, de s'incliner et de ramper pour se tenir chaud. Le père de Mrs Pincent ne s'inclinait devant personne, comme il aimait à le lui répéter lui-même ; pourquoi devrait-il le faire dans sa propre demeure ?

Son père n'était jamais venu à Grange Hall, bien sûr, et ne s'y était jamais intéressé. Cela n'avait rien d'étonnant ; Mrs Pincent et lui ne s'étaient plus vraiment adressé la parole depuis quatorze ans. Depuis…

Mrs Pincent sentit une colère et une nausée familières l'envahir à l'évocation de certains souvenirs qu'elle s'était toujours efforcée d'oublier. L'injustice. La honte.

Mais à quoi bon raviver le passé ? Maintenant que le mal était fait, inutile de pleurer, songea-t-elle avec amertume. Tels étaient les mots exacts prononcés par son père quand la vérité avait fini par éclater. Et quand son mari l'avait quittée, son père lui avait clairement fait comprendre qu'il ne pourrait pas la soutenir financièrement. Ni la soutenir tout court, du reste. Et qu'elle devait comprendre qu'il ne souhaitait plus la revoir.

Margaret Pincent avait donc été forcée de se débrouiller par ses propres moyens, et c'est exactement ce qu'elle avait fait. Elle avait trouvé une offre d'emploi pour Grange Hall et, malgré l'ironie de la situation, s'était portée candidate. Peu de gens semblaient désireux de travailler avec les Surplus ; malgré son manque flagrant de qualifications et d'enthousiasme, on lui avait tout de suite offert le poste. Et elle ne l'avait pas quitté depuis, mettant toute son énergie à supprimer les élans d'âme des Surplus confiés à sa charge, convaincue qu'il était de son devoir de traiter ces enfants le plus durement possible sans les rendre improductifs pour autant. Elle ne dirigeait pas une colonie de vacances. Elle n'était pas là pour jouer les mamans par procuration. Ces enfants ne méritaient guère le droit de fouler le sol de cette planète ; mais puisqu'ils étaient là, autant les faire travailler. Ils allaient devoir racheter le simple fait d'être nés et porter en permanence le poids de leur culpabilité sur les épaules. Tel était le serment que Margaret Pincent s'était fait à elle-même et qu'elle avait jusqu'à présent respecté à la lettre.

Jusqu'à présent – c'est-à-dire jusqu'à l'arrivée de Peter. Elle commençait déjà à déceler en lui les signes qu'elle redoutait depuis le jour où elle avait accepté le poste d'Intendante générale. Cet air de défiance. Ce refus d'obéissance. Ce manque de respect… Mrs Pincent exécrait bien des choses mais, par-dessus tout, elle détestait qu'on lui manque de respect.

Voilà ce qui se produisait quand on ne raflait pas les Surplus assez tôt, pensa-t-elle avec colère. Pour les Rabatteurs, c'était sans doute une fierté d'avoir retrouvé un Surplus à un âge si avancé, alors que ses parents le croyaient hors de danger. Une grande campagne médiatique était certainement préparée en ce moment même afin de célébrer cette victoire. Oui, mais elle ? Comment Grange Hall était-il censé former un être ayant vécu si longtemps à l'Extérieur ? Et on ne l'avait pas prévenue, bien entendu. Un simple coup de téléphone, quelques heures auparavant, pour l'informer qu'il était en route. L'informer – non pour lui demander son avis, et encore moins ses conseils. Elle devait préparer un lit, lui avait-on fait savoir. C'était un cas particulier exigeant un traitement spécial, avait-on précisé. Il avait vécu un long moment à l'Extérieur. On l'avait trouvé au milieu de nulle part et personne ne savait d'où il venait. *Nous tenons à le garder à l'œil.*

« Pourquoi ? avait failli rétorquer Margaret Pincent. Pourquoi l'avez-vous retrouvé si tard ? Où vivait-il ? »

Mais elle s'était tue, naturellement. Quand bien même elle aurait posé la question, elle n'aurait eu droit qu'au silence pour toute réponse. Après tout ce temps, ils ne lui faisaient toujours pas confiance. Pas entièrement. Du coup, elle non plus n'accordait sa confiance à personne. Jamais.

Néanmoins, sa priorité était de se concentrer sur l'attitude de ce nouveau Surplus afin de prouver qu'elle pouvait le mettre au pas. Le problème, c'est qu'il ne réagissait pas comme les autres. Il y en avait toujours un ou deux pour se croire au-dessus de la mêlée, pour s'imaginer qu'ils pouvaient lui marcher sur la tête et contourner les règles à leur guise. Toujours une poignée de Surplus pour se croire à part.

Mais il existait certaines techniques garanties pour gérer ce genre de cas. Châtiments corporels. Humiliations. Les briser au point de leur faire haïr leurs parents pour les avoir fait naître dans ce monde effroyable. La clé, c'était de les amener à la haine de leurs parents.

Ce garçon, Patrick, avait été le dernier en date à poser problème. Mais sa colère n'avait été qu'une bravade : il n'avait pas tardé à rentrer dans le rang dès qu'on l'avait mis sérieusement au travail. Amusant de penser qu'Anna, la plus obéissante du lot, rêvait de se rendre là où elle, Margaret Pincent, avait justement envoyé Patrick jouer les forçats. Rien de tel qu'un chantier en plein désert pour remettre un Surplus rebelle dans le droit chemin. Les Autorités n'en avaient jamais rien su, bien sûr. Bien sûr. La vente de Surplus comme esclaves n'était guère appréciée par l'État, de même que le trafic de pilules de Longévité sur le marché noir ne rentrait pas vraiment dans les attributions de son poste. Mais s'ils la payaient un peu mieux, elle n'aurait pas à arrondir elle-même ses fins de mois. Et du reste, l'absence de ce garçon était passée totalement inaperçue. Son dossier avait disparu et personne n'avait posé de question.

Il arrivait que le système se trompe, bien entendu. Cela avait été le cas récemment avec une Surplus prénommé Sheila, fille de deux Affranchis. Ces idiots s'étaient absentés une semaine, confiant l'enfant aux soins de ses grands-parents. Les voisins l'avaient entendue pleurer et, convaincus qu'il s'agissait d'un Surplus, avaient appelé les Rabatteurs pour toucher la prime. Les parents avaient fait appel, mais Mrs Pincent avait tenu bon. Les grands-parents n'avaient pas de licence pour héberger un enfant ; techniquement, les Rabatteurs avait fait leur travail en confisquant Sheila. Techniquement, lors de son séjour chez ses grands-parents, Sheila était devenue une Surplus.

Le fait est qu'on ne pouvait décemment pas restituer chaque enfant après la moindre petite erreur ; ce serait la porte ouverte à tous les abus. Si Sheila avait été rendue à ses parents, cela aurait alerté les autres Surplus. Cela leur aurait donné espoir. Et l'espoir était la dernière chose à encourager chez les Surplus. Non, elle avait fait son devoir. Cinq fois les parents de Sheila étaient revenus la voir – pas à Grange Hall, mais dans son bureau londonien ; pour des raisons de sécurité, nul n'était autorisé à s'approcher de moins d'un kilomètre et demi du Foyer. Cinq fois la mère avait fondu en larmes devant elle, s'agrippant à ses chevilles pour la supplier de lui rendre sa fille – des scènes fâcheuses, assurément. Vraiment pénibles.

Mais Mrs Pincent n'avait pas cédé. Pour quoi faire ? Sheila était à un âge intéressant. Elle deviendrait un Bon Élément, cela ne faisait aucun doute – ou mieux encore, si Mrs Pincent parvenait à ses fins. Sheila, comme tous les Surplus filles et, dans une moindre mesure, les garçons, possédait une qualité dont ses parents n'avaient pas conscience. Des cellules souches jeunes. Une fontaine de Jouvence contenue dans le moindre atome de son organisme, et que s'arrachaient les laboratoires du monde entier. Mais allez expliquer ça aux parents, surtout les Affranchis. D'autres, au moins, sauraient lui témoigner leur reconnaissance. Le Renouvellement était une bête affamée ; il fallait l'alimenter en permanence.

Quant à Peter, c'était une autre histoire. Ce sale petit morveux arrogant. À son arrivée, il semblait très content de lui. Il l'avait regardée droit dans les yeux avec un air vaguement moqueur, comme pour lui dire : « Je sais tout. Je connais la vérité sur vous. » Mais elle se faisait des idées. C'était forcément dans sa tête : comment un Surplus pourrait-il être au courant de quoi que ce soit ? Il était malin, voilà tout. Il avait décelé une faiblesse et l'utilisait à son avantage.

Pourtant, vue de l'esprit ou non, elle l'avait aussitôt pris en grippe. Pire, elle craignait maintenant de le laisser quitter le Foyer tant qu'il ne se départirait pas de ce je-ne-sais-quoi dans le regard. Dans ces conditions, l'expédier au milieu du désert semblait trop risqué ; et s'il savait quelque chose, si improbable que cela puisse être ? Quant à égarer son dossier, ça ne lui serait vraiment pas facile. *Ils l'avaient à l'œil.*

Cette situation était insupportable. Margaret Pincent allait devoir s'occuper de ce garçon elle-même. Et s'il la considérait comme une faible, il risquait d'être très surpris ; au cas où une première semaine de châtiments corporels et de régime draconien ne lui suffirait pas, il existait d'autres méthodes plus intéressantes. Privation de sommeil. Isolement accru. Le laisser croupir tout seul dans sa cellule jusqu'à ce que la solitude soit si insupportable qu'il l'appelle en hurlant son nom.

Elle réfléchit un instant, et un sourire se dessina sur ses lèvres. Peut-être devrait-elle d'abord essayer de le prendre par la gentillesse. Il n'y avait pas de meilleure tactique pour broyer un Surplus : lui faire croire que vous l'aimiez, avant de trahir si totalement sa confiance qu'il ne pourrait plus jamais se fier à un être humain. Oui, conclut-elle avec un hochement de tête satisfait, elle briserait Peter. Et lorsqu'elle aurait achevé de le réduire en miettes, elle s'en débarrasserait. Les Autorités seraient bien obligées de faire avec. Ce ne serait pas une grande perte : même brisé, ce garçon ne représenterait jamais la moindre utilité pour personne.

Anna regardait fixement son bol. Elle n'avait aucune envie de revoir Peter, ni même d'être au courant de sa présence. Pourtant, lorsqu'un rapide coup d'œil au Réfectoire lui révéla que Peter, bizarrement, n'était pas là, elle se sentit presque déçue, car cela voulait dire qu'il ne verrait pas à quel point elle l'ignorait copieusement. Elle lâcha un soupir, irritée de constater que même l'absence de Peter parvenait à la troubler, finit son porridge et se leva.

Mais au moment où elle s'apprêtait à rendre son bol et son gobelet en plastique, Peter apparut sur le seuil, son grand corps maigre dépassant celui de Mrs Pincent qui se tenait à ses côtés. Le regard de cette dernière croisa celui d'Anna, et elle lui fit signe d'approcher.

« Je souhaite que tu t'occupes de Peter, lui annonça-t-elle d'un ton détaché. Il nous a rejoints tardivement et a sans doute beaucoup de mal à s'adapter parmi nous. Je voudrais que tu le prennes sous ton aile, que tu lui serves de guide. Et assure-toi qu'il bénéficie d'une couverture supplémentaire. Bien, tu dois avoir une faim de loup, ajouta-t-elle à l'attention de Peter. Anna, veux-tu veiller à ce que Peter ait un petit déjeuner avant le début des séances d'apprentissage ? »

Anna sentit sa poitrine se serrer mais resta impassible, se contentant d'un simple hochement de tête. Une couverture supplémentaire ? C'était du jamais-vu, sauf pour les Délégués. Quant au langage presque chaleureux de Mrs Pincent – « le prendre sous ton aile », « lui servir de guide » –, il semblait étrange, incongru. Mais Anna savait qu'il valait mieux garder ses réflexions pour elle. Du moins tant que Mrs Pincent serait encore dans les parages.

Dès qu'elle aurait tourné les talons, en revanche, ce serait une autre histoire. La Directrice n'avait pas plus tôt disparu dans le couloir qu'Anna se tourna vers Peter.

« J'ignore ce que tu as fait, cracha-t-elle avec dédain, mais on dirait que Mrs Pincent t'adore. Tu trouves toujours que c'est un monstre ? »

Peter haussa les épaules et grelotta malgré lui, ce qui eut pour effet d'adoucir un peu Anna.

« Je vais te chercher ton petit déjeuner, reprit-elle avec circonspection. Et je veux bien te servir de guide. Mais plus de mensonges. Plus d'intrusions nocturnes dans mon dortoir. Je suis une Déléguée. Si tu veux que je t'aide, tu vas devoir apprendre Où-Est-Ta-Place. »

Peter acquiesça d'un air sage. « Merci, lui glissa-t-il dans un souffle. Merci à toi, Anna Covey. »

Anna eut un soupir excédé. La journée promettait d'être longue.

6

Peter apprenait vite. Il comprit rapidement la géographie de Grange Hall et, quand Anna lui fit répéter son itinéraire quotidien, elle fut très impressionnée de voir qu'il l'avait mémorisé en une journée. Difficile de savoir s'il se concentrait autant dans les ateliers d'apprentissage réservés aux garçons mais, dans ceux auxquels ils assistaient ensemble, il se montrait poli et consciencieux. Mis à part sa manie de l'appeler « Anna Covey », il se comportait comme n'importe quel autre Surplus. Il avait même tenu durant une séance entière de Science & Nature sans prononcer un mot ; toutefois, à la sortie, lorsque Anna et lui s'étaient retrouvés seuls, il avait laissé sa colère exploser.

« Ce ne sont que des mensonges. Un tissu de mensonges ! avait-il persifflé tout en vérifiant autour de lui que personne ne l'écoutait. Anna, il faut que tu me croies. Ce n'est pas ce que voulait Mère Nature… »

Anna s'était renfrognée. « Tu crois ça parce que tes parents ont voulu le beurre et l'argent du beurre, répliqua-t-elle d'un ton ferme. Ce n'est pas contre M. Sargent que tu devrais t'emporter, mais contre eux. Ce sont eux qui ont violé la Déclaration. Eux qui t'ont amené jusqu'ici. »

Il avait réfuté en bloc, naturellement. Comme toujours. Dans les couloirs, au Réfectoire, chaque fois qu'ils pouvaient parler sans être entendus, Peter s'en prenait à Grange Hall, aux Instructeurs… bref, à tout ou presque. La plupart du temps, elle lui ordonnait de se taire, de se montrer plus respectueux envers Mère Nature et les Autorités. Mais parfois, sa curiosité l'emportait et alors Anna se surprenait elle-même à lui poser des questions furtives sur sa vie avant Grange Hall tout en faisant semblant de ne pas s'y intéresser plus que ça. La vérité, c'était que Peter lui ouvrait une fenêtre sur le monde du dehors, et que la tentation d'y jeter un coup d'œil était souvent trop forte.

Il habitait à Londres, lui avait-il raconté, dans le quartier de Bloomsbury, où vivaient autrefois des écrivains célèbres. Ce détail avait attiré l'attention d'Anna, qui continuait à se cacher dans la Salle de Bains F2 le plus souvent possible pour noircir les pages de son journal, imaginer le monde qui l'entourait et oublier ses frustrations. La maison de Peter comprenait un appartement en sous-sol où il avait passé le plus clair de son enfance. Il avait appris à lire, à écrire, à se servir d'un ordinateur et à Développer-Son-Sens-Critique. Il avait lu des livres et des journaux, et s'était vu encouragé à Avoir-Des-Opinions-Personnelles. L'idée même de pouvoir lire des livres autres que les manuels pour apprendre à Se-Rendre-Utile semblait très excitante aux yeux d'Anna, qui n'avait jusqu'ici été autorisée qu'à lire des ouvrages sur la Longévité ou les Travaux Domestiques, ou bien de gros volumes fastidieux comme *La Honte Surplus* ou *La Dette des Surplus envers Mère Nature*, c'est-à-dire des pamphlets vantant la Vision Humaine Éclairée qui permettait aux Surplus de laver la Souillure-de-leur-Existence. Anna avait lu et relu ces livres, s'était régalée de ces mots puissants, de ces arguments clairs et bien structurés qui l'avaient convaincue, au-delà de tous les discours de Mrs Pincent, que sa vie était un fardeau et que sa seule raison d'être était de travailler dur dans l'espoir de devenir un Bon Élément et racheter le Péché de sa Naissance.

Peter, lui, ignorait tout de ces livres. Mais il comblait largement cette lacune par sa connaissance de l'Extérieur et de choses qu'Anna n'avait jamais rêvé pouvoir seulement voir ou toucher de ses mains. Une fois par an, lui racontait-il, on le faisait clandestinement sortir de chez lui pour l'emmener à la campagne, où se trouvait un pré si vaste qu'il pouvait courir aussi loin qu'il le voulait sans craindre d'être vu ou entendu. Il profitait de ces brefs séjours pour crier, hurler à pleins poumons, sachant que le restant de l'année ne serait pour lui que chuchotis et mouvements furtifs.

Peter parlait peu de ses parents – voire pas du tout, d'ailleurs –, mais il lui confia quand même que tous les adultes de sa connaissance faisaient partie du Réseau Souterrain créé afin de lutter contre les Autorités et s'opposer à la Déclaration. À leur sortie de prison, les parents d'Anna avaient rejoint le Réseau et Peter était parti vivre avec eux. Ils voulaient tout savoir sur les Surplus, apparemment.

Anna ne croyait pas vraiment à ces histoires. Elle se sentait très peu concernée par sa haine du système ou par ces inepties à propos de ses soi-disant parents. Mais elle éprouvait un délicieux plaisir coupable à l'écouter parler de sa vie à l'Extérieur, et elle aimait particulièrement l'idée de pouvoir courir dans un pré en riant et criant à tue-tête. Elle avait le sentiment que ça lui plairait beaucoup.

C'est l'un de ces récits de sa vie à l'Extérieur que Peter était justement en train de lui chuchoter un soir, un mois après son arrivée à Grange Hall, alors qu'ils venaient de finir de nettoyer le Réfectoire après le dîner et s'étaient assis, seuls à une table, pour essuyer les couverts.

Tandis qu'ils frottaient les fourchettes et les couteaux élimés un par un dans de vieux torchons, Peter lui parla des feux de camp qu'on faisait à la campagne avec du petit bois ramassé en toute illégalité, des marshmallows grillés et de ce qu'on appelait des « parties de cartes ». Il lui parla aussi de Virginia Woolf, une écrivaine qui vivait à Bloomsbury il y a très, très longtemps et avait publié son premier roman en 1915. Elle écrivait tout le temps, raconta Peter, mais même l'écriture n'avait pas réussi à la rendre heureuse et elle s'était suicidée.

Anna l'écouta en silence, tout en s'efforçant de gratter la graisse coagulée sur la lame du couteau qu'elle tenait à la main – laver la vaisselle dans de l'eau sale avait généralement pour seul effet d'ôter les gros morceaux d'aliments coincés entre les dents des couverts, et les produits d'entretien étaient considérés par Mrs Pincent comme une dépense coûteuse et superflue. Si Virginia Woolf était une Légale, pourquoi aurait-elle eu envie de mourir ? Virginia Woolf pouvait sûrement faire tout le bruit qu'elle voulait et n'avait aucune culpabilité à porter sur ses épaules. Anna se renfrogna et vit que Peter l'observait. Cette manière qu'il avait de la fixer droit dans les yeux, sans vergogne, avait le don de la perturber.

« Quoi ? demanda-t-elle. Tu ne devrais pas dévisager les gens comme ça, tu sais. C'est impoli. »

Peter lui décocha un grand sourire, comme si l'impolitesse lui importait peu, avant de redevenir sérieux.

« Dis, tu détestes vraiment tes parents ? »

Anna répondit sans même réfléchir. « Bien sûr. Tout est leur faute.

— Quoi donc ? »

Elle lâcha un soupir. Ce garçon pouvait se montrer vraiment bouché, parfois. « Ma présence ici. Ma responsabilité. Mon devoir de racheter leurs Péchés. Tu auras beau dire tout ce que tu voudras, la Déclaration n'a pas été instaurée par hasard et mes parents ont abusé de la bienveillance de Mère Nature. Moi, ça me dégoûte.

— Alors tu crois vraiment qu'ils ont tort et que les Autorités ont raison ?

— Bien sûr que oui, asséna-t-elle comme une évidence. C'est la vérité. Même si tu les connais, ça m'est égal. Ils méritent de retourner en prison et d'y rester jusqu'à la fin de leurs jours. Maintenant, fiche-moi la paix avec ça. »

Peter lui coula un long regard.

« Tes parents t'aiment, lui dit-il tout bas. Tu n'es un Surplus pour personne. Tu es Anna Covey, et tu n'aurais jamais dû te retrouver enfermée ici. C'est ta Mrs Pincent que tu devrais haïr. C'est elle qui t'a fait un lavage de cerveau. Elle qui t'a battue et privée de nourriture, comme elle a essayé de le faire pour moi. Et comme elle réessaiera de le faire à coup sûr quand elle verra que ça n'a pas marché. Nous devons fuir d'ici. Nous devons rentrer à Londres. »

Anna le dévisagea avec fureur. « Lavage de cerveau ? répéta-t-elle. Ça ne veut rien dire, ça n'existe même pas dans le vocabulaire ! »

Peter eut un rictus sarcastique. « Pas dans le vocabulaire enseigné à Grange Hall, j'imagine. Mais ce mot existe, Anna. Il veut dire "endoctriner" – faire croire des choses qui ne sont pas vraies, comme, par exemple, que tu ne mérites pas de vivre à l'Extérieur et que tu as de la chance de te trouver dans cette prison. »

Anna eut un mouvement de recul, les yeux embués de larmes. Elle adorait découvrir des mots inconnus, d'habitude, les choyer comme des trésors qu'elle pouvait utiliser à sa guise – dans son journal ou au gré de la conversation – et dont elle savourait chaque fois l'originalité et la beauté. Mais il n'y avait rien de beau dans l'expression « lavage de cerveau ». Décrasser un cerveau. Le mettre à nu.

« Si quelqu'un a besoin de se faire nettoyer le cerveau, dit-elle, c'est toi. Tu ne sais rien. Tu n'es qu'un menteur, Peter.

— Non, répondit-il en serrant sa main dans la sienne. Ce n'est pas moi le menteur, Anna. Toi et moi pouvons nous évader d'ici. Ensemble. Il y a tout un monde autour de nous, Anna, un monde à explorer et à parcourir. Et une maison qui nous attend, à Londres. »

Il la fixait avec une telle intensité qu'Anna sentit presque sa résolution ployer, comme si elle avait envie d'y croire, ne serait-ce qu'une seconde. Mais elle finit par dégager sa main. Elle refusait de l'écouter. Chaque paragraphe de *La Honte Surplus* contredisait ces arguments et démontrait longuement, détails à l'appui, en quoi il se trompait.

« Je ne veux pas aller à Londres, s'enflamma-t-elle. De toute façon, tu racontes n'importe quoi. Mes parents ne m'aiment pas. S'ils m'aimaient, ils ne m'auraient pas mise au monde. Et c'est Mrs Pincent en personne qui m'a demandé de m'occuper de toi. Je ne sais pas pourquoi tu la détestes à ce point. Elle nous bat seulement pour notre bien, pour nous faire accéder à la Vérité… »

La voix tremblante d'émotion, elle s'efforça de se ressaisir et s'essuya les yeux d'un geste excédé.

« J'aurais préféré que Mrs Pincent demande à quelqu'un d'autre de s'occuper de toi, lâcha-t-elle enfin. J'aimerais que tu me laisses tranquille. »

Les yeux de Peter lançaient des éclairs. « Je ne crois pas que tu le penses vraiment, Anna Covey, mais si c'est ce que tu veux, je ne t'embêterai plus, dit-il d'un ton solennel. Mais tu te trompes au sujet de tes parents, et tu te trompes au sujet de Grange Hall et de Mrs Pincent. Je vais trouver le moyen de sortir d'ici, et tu dois m'accompagner. Nous ne sommes pas en sécurité. »

Anna le toisa avec mépris. « Bien sûr que si, répliqua-t-elle. Bien plus qu'en voulant nous évader à l'Extérieur, où on enverrait les Rabatteurs à nos trousses pour nous expédier aux travaux forcés. Ton problème, c'est que tu te crois supérieur aux autres Surplus et au règlement. Eh bien, tu as tort. Et j'en ai marre de t'entendre parler de mes parents et de tout le reste. Je ne veux plus entendre un mot. Et ne t'imagine pas que je vais continuer à te servir de guide. »

Peter haussa les épaules tout en gardant ses yeux sombres plongés dans ceux d'Anna, qui se dandina d'embarras sur son banc. « Parfait, comme tu voudras, asséna-t-il d'un ton désinvolte. Reste ici, deviens une parfaite petite bonniche.

Laisse Mrs Pincent et ses acolytes te dire quoi faire, quoi penser – ou plutôt ne pas penser. Je m'en fous. Après tout, je me suis juste fait rafler exprès pour te retrouver et te ramener chez tes parents, mais ne t'inquiète pas pour moi. Je suis sûr que tu seras très heureuse, Anna Covey.

— Arrête de m'appeler comme ça ! s'écria Anna en plaquant ses mains sur ses oreilles. Et je ne t'ai jamais demandé de venir…

— Non, bien sûr que non. Tu as raison », répondit lentement Peter. Il croisa les bras en un geste défensif. « Tu sais, ça n'a pas été facile de retrouver ta trace jusqu'à Grange Hall. Et je savais que ce serait dur pour moi d'être ici. Mais je ne m'attendais pas à me heurter à *toi*. Je pensais que tu serais heureuse de me connaître.

— Je suis contente de te connaître, s'empressa de répondre Anna. Mais tu te trompes sur toute la ligne. Tu es bien mieux ici, crois-moi. Tu ne veux pas être mon ami et rester ? »

Peter fit non de la tête et Anna roula des yeux excédés.

« Écoute, je risque gros en parlant de ces choses-là avec toi, dit-elle. Le fait est que Mrs Pincent semble s'être prise d'affection pour toi. Tu pourrais te plaire, ici, au lieu de passer ta vie à te cacher.

— Je peux t'assurer que Mrs Pincent n'a pas un gramme d'affection envers moi, riposta Peter avec sarcasme. Ni aucun d'entre nous. Un individu capable de frapper quelqu'un comme elle l'a fait avec moi n'éprouve pas de sentiments. »

Anna baissa la tête. En vérité, elle n'était pas loin de penser la même chose.

« On ne se fait pas battre quand on respecte les règles, insista-t-elle tout bas.

— Tu crois vraiment à ces inepties, hein ? soupira Peter. Tu avales absolument tout ce qui sort de la bouche de cette femme. Eh bien, pas moi. Anna, nous avons autant le droit de vivre sur cette planète que toutes les Mrs Pincent du monde. Notre présence est même plus légitime que la leur. Ce sont eux qui s'imposent en prolongeant leur vie éternellement et qui nous font porter le chapeau. »

Les yeux de Peter luisaient de colère, et Anna sentit les siens s'élargir de terreur. Les propos qu'il venait de tenir étaient sacrilèges. Si quiconque l'entendait, il était bon pour le fouet. Et elle aussi, pour l'avoir écouté parler.

« Écoute-moi, reprit-il. Je vais m'évader d'ici. Si tu ne veux pas venir avec moi, ça te regarde. Mais je ne vais pas t'attendre cent sept ans. Tu dois faire un choix, Anna Covey. À toi de décider si tu veux mener une vie d'esclave ou pas. »

Anna le contempla sans un mot puis se leva, les jambes flageolantes. Comment Peter osait-il la traiter d'esclave ? Elle s'appuya d'une main sur la table, prit une profonde inspiration et se força à le regarder droit dans les yeux.

« J'ai déjà choisi, dit-elle. C'est toi qui as le crâne bourré d'inepties, Peter. Je suis une Déléguée. Une *Déléguée.* Dans six mois, je deviendrai un Bon Élément. Tu as le droit de gâcher ta vie, mais pas la mienne. Essaie donc de t'échapper si ça t'amuse. Je ne veux rien avoir à faire là-dedans. Ni avec toi, d'ailleurs. »

Sur ces mots, elle tourna les talons et s'éloigna, laissant Peter assis seul dans cette salle immense. Sans réfléchir, elle poussa la porte, franchit la cour couverte qui séparait le Réfectoire du bâtiment principal et pressa le pas vers l'escalier. Ce n'est qu'arrivée au Niveau 2 qu'elle comprit où ses pas la menaient et elle se mit à courir jusqu'à la Salle de Bains F2.

Une fois à l'intérieur, elle referma soigneusement la porte et laissa enfin libre cours à ses émotions. Elle glissa lentement le long du mur, en proie à de violents sanglots.

« Je ne suis pas Anna Covey, se dit-elle tout bas. Je ne suis pas Anna Covey. Je suis Surplus Anna. Oui, je sais qui je suis. Je voudrais que les choses redeviennent normales. Je voudrais que tout redevienne comme avant. »

7

3 mars 2140

Peter dit que je suis une esclave et que je devrais défendre mes droits. Il me rend folle de rage. Je ne suis pas une esclave. Je suis un Bon Surplus. Ce n'est pas comme si j'avais choisi – les choses sont arrivées comme ça, un point, c'est tout, et je ne vois pas pourquoi Peter cherche à me culpabiliser.

Il prétend être mon ami, et la minute d'après, il me tient des propos si choquants que j'ai l'impression de suffoquer, avec toutes ces choses qu'il raconte à propos de l'Extérieur, et à cause de lui je me mets à imaginer à quoi ça peut ressembler, alors qu'en fait ça n'a aucune importance vu que je suis un Surplus et que je ne connaîtrai jamais rien de tout ça.

S'il était vraiment mon ami, me dirait-il tous ces trucs monstrueux et stupides ?

Peter n'a pas peur, contrairement à nous autres. Et ça le rend dangereux. J'ai le sentiment de faire quelque chose de dangereux chaque fois je suis avec lui parce que je ne sais jamais ce qu'il va inventer, et quoi qu'il dise, il ne pourrait jamais le répéter devant Mrs Pincent. Mais il raconte aussi des choses agréables, parfois, ou bien il me regarde et soudain ça n'a plus rien de dangereux du tout et c'est même excitant, bien qu'au fond ça soit sans doute la même chose. Et chaque fois je culpabilise en me disant que ça prouve que je ne suis pas vraiment un Bon Élément, juste un Surplus comme les autres, et que j'aurai beau travailler et faire des efforts, je finirai toujours par me laisser aller à m'intéresser à des choses auxquelles je ne devrais pas m'intéresser et à faire des choses que je ne devrais pas faire. Je ne devrais pas être en train d'écrire. Je ne devrais pas avoir de journal intime. Je ne vaux peut-être pas mieux que Peter, finalement. C'est peut-être moi qui suis dangereuse.

Il existait plusieurs façons de séparer les garçons des filles, à Grange Hall. D'abord par l'emplacement des dortoirs, situés à des niveaux différents. Ensuite, par la répartition de leur emploi du temps – la moitié au moins des séances d'apprentissage quotidiens étaient non mixtes, et centrées sur les aptitudes et les qualifications spécifiques à chaque sexe telles qu'attendues par les futurs employeurs ; enfin, par la façon dont chacun des membres des deux sexes réagissait à sa situation, ses méthodes respectives pour rendre l'existence plus supportable et les perspectives d'avenir moins lugubres.

Les filles, à une ou deux exceptions près, occupaient leurs journées en rivalisant à qui se montrerait la plus méritante, ou à qui saurait le mieux prouver sa valeur réelle envers Mère

Nature. Et même si, en surface, elles semblaient liées par une relative camaraderie, même s'il leur arrivait parfois, dans le plus grand secret, de se confier les unes aux autres ou de se chuchoter des choses interdites à propos de l'Extérieur, de la chance de naître Légal, d'avoir toute sa vie devant soi tel un beau tapis gorgé de promesses et de bonheur, en réalité, l'amitié qui les unissait était bien maigre. La pitié, la sympathie, l'empathie étaient un luxe que les Surplus filles ne pouvaient guère se permettre ; éprouver l'un de ces sentiments envers leurs semblables ne ferait que souligner leurs échecs et leur propre destin. Au lieu de cela, les filles vivaient donc les unes à côté des autres sans jamais baisser totalement la garde, réprimant systématiquement ou presque tout élan, tout questionnement, et s'épiant constamment l'une l'autre pour surprendre la moindre infraction, même lors de leurs quelques instants volés de détente ou de récréation. Dans l'heure qui précédait l'extinction des feux, quand toutes les corvées de la journée avaient été correctement accomplies et que les filles du dortoir avaient droit à un peu de temps libre – ce qui n'arrivait pas souvent –, elles jouaient toujours au même jeu. Ça s'appelait La Légale et La Surplus : une fille était désignée comme « Légale » attitrée pour toute la durée de la partie, et une autre comme sa Surplus. La « Légale » pouvait tout ordonner à sa Surplus, depuis lécher le sol jusqu'à manger des excréments. Plus la « Légale » faisait preuve d'inventivité dans ses méthodes d'humiliation, plus les autres applaudissaient et riaient, jusqu'à ce qu'on annonce l'extinction des feux et que la Surplus désignée puisse enfin échapper à sa tortionnaire.

Les garçons, eux, ne laissaient pas leur esprit s'aventurer trop avant vers l'avenir, ni s'appesantir sur la courte vie de servitude qui allait être la leur. Ils préféraient exorciser leur frustration en s'adonnant à des activités plus physiques. Les règles du jeu étaient les mêmes que celles des filles – un contre un, les autres Surplus se contentant de former le groupe de spectateurs –, sauf que chez les garçons la victime et son oppresseur n'étaient pas choisis au hasard par un système de roulement ; c'était toujours le ou les mêmes qui se retrouvaient persécutés par les mêmes bourreaux, tandis que les autres se repaissaient du spectacle, savourant chaque coup porté, s'imaginant le sentiment de puissance qui devait accompagner la domination totale de l'autre. Le jeu se poursuivait jusqu'à ce que les Surplus spectateurs, ne pouvant plus se contenir, se jettent à leur tour dans l'arène pour rosser la victime ou quiconque leur semblait plus faible qu'eux. Ils éprouvaient alors la sensation, pour un bref instant du moins, d'être invincibles, comme s'ils étaient devenus autre chose que des Surplus ; le sang qui cognait dans leurs veines annihilait tout ce qui existait en dehors du dortoir, passé, présent, avenir.

Mrs Pincent et les Instructeurs étaient au courant de ces jeux, mais intervenaient rarement. De fait, Anna avait vu Mrs Pincent déclarer un jour en souriant qu'à travers ces jeux, les Surplus accomplissaient son travail à sa place : les filles apprenaient la soumission envers leurs futurs employeurs Légaux, tandis que les garçons départageaient les plus forts des plus faibles et se défoulaient de leur agressivité l'un sur l'autre, évitant ainsi de l'imposer à un Légal. Les Surplus garçons étaient souvent employés par groupes de deux ou trois, avec un élément faible associé à deux éléments forts, ce qui permettait de reproduire cette dynamique jusqu'à ce que, devenus adultes, ils n'éprouvent plus ce désir viscéral de se battre ou de se dominer entre eux. On avait bien procédé à des essais de traitements hormonaux, il y avait quelques années, afin de diminuer leurs pulsions agressives mais cela avait surtout eu pour effet d'amoindrir leur force brute, et l'expérience avait été abandonnée.

Anna ne participait plus aux jeux de son dortoir. Elle était une Déléguée, à présent, et bien trop mature pour ce genre d'enfantillages. Mais en réalité, son statut de Déléguée n'était pas la vraie raison pour laquelle elle détournait les yeux chaque fois qu'une autre Surplus se voyait contrainte d'endurer les nouvelles tortures conçues par la « Légale » officielle de la partie. La véritable raison pour laquelle Anna ne supportait plus ces séances était que, depuis quelque temps, elle avait perdu tout goût pour l'acte d'infliger la douleur ; elle éprouvait un vif malaise à l'idée de voir quelqu'un se faire humilier ou de brimer elle-même un autre Surplus ; elle ne savourait plus ni la brutalité ni l'oubli de soi qui accompagnaient l'exercice de la persécution. Avant, les petits cris de délice qui suivaient l'annonce du prochain châtiment la remplissaient d'exaltation et de soulagement ; quelles que soient les horreurs qui l'attendaient dans sa vie, rien ne pourrait jamais être aussi abominable, rien de ce qu'elle endurerait ne pourrait la broyer autant que ce que la « Légale » faisait subir à son esclave d'un soir. Mais récemment, Anna avait commencé à réaliser que le cauchemar de son existence ne tenait pas aux coups ou aux brimades qu'elle était susceptible de donner, mais à l'horreur dont elle était porteuse. Un Surplus. Une indésirable. Un fardeau. Et qu'aucune somme de souffrance, aucune forme d'anesthésie psychologique ne changerait son sort ou ne l'allégerait un tant soit peu.

Ce soir-là, en revenant de la Salle de Bains F2, Anna s'aperçut que la partie battait déjà son plein, avec Sheila dans le rôle de la Surplus et Tania dans celui du bourreau. Rien qu'à cette vision, elle sentit son estomac se serrer. Tania avait deux ans de moins qu'Anna, et un de plus que Sheila. Elle vivait pratiquement à Grange Hall depuis sa naissance. C'était une grande fille robuste aux cheveux noirs et au regard encore plus sombre. Elle dépassait largement sa victime, dont la frêle silhouette semblait menacer d'être emportée à la moindre bourrasque.

Sheila avait les cheveux d'un roux très pâle, assorti aux taches de rousseur qui constellaient son teint laiteux, presque bleuté. Ajouté à son gabarit fragile et à ses yeux bleus humides, cela faisait d'elle la cible idéale pour les vexations et les insultes ; sa farouche détermination et son refus de céder à ses tourmenteuses n'avaient fait qu'attiser leur cruauté. Il y a encore quelques mois (avant qu'Anna, à contrecœur, la prenne plus ou moins sous son aile, motivée surtout par le fait que Sheila s'était mise à la suivre partout, l'impliquant de fait dans toutes ses histoires), Sheila était le souffre-douleur préféré de Grange Hall.

Anna traversa le dortoir en regardant résolument ailleurs et en tâchant de se convaincre qu'elle n'était pas concernée. Mais au moment d'atteindre son lit, elle entendit enfler les cris et les railleries en provenance de l'autre côté du dortoir et, dégoûtée par avance, se retourna. À sa grande surprise, Sheila n'était pas allongée face contre terre, la tête écrasée sous le pied de Tania ou en train de se livrer à une quelconque corvée humiliante. Non, elle se tenait simplement debout à côté du lit de Tania, le visage suppliant et inondé de larmes, le corps parcouru de tremblements.

Anna tourna le dos au spectacle, mais les hurlements des autres Surplus devinrent si assourdissants qu'elle finit par faire de nouveau volte-face. Sheila se tenait toujours devant

Tania, les joues en feu, sans doute à la suite d'une paire de gifles. Hormis ce détail, elle ne semblait pas avoir essuyé d'autres coups.

Tout en se mordant la lèvre, Anna s'avança vers le petit groupe. Tania toisait Sheila d'un air menaçant en répétant d'une voix grave : « Dis-le. Dis-le. Dis-le », tandis que sa victime, ses deux petits poings serrés, secouait obstinément la tête.

Anna observa la scène encore un instant avant de déclarer : « Bien, il est l'heure d'aller se coucher. Vous pouvez arrêter de jouer. »

Quelques Surplus la dévisagèrent avec une lueur étrange dans le regard et Tania, sans quitter Sheila des yeux, fit non de la tête. « Elle n'a pas fait ce que je lui ai demandé. Le jeu ne peut pas s'achever tant qu'elle n'aura pas obéi. »

Anna se tourna vers elle. « Allons, insista-t-elle, fais ce qu'elle te dit et nous pourrons toutes aller dormir.

— Non. Pas question. » Sheila venait de s'exprimer d'une voix sourde mais déterminée, et Anna sentit une grosse boule se former au fond de son estomac. Il ne fallait jamais dire non. Telle était la règle. Le but du jeu était d'obéir aux ordres de la « Légale ». Personne ne se défilait. Pourquoi Sheila se montrait-elle aussi têtue ?

« Ce n'est qu'un jeu. Tu dois faire ce qu'elle te demande », dit Anna. Elle sentait l'électricité dans l'air autour d'elle tandis que les autres Surplus observaient la scène sans en perdre une miette.

« Je refuse, répondit simplement Sheila. Pas question. »

Anna se tourna vers Tania. « Que lui as-tu ordonné de faire ? voulut-elle savoir. Parce que si cela implique de sortir du dortoir ou dire quelque chose à Mrs Pincent, tu sais que c'est interdit. »

Tania eut un rictus glacial. « Je lui ai juste demandé de prononcer une phrase. Et elle refuse. Alors tant qu'elle n'aura pas obéi, le jeu n'est pas terminé. O.K. ?

— Prononcer une phrase ? répéta Anna d'un ton hésitant. C'est tout ? »

Elle se tourna de nouveau vers Sheila. « Allez, Sheila. Dis ta phrase. Quelle qu'elle soit. »

Sheila secoua la tête. Son visage était livide de rage, ou de peur – Anna avait du mal à faire la distinction.

« Que lui as-tu ordonné de dire ? demanda-t-elle encore à Tania.

— Je veux qu'elle déclare qu'elle hait ses parents. Que ce sont deux pourritures criminelles et qu'ils méritent de mourir, répondit Tania avec triomphe.

— Jamais, dit doucement Sheila. Tu peux me faire tout ce que tu veux, jamais je ne dirai une chose pareille.

— Tu dois m'obéir ! s'enflamma Tania. Je suis ton maître. Tu dois faire ce que je t'ordonne, sans quoi nous allons toutes te frapper. Et si tu t'obstines encore après ça, j'irai signaler à Mrs Pincent que tu n'as pas compris Où-Était-Ta-Place. »

En voyant Sheila tenir vaillamment tête à Tania, son petit dos raidi et ses cils ourlés de grosses larmes salées, Anna se surprit à penser à Peter, et ses paroles revinrent soudain résonner à ses oreilles : « Tes parents t'aiment, Anna Covey. Ils t'aiment. »

Mais elle se ressaisit. « Sheila, tu dois obéir, insista-t-elle d'un ton las. C'est la vérité, après tout. »

Sheila plissa les yeux et secoua farouchement la tête. « C'est faux, marmonna-t-elle. Et je ne le dirai pas. »

Tania devint cramoisie. « Elle se pliera à ma volonté, éructa-t-elle. Je suis son maître. Elle fera ce que je lui dis !

— Tu n'es pas mon maître, répliqua brusquement Sheila. Ni toi ni personne. Je ne suis pas un Surplus. Mes parents m'aiment, je suis une Légale et je te déteste. Je vous hais toutes ! »

Un instant bouche bée, Tania finit par lever la main pour la gifler de nouveau avec violence, puis la poussa à terre et entreprit de la bourrer de coups de pied.

« On ne parle pas à son maître de cette façon, vocifératelle. Je vais t'apprendre le respect. Tu es un Surplus, Sheila. Tu m'entends ? Sale vermine ! Tu ne mérites pas de respirer le même air que moi. Tu ne mérites pas de te tenir dans la même pièce que moi. Tu n'es qu'un parasite, Sheila, une moins-que-rien ! » Tania regarda autour d'elle, les pupilles étincelantes de rage. « Vous êtes toutes des moins-que-rien, explosa-t-elle, des ratées, toutes autant que vous êtes ! »

À ces mots, Charlotte, une petite Aspirante trapue et voisine de lit d'Anna, se planta devant Tania.

« S'il y a une ratée, ici, c'est toi, déclara-t-elle, les bras croisés. Tu ne sais pas faire la cuisine. Tu es une ratée inutile, personne ne voudra jamais t'employer et tu finiras éradiquée, parce qu'il n'y a rien d'autre à faire de toi.

— Je sais faire la cuisine, rétorqua Tania en se redressant de toute sa hauteur pour fusiller Charlotte du regard. Et je sais mieux coudre que toi. Personne ne t'emploiera jamais parce que tu es trop moche pour travailler dans une belle maison. Personne ne voudrait t'avoir sous les yeux toute la journée, même si tu apprends la Bienséance et que tu réussis à te rendre invisible. Tu resteras toujours aussi laide. »

Anna baissa les yeux et vit Sheila ramper pour s'éloigner de Tania en grimaçant légèrement de douleur, mais l'expression toujours aussi farouche. Charlotte, elle, ne reculait devant personne. Au contraire. Elle chargea Tania, l'agrippa par les cheveux et l'obligea à s'agenouiller.

« Sale… petit… Surplus ! » cracha-t-elle en la giflant. Tania se tortilla sur le côté et parvint à asséner un coup de pied à Charlotte, qui lâcha prise avec un glapissement. Mais avant que Tania ait eu le temps de se relever, Sheila, surgissant de nulle part, se rua vers elle pour la marteler de coups.

« Ça suffit ! s'écria Anna. Le jeu est terminé. Tout le monde au lit !

— Je refuse d'aller me coucher, s'exclama Charlotte. Je n'ai aucune envie de dormir ! »

Le visage d'Anna se durcit. « Surplus Charlotte, menaça-t-elle, n'oublie pas Où-Est-Ta-Place. J'ai dit "Tout le monde au lit", et tu dois m'écouter. »

Tania repoussa violemment Sheila et se releva. « Et qu'est-ce qui se passe si on refuse ? demanda-t-elle avec morgue. Alors quoi ?

— Alors vous serez punies, répondit froidement Anna. Je suis votre Déléguée.

— *Je suis votre Déléguée* », répéta Tania d'une voix moqueuse. Quelques Surplus s'esclaffèrent. « Eh bien, les Déléguées doivent apprendre Où-Est-Leur-Place, elles aussi. » Elle regarda les autres comme pour les prendre à témoins. « Le temps est peut-être venu pour toi de jouer le jeu, Anna. Le temps est peut-être venu pour toi de laisser tomber tes petits airs supérieurs et de te rappeler qui tu es. Ce que tu es. Un Surplus, comme nous autres. »

Anna ne se laissa pas démonter. « Je sais que je suis un Surplus, répliqua-t-elle avec colère. Je sais Où-Est-Ma-Place. Je crois que c'est toi qui as du mal à t'en souvenir.

— Ah oui ? Tu as sans doute raison. *Ma place* est peut-être dans un autre dortoir. Ou dans le couloir. Ou à l'Extérieur. Si ça se trouve, *ma place* est ailleurs qu'ici. Et alors ? »

Après un dernier regard étincelant de défi, Tania tourna brusquement les talons pour se diriger vers la porte, l'ouvrit et fit signe aux autres de la suivre ; Charlotte lui emboîta le pas avec prudence, et Anna tira Sheila par le bras.

« Toi, tu restes ici, lui ordonna-t-elle. Tu ne bouges pas. »

Lentement, Anna sortit sur le seuil pour voir ce qui se passait. Tania et Charlotte bondissaient dans le couloir en cognant aux portes des dortoirs et en hurlant : « Sachez Où-Est-Votre-Place, Surplus, sachez Où-Est-Votre-Place ! » Quelques portes s'ouvrirent, et des Surplus filles passèrent craintivement la tête à l'extérieur, pour se voir aussitôt traînées de force par l'une des deux rebelles.

Anna claqua bruyamment la porte de son propre dortoir pour faire cesser l'agitation.

« Vous allez revenir ici et vous mettre au lit, cria-t-elle. Maintenant ! »

Tania éclata de rire. « Sinon quoi, Surplus Anna ? Tu nous dénonceras ? Tu iras courir dans les jupes de Mrs Pincent ?

— Sinon je te corrigerai moi-même, répondit Anna d'un ton glacial. Tu es un Surplus, Tania. Tu dois te comporter comme tel, respecter le règlement et obéir. Tu n'as pas le droit d'exister, Surplus Tania, et si tu ne changes pas d'attitude…

— Alors quoi ? » demanda Tania. Une lueur folle dansait dans ses yeux ; elle semblait jubiler d'excitation.

« Tu seras envoyée en Isolement. »

Le silence s'abattit brusquement dans le couloir et Tania blêmit en découvrant la silhouette de Mrs Pincent.

« Et battue, ajouta la Directrice en s'avançant, impassible. Anna, j'ai entendu ta proposition de corriger Tania toi-même. Je t'en saurais gré. »

Anna dévisagea Mrs Pincent. On ne lui avait jamais demandé de frapper un Surplus. Les Surplus n'étaient pas censés lever la main sur qui que ce soit en dehors des strictes limites de leurs jeux.

« Immédiatement, insista Mrs Pincent. Afin que tout le monde voie ce qui arrive aux Surplus quand ils se croient au-dessus des règles, quand ils se croient permis d'agir comme bon leur semble et d'insulter Mère Nature et l'humanité qui, dans sa grande générosité, tolère pourtant leur existence. »

Anna fit un pas hésitant en direction de Tania, qui la regardait avec appréhension.

« Frappe-la, ordonna Mrs Pincent. Fais-lui prendre conscience de ses fautes. Aide-la à tirer la leçon de ses erreurs et à comprendre ce que signifie son statut de Surplus. Fais-lui comprendre qu'elle n'est qu'un fardeau indésirable ; que chacun de ses pas le long de ces couloirs est un pas volé. Fais-lui comprendre qu'elle est inutile, que personne ne la pleurera si elle meurt et que, débarrassé de sa présence violatrice, le monde s'en portera même un peu mieux. Fais-lui comprendre tout cela, Anna. »

La voix de Mrs Pincent était grave, lourde de menaces, et Anna ne put réprimer un frisson. Tania devait comprendre, se dit-elle. Tania devait apprendre, pour son bien. Pour leur bien à toutes.

Lentement, elle leva la main et gifla Tania en pleine figure. Tania la regarda sans rien dire, puis glissa un rapide coup d'œil en direction de Mrs Pincent ; alors elle adressa un sourire à Anna, un rictus moqueur chargé de haine et de mépris.

Anna soutint son regard quelques secondes avant de lever la main pour la frapper une deuxième fois. Elle sentait la frustration et la colère bouillir en elle ; elle voulait se décharger de sa rage. Mais un blocage l'en empêchait. Elle avait beau vouloir apprendre à Tania Où-Était-Sa-Place, elle ne parvenait pas à la frapper à nouveau. Et cette prise de conscience l'effraya, surtout lorsqu'elle vit le sourire de Tania s'élargir.

« Eh bien, frappe-moi, persifla-t-elle. Vas-y ! Ou peut-être n'es-tu pas aussi forte que tu le croyais, Surplus Anna ? »

Sans quitter Tania du regard, Anna leva à nouveau le bras, mais ne put aller jusqu'au bout de son geste.

« Merci, Anna, finit par déclarer Mrs Pincent. Surplus Tania passera le reste de la nuit en Isolement, de même que Surplus Charlotte, après être toutes les deux passées dans mon bureau. Les autres seront privées de petit déjeuner demain matin et auront des corvées supplémentaires tous les soirs jusqu'à la fin de la semaine. »

En un éclair, l'insolence qui brillait dans les yeux de Tania fit place à la peur ; Anna la regarda se faire emmener avec Charlotte, tandis que le couloir se dépeuplait à toute vitesse.

« Allez vous brosser les dents. Ensuite, je veux voir toutes les lumières éteintes », lança-t-elle, comme en pilotage automatique, tout en regagnant son dortoir en s'efforçant de comprendre d'où provenait le malaise qu'elle éprouvait et pourquoi elle avait été incapable de punir Tania. « Les Surplus ont besoin d'une dentition saine, poursuivit-elle, répétant les paroles qu'elle avait entendues tant de fois de la bouche de Mrs Pincent. Personne ne paiera jamais de frais dentaires pour un Surplus. »

Lentement, elle traversa le dortoir pour aller voir Sheila, recroquevillée sur son lit, les genoux repliés contre sa poitrine.

« Va te laver les dents, Surplus Sheila, lui dit-elle avant de jeter un regard circulaire au dortoir. Plus de jeux jusqu'à nouvel ordre. Est-ce bien clair pour tout le monde ? Nous sommes toutes des Surplus, ici. Peut-être devrions-nous nous en souvenir pendant quelques semaines. »

Les autres haussèrent les épaules, acquiescèrent et partirent en rangs ordonnés vers les salles de bains pour se brosser les dents. Anna fit de même, et se retrouva côte à côte avec Sheila devant le lavabo.

« Tu sais, Anna, je ne suis pas un Surplus, lui chuchota-t-elle presque sans bruit, grimaçant de douleur au simple fait de bouger les muscles de son visage. Un jour, ils s'en rendront compte et je serai libre. Alors j'embaucherai Surplus Tania comme femme de ménage et je la punirai tous les jours. Et toi aussi, je t'embaucherai, Anna, sauf que je ne te punirai jamais. Sauf si tu le mérites, évidemment. »

Et sur ces mots, les yeux rivés droit devant elle, Sheila commença à se brosser les dents.

8

Le lendemain matin, Tania et Charlotte revinrent d'Isolement juste à temps pour le début des séances d'apprentissage du matin. Elles n'adressèrent aucun signe à leurs camarades Surplus. Des marques rouges leur zébraient les joues et les mains, et Anna se dit qu'elles devaient en avoir bien plus encore cachées sous la toile de leur uniforme. Leurs cernes et leurs paupières trahissaient une nuit sans sommeil.

Anna, qui se sentait elle-même fatiguée et affamée, ne put s'empêcher de remarquer l'absence de Peter. Non pas que ce détail revête une quelconque importance à ses yeux. Par bien des aspects, c'était un soulagement : il l'avait mise hors d'elle à force de la narguer avec ses parents, bien plus qu'elle ne l'aurait cru possible. Elle n'aurait guère été surprise d'apprendre qu'il avait lui aussi passé la nuit en Isolement pour mauvaise conduite. En fait, elle s'attendait plus ou moins à le voir arriver avec Charlotte et Tania.

Mais point de Peter. Personne ne vint frapper à la porte ; personne n'interrompit le début du cours à la dernière minute.

Une fois épuisé le sujet de l'apparence physique de Charlotte et Tania, les Surplus présents se mirent à commenter à voix basse l'absence de Peter en échangeant des coups de coude et en jetant des regards furtifs en direction de son bureau vide à côté d'Anna. Mais cette dernière était bien trop fière pour se mêler aux ragots. Elle regardait résolument droit devant elle, s'efforçant d'ignorer les grognements de son estomac et d'écouter attentivement Mrs Dawson leur expliquer pourquoi les Surplus devaient apprendre à se rendre Invisibles – c'est-à-dire être toujours disponibles sans faire sentir leur présence. Au fond, songea Anna, c'était sans doute une bonne chose que Peter ne soit pas là. Mrs Dawson arborait un air inflexible, et Peter ne manquait jamais l'occasion de mal se conduire pendant son cours, si bien qu'il écopait toujours d'une punition à la fin de l'heure.

À l'opposé du petit gabarit de Mrs Pincent, Mrs Dawson était plutôt du genre imposant avec son mètre quatre-vingt-dix de haut et ses bourrelets de graisse qui remuaient quand elle se déplaçait. Ses cheveux, pourtant serrés en chignon comme ceux de Mrs Pincent, s'échappaient constamment de l'emprise de leurs épingles, si bien qu'elle passait son temps à écarter des mèches folles de son visage.

Anna aimait bien Mrs Dawson, et elle était déterminée à avoir de bonnes notes dans sa classe. La Bienséance était une matière cruciale. D'après Mrs Pincent, les Légaux considéraient la Bienséance comme l'un des atouts les plus attractifs chez les Surplus, tous sexes confondus.

« Le but est de faire oublier jusqu'à votre existence même, déclara Mrs Dawson d'une voix ferme. Vous devez savoir vous fondre dans le décor pour vaquer à vos corvées, mais être là quand on a besoin de vous. C'est un grand talent, que vous n'apprendrez à maîtriser qu'en vous entraînant… »

Anna acquiesça avec sérieux et s'imagina dans la maison de Mrs Sharpe, surgissant de l'ombre lorsque sa patronne aurait besoin d'elle, pour s'effacer dès qu'elle aurait terminé. Le parfait Surplus. Un vrai Bon Élément.

« Et comment ne jamais faire sentir sa présence ? Tania ? »

Anna coula un rapide coup d'œil en direction de Tania, qui regardait fixement devant elle.

« Toujours garder les yeux baissés, répondit-elle d'une voix un peu tremblante, toute trace de sa défiance de la veille à présent envolée.

— Et… ? insista Mrs Dawson.

— Ne jamais parler ni donner son opinion, poursuivit Tania. Ne pas penser, ne pas lire, ni faire quoi que ce soit qui puisse nous distraire.

— C'est exact, commenta Mrs Dawson en la contemplant d'un regard pensif. Et toi, Charlotte ? As-tu quelque chose à ajouter ? »

Charlotte, qui affichait un œil au beurre noir et une mine défaite, se mordit la lèvre. « Tâcher d'anticiper les exigences de nos employeurs Légaux, dit-elle. Toujours penser à ce dont ils pourraient avoir besoin, ou à ce qu'ils pourraient attendre de nous… »

Mrs Dawson opina du chef. « C'est juste, Charlotte. Toujours anticiper ce que pourraient désirer les Légaux. Et tes envies et tes besoins à toi, Charlotte ? »

Celle-ci baissa la tête. « Nous sommes des Surplus, marmonna-t-elle simplement. Nous n'avons ni envies ni besoins.

Nous n'avons pas le droit de vouloir quoi que ce soit. Nous sommes là pour servir.

— Bien, approuva Mrs Dawson. Voyons cela en pratique, voulez-vous ? L'un après l'autre, je veux que vous traversiez la classe devant moi. En silence, pour que je n'entende pas un bruit. Anna, tu commences. »

Les Surplus se rassemblèrent tous d'un même côté. Anna traversa la salle le plus discrètement possible, suivie par Sheila et Tania, toutes trois récompensées par des hochements de tête approbateurs de Mrs Dawson. Vint ensuite le tour de Surplus Harry, qui s'avança en relevant soigneusement les pieds, le front plissé par la concentration. Harry était un grand maigre aux cheveux frisés et doté de pieds immenses. Il était arrivé à Grange Hall la même année qu'Anna, mais ressemblait davantage aux Surplus arrivés à un âge tardif – il était taciturne, souvent ailleurs et, autant que pouvait en juger Anna, n'excellait dans aucune matière.

« Je t'entends, fit sèchement Mrs Dawson. Fais demi-tour et recommence. »

Rouge de honte, Harry retourna à son point de départ et s'élança à nouveau en regardant ses grands pieds comme pour leur intimer le silence.

« Non ! s'écria Mrs Dawson après qu'il eut à peine fait deux pas. Recommence, maladroit ! »

Harry fit marche arrière et essuya son front perlant de sueur avant de repartir, cette fois en s'obligeant à poser ses orteils en premier, tout en épiant Mrs Dawson d'un œil craintif. À la moitié du parcours, l'Instructrice ouvrit la bouche comme si elle s'apprêtait à faire une remarque. Apeuré, Harry écarquilla les yeux et perdit l'équilibre ; il trébucha, voulut se rattraper à un pupitre et l'entraîna dans sa chute.

Mrs Dawson se dressa d'un bond.

« Debout ! vociféra-t-elle. Lève-toi, espèce de bon à rien de Surplus ! »

Harry se releva tout en se confondant en excuses, mais Mrs Dawson resta sourde à ses suppliques. Elle lui saisit les mains, les plaqua sur une chaise et, empoignant la badine qu'elle gardait toujours à proximité, lui asséna un coup violent sur les doigts. « Maladroit, hurla-t-elle, tu apprendras à faire attention ! Maintenant, recommence ! »

Les traits livides sous l'effet du choc et de la douleur, Harry rejoignit le groupe de Surplus qui attendaient leur tour. L'un de ses doigts était tordu dans le mauvais sens, et il semblait totalement désorienté au moment de s'élancer à travers la salle pour la quatrième fois. Il n'effectua qu'un quart du trajet avant de trébucher de nouveau, le corps crispé par la peur dans l'attente de l'inévitable châtiment.

Mrs Dawson le contempla avec dégoût. « Tu seras privé de dîner, ce soir, et tu t'entraîneras toute la nuit à traverser cette pièce. Si à l'heure du petit déjeuner tu ne parviens toujours pas à marcher en silence, tu ne mangeras rien de la journée et tu passeras la nuit suivante à t'entraîner jusqu'à ce que tu y arrives. C'est compris ? »

Harry hocha la tête et, les yeux cloués au sol, soutenant sa main ensanglantée, il repartit d'un pas chancelant vers le coin où se tenaient Anna, Sheila et Tania, tandis que Surplus Charlie prenait son tour.

« Elle s'en est prise à toi parce que Surplus Peter n'est pas là », glissa ce dernier à Harry en les rejoignant après avoir réalisé un sans-faute. Il posa sur Anna un regard lourd de sens. « Et Peter paiera, lui aussi. »

Anna se détourna. Elle s'en fichait. Tout ce qui lui importait, c'était de devenir un Bon Élément. Et malgré sa lèvre qui tremblait légèrement, malgré la peur et le doute qui l'étreignaient, elle était sûre que cela finirait par passer. Tout finissait toujours par passer, à Grange Hall. Mrs Pincent y veillait scrupuleusement.

Pendant le reste de la journée, Anna se consacra à ses séances d'apprentissage et à ses corvées avec un zèle qui aurait fait la fierté de Mrs Pincent. Elle récura le sol de son dortoir et d'une partie du couloir pour faire bonne mesure. Elle arriva en avance au Réfectoire afin d'aider aux préparatifs du dîner et ne leva même pas les yeux au ciel quand on lui confia la tâche de découper de la viande. En sa qualité de Déléguée, elle aurait tout à fait eu le droit de déléguer ce répugnant travail à un autre Surplus. C'était une besogne ingrate, rendue plus pénible encore par la lame émoussée des couteaux de cuisine qui peinaient à trancher la viande caoutchouteuse et remplie de nerfs qu'on leur servait une fois par semaine – des restes récupérés au Maxi-Marché local où les Légaux faisaient leurs courses. Mais Anna s'acquitta de sa mission avec soin, désossa et découpa la viande en s'efforçant de se rendre le plus invisible possible, les yeux toujours baissés et le pas discret. Et tout en travaillant, elle se concentra sur chacun de ses gestes en se répétant son serment du soir :

Je m'engage à payer ma dette et à obéir,
À me montrer digne des Légaux pour les servir.
Je m'engage à endosser la Honte des Surplus
Et à racheter ma Faute envers Mère Nature.
Je m'engage à écouter au lieu de parler ;

À pallier mes faiblesses et à toujours m'améliorer.
Je m'engage à travailler dur et à respecter
La volonté de l'État si mon nom est appelé.

C'était le serment prononcé chaque soir avant l'extinction des feux. Il permettait aux Surplus de se rappeler Où-Était-Leur-Place, comme disait Mrs Pincent. Non pas que les Surplus puissent avoir d'autre but dans l'existence ; cela aurait signifié qu'ils avaient une raison de vivre, or ils n'en avaient aucune. Mais ce serment leur rappelait à quoi ils devaient employer leur vie, et comment payer leur dette envers Mère Nature et l'État qui veillait sur eux au lieu de les renvoyer d'où ils venaient, comme ils le méritaient.

Anna avait toujours eu du mal à comprendre cela : où pourrait-on les renvoyer ? Mais elle n'osait jamais poser la question, de peur que Mrs Pincent ne décide de lui en faire la démonstration.

Chassant cette pensée, Anna se leva pour mettre la viande à bouillir dans la grande marmite. Mais au même instant, elle sentit une présence derrière elle et fit volte-face, pour se retrouver nez à nez avec Surplus Charlie. Surplus Charlie était un Délégué, lui aussi, mais là où l'autorité d'Anna s'exerçait par des paroles fermes, une foi indéfectible dans le règlement et une collusion très décriée avec Mrs Pincent, celle de Charlie émanait surtout de sa taille. Il n'était pas particulièrement grand pour ses quinze ans mais le compensait largement par sa carrure, due à la fois à sa robustesse naturelle et à son habitude de confisquer les rations de ses voisins de table (qui lui cédaient volontiers leur pain ou leur potage en dépit de la faim qui leur rongeait le ventre, sous peine de s'exposer à un sort bien pire). Charlie était capable de persécuter un garçon jusqu'à ce qu'il mouille son pantalon, ou d'inventer des châtiments si terribles que l'Isolement semblait un abri rassurant en comparaison.

Ce jour-là, il avait le visage particulièrement enflé, détail qu'Anna avait remarqué distraitement pendant le cours de Bienséance. Il n'était pas rare que les Surplus arborent des contusions ou des entailles – résultats de punitions, de bagarres ou de jeux. Personne ne demandait pourquoi quelqu'un avait la joue rouge ou un bandage de fortune autour de la main et, sauf en cas de blessure grave, nul ne se souciait de soins médicaux, pour soi-même ou pour les autres. En de très rares occasions, on faisait appel à un médecin. Cela s'était seulement produit deux fois depuis l'arrivée d'Anna à Grange Hall, la première pour un garçon qui s'était fracturé la jambe pendant un jeu, et la seconde pour un nouveau Surplus fille qui avait trop de température. Tous les Surplus redoutaient la maladie. En l'absence de traitement de Longévité, ils étaient vulnérables au moindre mal, au moindre virus, mais peu acceptaient d'avouer leurs symptômes, à moins que cela ne soit strictement nécessaire ; la maladie était un signe de faiblesse, Mrs Pincent avait été très claire sur ce point. C'était la preuve que Mère Nature vous considérait comme un élément inutile et souhaitait vous Éliminer-Plus-Tôt.

C'est ce qui s'était passé avec le nouveau Surplus fille. Elle avait attrapé quelque chose appelé « fièvre », et elle en était morte. Mauvais patrimoine génétique, avait expliqué Mrs Pincent à Anna quelques semaines plus tard. C'était Dans-L'Ordre-Des-Choses.

Anna observa Charlie à la dérobée. Il avait la lèvre ensanglantée et l'œil gauche à peine visible, caché derrière la pommette enflée qui semblait presque le protéger. Bizarre, songea Anna non sans une certaine nervosité ; Charlie avait l'air encore plus menaçant quand il était blessé.

« Maintenant, au moins, je saurai à qui me plaindre si la viande est immangeable, railla-t-il.

— Qu'est-ce que tu me veux, Surplus Charlie ? Tu n'as rien à faire en cuisine », répliqua Anna en réprimant un mouvement de recul à sa simple vue. Elle se retourna vers la marmite pour continuer à y plonger les morceaux de viande, mais sentit avec malaise le poids de son regard posé sur elle.

« Ton petit copain, dit Charlie d'une voix grave, où est-il ? »

Anna hésita. « Je ne vois pas de quoi tu parles, dit-elle d'un ton égal. Je n'ai pas d'ami, Charlie. »

Il se rapprocha d'un pas, si bien qu'Anna sentait son souffle contre sa nuque. « Surplus Peter, insista-t-il froidement. Où est-il ? »

Anna interrompit son geste. Charlie occupait le même dortoir que Peter. Si lui ne savait pas où le trouver, alors qui d'autre ?

Prudemment, elle lui fit face. « Pourquoi veux-tu savoir où est Peter ? » lui demanda-t-elle.

Charlie eut un sourire narquois. « J'en étais sûr. Alors il a accouru vers toi pour pleurnicher, hein ? » Il secoua lentement la tête. « Tu sais que ce Surplus file un mauvais coton, pas vrai, Anna ? Tu sais qu'il n'a que ce qu'il mérite. Et toi aussi. »

Anna serra le manche du couteau qu'elle tenait à la main. « Je ne comprends rien à ce que tu racontes », répondit-elle en se forçant à regarder Charlie dans les yeux pour lui montrer qu'il ne l'impressionnait pas. Il ne représentait aucun danger pour elle, se dit-elle. Elle était une Déléguée ; pas un Surplus chétif tout juste bon à jouer les souffre-douleur.

Charlie haussa les épaules. « S'il est venu vers toi, ça ne fait aucune différence. Il l'avait bien cherché. Besoin d'apprendre un peu le respect. Mrs Pincent comprend tout, tu sais, Anna. Elle sait que Peter a eu ce qu'il méritait, alors inutile de lui raconter le contraire. Tu crois être son Surplus préféré, mais tu te fourres le doigt dans l'œil. Elle a pitié de toi. »

Anna sentit la colère lui vriller le ventre. « Personne n'a pitié de moi, Surplus Charlie », marmonna-t-elle.

Charlie eut un rictus mauvais et se pencha plus près. « Tout le monde a pitié de toi, Surplus Anna. Surtout Peter, précisa-t-il d'une voix lourde de menaces. Pourquoi crois-tu qu'il essaie de te protéger ? Parce qu'il te trouve pitoyable, voilà pourquoi. »

Anna ouvrit des yeux ronds. « Me protéger ? répéta-t-elle. Je ne comprends pas de quoi tu parles.

— Je parle de ça, fit Charlie d'un ton agressif en ouvrant sa combinaison de travail pour révéler son torse orné d'une grosse ecchymose noir verdâtre. Ce type est un psychopathe. Et tout ça parce que j'ai dit que le plus grand des services à te rendre serait de mettre fin à ta misérable existence de Surplus. Et je le dis comme je le pense. »

Anna sentait le souffle de Charlie sur son front. Elle leva le menton pour bien lui montrer qu'elle n'avait pas peur.

« Où qu'il soit, poursuivit Charlie, je le retrouverai. Je l'ai cogné parce qu'il l'avait cherché, et je n'hésiterai pas à recommencer. Je le tuerai, s'il le faut. Mrs Pincent s'en fichera pas mal. Et je ferai en sorte que ça ressemble à un accident, t'inquiète pas pour ça. »

Avant qu'Anna ait eu le temps de répliquer, Charlie s'éclipsa, ratant de justesse une Domestique venue vérifier le travail en cuisine.

« Active-toi un peu ! vociféra-t-elle avec colère en découvrant le contenu de la marmite encore cru. Espèce de sale paresseuse de Surplus !

— Oui, répondit Anna d'un ton neutre malgré les idées qui s'entrechoquaient à l'intérieur de sa tête. Désolée, je vais me dépêcher. »

Elle ajouta de l'eau et un gros cube de bouillon soluble pour épaissir la sauce avant de remuer la mixture, mais le serment du soir lui était complètement sorti de la tête, remplacé par la pensée de Peter. Il était en danger. Elle devait absolument le prévenir, le mettre en garde contre Charlie. Elle savait que c'était strictement interdit ; que cela signifierait enfreindre chacune des règles qu'elle avait si ardemment fait respecter toute sa vie. Mais elle savait aussi qu'elle n'avait pas le choix. Elle avait beau le nier de toutes ses forces, Peter était son ami. Et c'est ainsi qu'Anna, qui ne s'était jusqu'ici jamais abaissée à écouter la voix de son cœur, se retrouva involontairement, inexorablement, sous son emprise.

À une heure du matin, Anna réfléchissait à ce qu'elle s'apprêtait à faire tout en calculant le temps nécessaire pour se rendre jusqu'en Isolement afin d'y vérifier la présence de Peter, la probabilité de réveiller l'un des Surplus de son dortoir ou, pire encore, de se faire arrêter dans un couloir. Il n'y avait plus de caméras dans les couloirs de Grange Hall – celles installées à l'origine s'étaient révélées trop coûteuses à l'entretien, et il n'y avait pas de budget pour en racheter d'autres. Mais Mrs Pincent n'avait nul besoin de caméras pour maintenir les Surplus au lit, la nuit ; elle s'appuyait plutôt sur une arme infaillible, cette bonne vieille peur, préférant arpenter elle-même les couloirs quand elle ne trouvait pas le sommeil, ce qui lui arrivait souvent. Si Anna se faisait intercepter hors de son lit, elle serait battue ; si elle était surprise en train de descendre en Isolement… elle n'arrivait même pas à s'imaginer un châtiment assez sévère.

Avec mille précautions, elle se redressa et jeta un regard circulaire au minuscule dortoir qui servait jadis de bureau au Directeur des opérations du département du Revenu et des Bénéfices. La pièce comportait dix lits peu espacés les uns des autres et constitués d'un matelas fin sur sommier métallique. Neuf de ces lits étaient occupés par une Surplus endormie, les cheveux étalés sur son oreiller et les poings serrés en petites boules compactes, image reproduite en série derrière chacune des portes du couloir dans les autres dortoirs.

S'efforçant de ne surtout pas penser à ce qu'elle faisait, Anna se glissa hors de son lit et grimaça en posant son pied nu sur le sol dur et froid.

Tout doucement, et mettant à profit ses cours de Bienséance, elle se faufila sans bruit jusqu'à la porte et sortit dans le couloir. Un silence inhabituel régnait sur Grange Hall – même les Petits semblaient dormir d'un sommeil profond. Une bouffée d'angoisse la submergea. Elle se sentait si vulnérable, seule dans le noir, ses orteils recroquevillés contre le sol glacé. Avec cinq cents occupants et trente employés, les Surplus avaient rarement l'occasion de se retrouver seuls à Grange Hall ; être ainsi livrée à soi-même s'avérait à la fois terrifiant et exaltant.

Après avoir franchi plusieurs portes et descendu des escaliers, Anna s'engouffra dans le couloir sombre et humide qui desservait le sous-sol du bâtiment. Enfin, elle parvint au quartier d'Isolement. Tremblante, elle serra ses épaules entre ses mains.

« Tu n'as pas intérêt à m'avoir fait venir ici pour rien, Surplus Peter », marmotta-t-elle en tournant à l'angle du couloir.

Mais elle se figea net et se plaqua à l'angle d'un couloir. Là, devant la première des trois cellules, se tenait Mrs Pincent, accompagnée de deux hommes dont l'un portait Peter. Tous les trois franchirent le seuil de l'immense porte métallique.

Anna tenta de comprendre ce qui se passait. Peter était-il malade ? D'où le ramenaient-ils ?

Son cœur cognait dans sa poitrine ; retenant son souffle, elle risqua un coup d'œil derrière l'angle du couloir pour entrevoir la scène. Elle était sûre que personne ne l'avait vue, mais si Mrs Pincent et les deux inconnus avaient l'intention de remonter au rez-de-chaussée par l'Escalier 3, elle était coincée. Il n'y avait absolument nulle part où se cacher – le couloir gris et nu ne comportait qu'une série de portes verrouillées dissimulant des placards à réserves ou d'autres secrets, et elle n'aurait aucune chance de semer ses poursuivants ; ils n'étaient qu'à quelques mètres à peine.

Mais à son vif soulagement, une fois que les hommes eurent déposé Peter dans sa cellule et refermé la porte, ils tournèrent les talons et suivirent Mrs Pincent de l'autre côté.

« Je vous paierai en haut, résonna la voix de Mrs Pincent comme le trio s'éloignait. Et si vous touchez un mot de cette histoire à qui que ce soit, les Autorités seront averties de vos petits trafics sous le manteau… est-ce bien clair ? »

Anna entendit les hommes marmonner en guise de réponse, patienta jusqu'à ce que le bruit de leurs pas eût complètement disparu, puis quitta sa cachette pour s'élancer vers la cellule de Peter.

« Peter, chuchota-t-elle, Peter, tu m'entends ? C'est Anna. »

9

Il lui fallut cinq bonnes minutes de chuchotements insistants et de coups discrets à la porte avant d'obtenir une réponse de Peter ; et encore, ce ne fut qu'un gémissement.

« Peter !? »

Un silence, suivi d'un bruit de pas comme si Peter s'avançait vers la porte ; Anna se sentit à la fois pétrifiée et soulagée de l'entendre.

« Anna ? »

Sa voix semblait étouffée, presque ensommeillée.

« Oui. Je… venais juste m'assurer que tu allais bien. Je ne savais pas où tu étais passé, et Surplus Charlie… Bref, je voulais juste vérifier que tu te trouvais bien ici », expliqua Anna en claquant des dents. Elle grelottait de froid et regrettait de ne pas avoir emporté sa couverture.

« Anna. Anna, c'est bien toi… »

Elle fronça les sourcils. « Tu te sens bien ? murmura-t-elle. Tu sembles bizarre. Est-ce que Charlie t'a vraiment fait du mal ? »

Elle l'entendit bâiller.

« Ma tête, grommela-t-il. Je me sens… Ils m'ont donné un truc. Une injection. J'ai la tête qui tourne. Je suis là depuis combien de temps ?

— Tu n'as pas reçu d'injection, Peter. Surplus Charlie t'a frappé en pleine tête. Il me l'a dit. Mais pourquoi es-tu en Isolement ? Est-ce Mrs Pincent qui t'a… ?

— J'en sais rien, répondit Peter d'une voix pâteuse. Je me souviens de la bagarre… Puis Mrs Pincent est venue me tirer du lit et elle m'a amené ici. Pendant la nuit. Ils m'ont fait une piqûre… Quelle heure est-il ? »

Anna jeta un coup d'œil à son poignet.

« Une heure et demie, dit-elle, réalisant soudain avec effroi le peu d'heures de sommeil qui lui restait. Écoute, je dois y aller. Je voulais juste te mettre en garde contre Charlie. Il veut te tuer, il me l'a avoué. Je ne savais pas où te trouver, alors…

— Charlie ne me fait pas peur », répliqua Peter. Sa voix commençait à redevenir normale. « Mais s'il te plaît, Anna, reste avec moi. Juste un peu… Ça m'a manqué, nos discussions. »

Anna hésita un instant. Le sol était humide et glacial sous ses plantes de pieds, mais elle s'assit quand même devant la porte.

« Tu n'as pas à me défendre, tu sais, déclara-t-elle avec embarras. Tu ne peux pas laisser Surplus Charlie te persécuter. Je sais me débrouiller toute seule. Tu as déjà assez de problèmes comme ça.

— Je m'en fous !

— Tu ne peux pas dire ça ! protesta Anna. Quand tu sortiras d'ici… tu devras apprendre à te tenir.

— Si j'en sors », répliqua Peter d'une voix sombre.

Anna soupira. « Bien sûr que tu vas sortir d'ici, Peter. On t'a mis là pour que Ça-Te-Serve-De-Leçon, voilà tout.

— Et quel genre de leçon ? rétorqua Peter, irrité. Ne pas naître ? Ne pas avoir d'opinion ? Ne pas dire à Charlie qu'il n'est qu'un rustre et une brute épaisse ? »

Les yeux d'Anna s'écarquillèrent. « Tu lui as vraiment dit ça ?

— Parfaitement. Et lui et cinq de ses copains se sont servis de ma tête comme ballon de foot. J'imagine que c'est la raison de ma présence ici. Ils ont dû aller se plaindre à Mrs Pincent en disant que j'avais provoqué une bagarre ou je ne sais quoi.

— Charlie ne m'a jamais parlé d'une entrevue avec Mrs Pincent, répondit Anna. Lui non plus ne savait pas où te trouver.

— Comment ça ?

— Aucun de nous n'en avait la moindre idée. Enfin, je n'étais pas absolument sûre que tu avais vraiment atterri ici. C'est pour ça que je… je…

— … que tu es venue me chercher ? » suggéra-t-il d'un ton malicieux, presque enjôleur.

Anna sentit ses joues s'enflammer.

« Je… voulais seulement savoir où tu étais », bredouilla-t-elle. Elle s'éclaircit la gorge. « Alors qu'est-ce qui s'est passé ? Quand t'a-t-on amené ici ? »

Il y eut un silence, puis Peter reprit la parole d'une voix grave. « Je n'en sais rien… Ils sont venus me chercher la nuit dernière. Très tard, en tout cas, parce que je dormais déjà. Mrs Pincent m'a bombardé de questions, en me frappant chaque fois que je refusais de répondre. Ensuite, ils m'ont amené ici, puis ils sont revenus me chercher – tout à l'heure, dans la soirée, j'imagine. Elle s'est remise à me questionner, mais l'un des hommes a sorti une seringue et je ne me souviens plus de rien jusqu'au moment où ils m'ont ramené dans ma cellule. »

Anna plissa le front, perplexe. Ça ne ressemblait à aucune des punitions qu'elle connaissait.

D'expérience, Anna savait que Mrs Pincent avait plusieurs méthodes de prédilection pour Infliger-Une-Bonne-Leçon. Il y avait d'abord les châtiments corporels, le plus souvent à l'aide d'une ceinture, parfois d'une règle ou, plus rare, à mains nues. Venaient ensuite les privations diverses, plats chauds, repas entiers ou couvertures, selon l'infraction commise. Il y avait aussi l'ajout de corvées supplémentaires, souvent tard le soir. Et enfin, il y avait l'Isolement.

« Quelles questions ? voulut savoir Anna. Est-ce qu'elle te demandait pourquoi tu étais un mauvais Surplus ? Parce que dans ce cas-là, il faut répondre : "Parce que j'étais stupide et ça ne se reproduira plus."

— Non, il ne s'agissait pas de ça. Elle n'arrêtait pas de me demander ce que je savais. Qui j'étais. Pourquoi j'étais là. Ils voulaient savoir où j'habitais avant. Je crois qu'ils voulaient que je leur parle de tes parents. Mais je n'ai rien dit. Je suis trop rusé pour ta Mrs Pincent.

— Ce n'est pas *ma* Mrs Pincent, répliqua Anna sur la défensive. Et pourquoi voudrait-elle des renseignements sur… mes parents ? »

Anna avait eu du mal à prononcer ces deux derniers mots. Il lui était difficile d'envisager la réalité de l'existence de ses parents et leur rôle dans la rencontre entre Peter et Mrs Pincent.

Elle entendit quelque chose cogner contre la porte.

« Oui, répondit Peter. Tes parents.

— Qu'est-ce que c'était que ce bruit ? Et pourquoi Mrs Pincent s'intéresserait-elle à mes parents ? Pourquoi irait-elle penser une seconde que tu les connais ? Ce sont des criminels…

— Ce ne sont pas des criminels. Tes parents t'aiment, Anna. Et ils font partie du Réseau Souterrain. »

Le même bruit sourd résonna de nouveau.

« Peter, chut… qu'est-ce que c'est ? fit Anna, nerveuse. Tu vas réveiller quelqu'un.

— Nous sommes deux étages en dessous des autres, Anna Covey. Je ne vais réveiller personne. J'ai besoin de me cogner la tête pour me réveiller. Ils ont dû me refiler quelque chose. »

Anna secoua la tête tandis que la réponse logique s'imposait à elle. « Les Surplus n'ont pas droit aux médicaments, asséna-t-elle avec fermeté. Tout le monde le sait. C'est inscrit dans la Déclaration. Et cesse de m'appeler "Anna Covey".

— C'est ton nom. Anna Covey. Un si joli nom, je trouve. Et que les Surplus aient droit aux médicaments ou pas, je sais que ces types m'ont fait une piqûre. J'ai encore la marque de l'aiguille sur le bras. »

Un peu à court d'arguments, Anna souleva un de ses pieds – qui lui faisaient désormais l'effet de deux blocs de glace – et le frotta pour raviver la circulation.

« Il faut que j'aille dormir, Peter, dit-elle tout bas. Je venais juste voir si tu allais bien, et ça en a l'air. Évite de faire l'idiot, d'accord ? Mrs Pincent te fera sortir bientôt, j'en suis sûre. »

Elle attendit sa réponse. En vain.

« Peter ? J'ai dit que j'allais me coucher. Je…

— Je ne crois pas qu'elle me fera sortir, déclara-t-il soudain. Anna, elle veut me supprimer. Je l'ai entendue, quand on était dans le couloir. Elle a demandé à un des deux types s'il s'y connaissait en techniques d'éradication… »

Anna secoua la tête, incrédule. « Ne sois pas stupide. Charlie est le seul à proférer des menaces. Et d'ailleurs, tu dormais quand ils t'ont ramené. Tu as rêvé, voilà tout. Tu sortiras sûrement demain. Et si ce n'est pas le cas, alors je reviendrai peut-être demain soir, juste pour prendre de tes nouvelles… »

Elle regretta aussitôt d'avoir prononcé ces paroles, mais il était trop tard. Quand Peter lui répondit : « Oui, reviens, s'il te plaît », sa voix lui parut d'une tristesse et d'une vulnérabilité insupportables.

« Je ferai de mon mieux, promit-elle. Mais tu ne dois plus te battre avec Charlie si tu ressors… je veux dire, quand tu sortiras.

— Merci, Anna… tu es ma meilleure amie.

— Tu es mon ami, toi aussi », dit-elle avec hésitation. Ces mots provoquèrent une impression curieuse dans sa bouche.

« Alors… évade-toi avec moi.

— Ne sois pas ridicule. Personne ne va s'évader. Pourquoi ne pas penser à ta sortie d'Isolement pour te donner du courage ?

— À vrai dire, je suis mieux ici, marmonna Peter. L'Isolement est le premier pas vers l'évasion. »

Il marqua une pause avant de reprendre la parole, cette fois d'un ton plus animé. « Anna, écoute-moi. J'ai vu les plans de Grange Hall. Il y a un passage secret vers l'Extérieur. Il débouche près du village. Je pourrais partir maintenant, si je voulais. Je vois même la grille qui cache l'entrée du tunnel. Mais pas sans toi. Tu dois fuir avec moi, Anna Covey. »

La voix de Peter redevenait pâteuse, mais elle semblait très proche, aussi. Anna réalisa qu'il avait dû se coller contre la porte et qu'il se trouvait donc à quelques centimètres. L'espace d'un instant, elle s'imagina en train de s'évader avec Peter, laissant Mrs Pincent et Tania et Charlie derrière elle et courant pieds nus dans l'herbe vers un lieu magique, à l'abri… Mais c'était un rêve inaccessible. Et dangereux, en prime.

Un jour, par un après-midi d'hiver, alors qu'Anna était censée récurer les gros fourneaux de la cuisine, Mrs Pincent l'avait surprise à regarder dehors derrière le store. Il neigeait, et le paysage alentour se couvrait d'un ravissant tapis immaculé, même les hauts murs épais qui séparaient Grange Hall de l'Extérieur où vivaient les Légaux. À travers les grilles, Anna avait vu les gens resserrer leur manteau autour d'eux et les avait observés avec envie, songeant à quel point ce devait être merveilleux de sentir le picotement du vent et de la neige sur son visage. Les Surplus n'étaient guère autorisés à sortir, sauf cas de force majeure ; Mrs Pincent disait qu'ils étaient plus facilement maîtrisables à l'intérieur. Anna avait pressé son nez contre la vitre froide pour admirer les flocons, fascinée par leurs tourbillons derrière la fenêtre avant qu'ils rejoignent leurs semblables pour former ce duvet de blancheur délicieuse recouvrant la grisaille et la saleté. Elle était en train de s'imaginer la sensation de cette matière si magique et fondante entre les doigts, quand Mrs Pincent l'avait aperçue et rageusement arrachée à la fenêtre.

« Il ne neige pas pour toi ! avait-elle vociféré en traînant Anna par les cheveux jusqu'à son bureau avant de la jeter par terre pour aller chercher sa ceinture. Comment oses-tu gaspiller un moment de ton existence à contempler la beauté extérieure alors que tu devrais être au travail ? Rien de ce qui est bon dans ce monde n'existe pour toi ! » Renonçant à la ceinture, elle avait commencé à la gifler. « Apprends à rester À-Ta-Place, Anna. À-Ta-Vraie-Place ! Tu n'es rien. Tu ne mérites rien. Tu ne sentiras jamais la neige entre tes mains ni le soleil sur ta peau. Tu es indésirable sur cette terre, et plus vite tu l'accepteras, mieux ce sera pour nous tous.

— Je l'ai déjà accepté, avait gémi Anna en fermant les yeux pour endurer les coups. Je suis désolée, Mrs Pincent. J'ai succombé à la tentation. Ça ne se reproduira plus. Je sais Où-Est-Ma-Place. Je n'en mérite aucune. Je ne suis rien… »

Anna chassa ce souvenir de sa mémoire et scruta la porte métallique qui retenait Peter prisonnier. « Ne parle pas d'évasion, dit-elle. Pourquoi ne pas accepter la réalité une bonne fois pour toutes ? Pourquoi ne peux-tu pas être mon ami, ici, à Grange Hall ?

— Parce que nous n'avons plus beaucoup de temps, répondit Peter d'une voix faible. Nous n'avons pas l'éternité devant nous, Anna. Contrairement à eux. Nous devons sortir d'ici avant qu'il soit trop tard… »

Les yeux toujours rivés sur le froid métal de la porte, Anna fit non de la tête, sans un mot. Trop tard pour quoi ? voulut-elle lui demander. À quoi bon se soucier du temps qui vous reste quand chaque instant de votre vie est déjà volé ?

Mais elle n'en fit rien. Elle se releva, pressa brièvement sa main contre la porte, puis força ses pieds transis de froid à la ramener sans bruit jusqu'aux murs tristes et gris de son dortoir.

Le lendemain, au réveil, sa visite nocturne lui fit l'effet d'un rêve, comme la vision irréelle d'un événement vécu par quelqu'un d'autre. Rien de tel que l'air frisquet du matin et la conscience de n'avoir plus que cinq minutes pour s'habiller et se présenter au petit déjeuner pour vous remettre les idées en place, songea-t-elle en enfilant sa combinaison de travail et ses longues chaussettes qui lui arrivaient aux genoux. Rien de tel que la peur des coups pour vous débarrasser des pensées dangereuses et vous montrer leur supercherie. Anna se sentait coupable, pleine de honte et terrifiée à l'idée que quelqu'un l'ait vue se rendre au quartier d'Isolement en pleine nuit. Elle avait du mal à croire qu'elle avait osé faire une chose pareille et promettre en prime à Peter de revenir cette nuit.

Sans un mot, elle fit descendre son groupe d'Aspirantes jusqu'au Réfectoire en file indienne, comme d'habitude. Comme elles approchaient de la salle à manger, Anna les fit s'arrêter pour les passer rapidement en revue, indiquant à l'une de remonter ses chaussettes, à l'autre d'arranger ses cheveux. Quand vint le tour de l'uniforme de Sheila, elle fronça les sourcils.

Sheila ne s'était jamais vraiment accommodée à Grange Hall, ni aux principes de la vie en institution. Et elle ne semblait bonne dans aucune matière – tout ce que Sheila entreprenait, que ce soit en cuisine, en ménage ou en raccommodage, semblait systématiquement aller de travers, et elle contemplait chaque fois son travail d'un air impuissant comme si elle ne comprenait pas elle-même pourquoi elle se retrouvait avec une tarte gondolée, un sol obstinément maculé de taches graisseuses ou un point de couture raté. Anna avait bien essayé de lui apprendre, au début, en lui faisant recommencer jusqu'à ce qu'elle y arrive, mais depuis quelque temps elle se contentait de la couvrir, incapable de supporter son air égaré et ses ecchymoses.

Pourtant, ce matin-là, Anna n'était pas d'humeur à tolérer l'incompétence de Sheila. C'était pour elle l'occasion parfaite de réaffirmer son autorité – sur les Surplus dont elle avait la charge, mais aussi sur elle-même. Un bouton pendait à la combinaison de travail de la jeune fille. Or tout le monde savait qu'il fallait toujours veiller à garder son uniforme dans un état impeccable.

« Tu as un bouton qui pend, dit-elle d'un ton sec. Va le recoudre. Tu ne peux pas te rendre au Réfectoire dans cette tenue.

— Désolée, Anna, je ne l'avais pas remarqué », répondit Sheila à mi-voix. Les bleus sur son visage étaient désormais d'un violet foncé, et leur seule vision rendait Anna singulièrement mal à l'aise. « Puis-je manger d'abord et le recoudre ensuite ? »

Anna croisa son regard et envisagea brièvement d'accepter sa requête ; le petit déjeuner était le plus gros repas de la journée, avec ces énormes cuves de porridge alignées le long du mur dans lesquelles il était permis de se resservir au moins une fois. Sheila était déjà trop maigre ; un repas en moins, et ses joues creuses deviendraient quasiment inexistantes.

Mais Anna se ressaisit et la regarda de haut.

« Non, tout de suite. Si tu rates le petit déjeuner, c'est ta faute. Je ne te laisserai pas ternir la réputation de mon dortoir. »

Sheila l'observa sans un mot avant de tourner les talons et de remonter l'escalier. Anna ressentit une plaisante sensation de pouvoir. L'ordre était une bonne chose, se dit-elle avec fermeté. Les règles étaient faites pour être respectées.

Mais Anna avait beau se convaincre qu'elle allait bien, la vérité était tout autre. Une fois attablée devant son bol, elle porta sa cuillère à sa bouche mais fut incapable d'avaler quoi que ce soit. Le porridge lui semblait sec comme de la sciure. Après avoir failli rendre sa première bouchée, elle préféra renoncer à manger.

C'était la fatigue, conclut-elle. Rien de plus.

« Bien, dépêchez-vous. N'oublie pas que c'est votre tour de nettoyer le Réfectoire, ce matin. Je veux que tout soit propre avant le début des séances d'apprentissage. »

Levant les yeux, elle aperçut Mrs Pincent penchée au-dessus de sa table et s'empressa de hocher la tête.

« Non, Madame l'Intendante, je n'ai pas oublié, dit-elle aussitôt. Nous allons nous y mettre dès maintenant. Vous pouvez compter sur moi, ajouta-t-elle.

— C'est à espérer », répondit cette dernière d'un ton austère avant de repartir en faisant claquer ses talons sur le carrelage.

Anna tourna la tête et aperçut Sheila, qui se tenait timidement dans l'encadrement de la porte. Le coup de sifflet final venait d'être donné, ce qui signifiait que le repas était terminé. Soudain, c'en fut trop pour Anna.

« Sheila, viens par ici, nous sommes de nettoyage ce matin », lui ordonna-t-elle d'une voix forte. Sheila acquiesça, docile, tout en jetant des coups d'œil furtifs à l'autre bout de la salle où les cuves de porridge étaient déjà rapportées en cuisine.

Rapide comme l'éclair, Anna récupéra son propre bol encore plein, et s'avança vers elle.

« Tiens, lui dit-elle tout bas en s'assurant que personne ne les observait. Avale ça vite fait et n'en parle à personne. O.K. ? »

Le visage de Sheila s'illumina, et elle s'empara du bol avec gratitude. « Merci, Anna, murmura-t-elle. Et pardon pour le bouton. »

Anna acquiesça rapidement et s'éloigna tout en se remémorant la leçon de Mrs Pincent au sujet des excuses. Ne jamais demander pardon à un autre Surplus, lui avait inlassablement répété l'Intendante quand elle était devenue une Déléguée : le « pardon » implique un contrat, un degré d'exigence auquel on a failli. Or les Surplus ne bénéficient pas de ce luxe. Les Surplus ne sont pas censés demander pourquoi, ni comment – ils obéissent aux ordres, un point c'est tout. Parfois, Mrs Pincent marquait une pause dans son discours et plissait le front. La vie est si simple quand on est Surplus, concluait-elle d'un ton presque jovial. Il n'y a strictement rien à penser.

10

Plus tard, dans la matinée, Anna se rendit à son atelier de Lessive & Blanchisserie. Aujourd'hui, il s'agissait de repasser les vêtements confiés au Foyer par les habitants du village qui n'avaient pas de personnel de maison. Les bénéfices de Grange Hall n'avaient cessé d'augmenter au fil des ans, comme le soulignait toujours Mrs Pincent avec fierté. Le Foyer proposait un service de blanchisserie régulier à plus d'une cinquantaine d'habitants et à deux hôtels de la région, et l'excellence de la prestation était réputée. Anna entendait souvent Mrs Pincent s'en vanter, surtout auprès des représentants des Autorités.

Anna aimait beaucoup s'occuper du linge. Cela lui permettait d'admirer les draps fins et les beaux habits des gens du village : pulls en laine moelleux, chemisiers en soie légers comme des nuages et jolies robes de coton dans lesquelles elle s'imaginait parfois, virevoltant comme si la vie n'était que de longues et merveilleuses vacances. Mais cette fois, ce n'était pas le cas. Elle n'aspirait qu'à frotter sans réfléchir – frotter pour ôter la crasse, frotter pour laver son esprit impur, frotter pour faire disparaître toute pensée de Peter et de leurs rendez-vous nocturnes. Elle avait même proposé de s'occuper des sous-vêtements, dont personne ne voulait d'habitude. C'étaient des accessoires rigides et compliqués, garnis de fils de fer (appelés « baleines », paraît-il) et difficiles à nettoyer correctement.

Anna n'avait jamais compris comment quiconque pouvait s'infliger le port de sous-vêtements si inconfortables ; en tout cas, jusqu'à ce qu'elle entre au service de Mrs Sharpe.

« La Longévité n'offre aucun remède contre la gravité, hélas », avait un jour expliqué cette dernière face à la moue de dégoût d'Anna, qui venait de soulever un engin particulièrement terrifiant appelé « gaine de maintien ». « Tant qu'on n'aura pas découvert un traitement capable de régénérer à la fois la peau et l'organisme, il faudra continuer à porter des sous-vêtements rigides. »

Anna avait acquiescé sans comprendre. Mais quelques jours plus tard, sa patronne l'avait appelée dans la salle de bains pour lui demander une serviette. Quand Anna était entrée et avait vu Mrs Sharpe dans le plus simple appareil, elle avait failli lâcher un hoquet de stupeur – heureusement, ses années d'apprentissage lui avaient appris à ne jamais regarder quelqu'un en face ou à ne pas réagir autrement que par un hochement de tête ou une courbette.

La vérité, c'était qu'Anna n'avait jamais vu un corps comme celui-ci. Habillée normalement, Mrs Sharpe était très belle avec sa peau dorée, ses cheveux blonds et son ombre à paupières bleutée. Mais son corps nu était si… flasque ! C'était le seul mot qu'Anna avait trouvé pour le décrire. Sa peau pendouillait lamentablement, comme si elle était gorgée d'eau ou avait tout simplement renoncé à rester ferme.

Anna avait gardé la tête baissée, mais Mrs Sharpe avait dû surprendre ses coups d'œil parce qu'elle lui avait adressé un petit sourire triste.

« Que veux-tu, je ne peux pas me résoudre à passer sous le bistouri, avait-elle soupiré en haussant les épaules tandis qu'Anna rougissait, mortifiée. C'est ridicule, je sais, alors qu'il suffirait d'une intervention de chirurgie esthétique pour tout arranger ! Mais parfois, les choses se passent mal sur la table d'opération. Et maintenant que je sais que je vais vivre pour l'éternité, j'ai une peur folle de la mort. N'est-ce pas insensé ? »

Miss Humphries était la responsable de l'atelier de Lessive & Blanchisserie. Elle vérifiait soigneusement chaque drap, chaque chemisier et chaque serviette avant que le linge propre soit renvoyé, car Mrs Pincent exigeait que le moindre article soit repassé à la perfection avant d'être restitué à son propriétaire.

Anna était en binôme avec Peter depuis quelques semaines. Mais ce jour-là, Miss Humphries l'avait associée à Sheila, ce qui signifiait qu'Anna devrait assurer l'essentiel du travail elle-même si elle souhaitait remplir les critères d'excellence exigés. Elle se demanda comment Sheila se débrouillerait, une fois à l'Extérieur ; saurait-elle se montrer Utile ? Mais elle chassa cette pensée de son esprit. Sheila n'était pas sa responsabilité personnelle. Sheila était assez grande pour se prendre en charge.

Sans se concerter, les deux coéquipières se lancèrent dans le repassage d'un immense drap de lit, le pliant au fur et à mesure en rectangles bien nets. Elles passèrent ensuite à un deuxième drap, puis à un troisième, une housse de couette, trois chemises et toute une série de sous-vêtements, jusqu'à ce que leur tas de linge tout entier soit transformé en une pile impeccable et parfumée.

« Ça m'a pas l'air bien propre, tout ça. »

Anna leva les yeux et découvrit Tania, plantée devant Sheila, en train d'examiner leur travail. Elle lui coula un regard d'avertissement, mais Tania rejeta une mèche de cheveux en arrière. « Pas de panique, dit-elle avec un sourire mielleux. Je ne vais rien faire. Mais, Sheila, je suis sûre que tes parents seraient très fiers de voir que leur sale petit Surplus inutile apprend à faire ses corvées, pas vrai ? »

Sheila se leva d'un bond, mais Tania la dominait toujours d'une tête.

« Moi au moins, mes parents ne m'ont pas abandonnée, persifla-t-elle. Je suis une Légale. Les Rabatteurs m'ont enlevée. Mais tes parents ne voulaient pas de toi, Tania, je me trompe ? Ils t'ont jetée à la naissance. Je parie que tu étais un bébé très laid. Je parie que tes parents ne pouvaient même pas supporter de te regarder. Et moi non plus. »

Le visage de Tania s'empourpra et Anna s'empressa d'intervenir. « Ça suffit, dit-elle avec colère. Tania, retourne travailler. »

Miss Humphries venait déjà dans leur direction ; Tania s'éloigna à contrecœur, non sans tirer au passage une mèche des cheveux roux de Sheila, lui arrachant des larmes de douleur.

« Pourquoi fais-tu ça ? lui demanda Anna en secouant la tête. Tu dois apprendre à l'ignorer, Sheila, sinon elle ne cessera jamais de te harceler. »

Mais Sheila lui sourit avec bienveillance. « Ça ne me dérange pas, répondit-elle. Et puis je n'ai dit que la vérité. Tania a bien été amenée ici par ses parents, n'est-ce pas ? Personne au monde ne voulait d'elle. Contrairement à nous, Anna. Nos parents nous ont voulues. Cela fait de nous des êtres à part. »

Anna contempla Sheila avec stupéfaction. Comment parvenait-elle à retourner les faits aussi facilement ? D'après Mrs Pincent, les parents qui abandonnaient leur Surplus étaient des gens honorables ; Anna elle-même regrettait que ses parents aient été égoïstes au point de la cacher dans un grenier.

« Aucun Surplus n'est un être à part, souffla-t-elle avec agacement. Sheila, cesse de proférer ce genre de blasphème. »

Mais Sheila se contenta d'esquisser un sourire mystérieux.

Elles n'échangèrent plus un mot jusqu'à la fin du cours, et c'est seulement au moment de quitter la salle que Sheila se tourna vers Anna d'un air de conspiratrice.

« Regarde », dit-elle en sortant quelque chose de sa poche – un morceau de tissu rose et vaporeux qu'Anna reconnut en sursautant. C'était une petite culotte. Mais pas du genre de celles que portaient les Surplus. Celle-ci était en soie toute douce. Anna se souvenait de l'avoir admirée pendant qu'elles la repassaient ensemble. Et voilà qu'elle avait atterri dans la poche de Sheila.

« Remets-la en place, siffla-t-elle. Tout de suite. Ou je te dénonce à Miss Humphries. Tu seras battue, Sheila. Vite, avant qu'elle s'en aperçoive… »

Mais Sheila secoua la tête avec défiance. « Je suis une Légale, pas un Surplus. Je devrais avoir droit à ce genre de chose, Anna. Et elle me plaît. Je n'ai pas envie de la rendre. »

Anna écarquilla les yeux, stupéfaite. « Sheila, répéta-t-elle d'un ton ferme. Remets cette chose à sa place, immédiatement.

— Quoi, il n'y a que toi qui peux avoir des secrets, maintenant ? »

Anna lui jeta un regard oblique. « Comment ça ? fit-elle en baissant la voix. De quoi est-ce que tu parles ?

— Je me suis levée la nuit dernière. Tu n'étais pas dans ton lit. Alors où étais-tu ? »

Anna se sentit pâlir. « C'est dans ta tête. Tu as dû rêver. »

Sheila haussa les épaules. « Peut-être est-ce toi qui es en train de rêver, Anna. Peut-être que je n'ai rien dans ma poche. »

Anna la contempla avec des yeux ronds, mais avant qu'elle ait eu le temps de répondre, Miss Humphries arriva à leur table et passa méticuleusement en revue leur pile de linge. Anna ouvrit la bouche pour dénoncer Sheila, mais fut incapable de parler. Elle se contenta de la regarder fixement tandis que des gouttes de sueur perlaient à son front.

« Bien. Très bon travail, vous deux. Vous pouvez partir. »

Anna l'observa, confuse. « … Partir ? » répéta-t-elle d'un ton hésitant.

Miss Humphries plissa le front. « Oui, Anna, vous pouvez quitter la classe. »

Sheila la tirait par la manche, mais Anna se sentait comme clouée au sol, persuadée que si elle faisait le moindre mouvement, les foudres de Mère Nature en personne s'abattraient sur elle.

« Viens, Anna, fit Sheila avec un petit sourire. On va être en retard pour le déjeuner.

— Oui, tu as raison », répondit mollement Anna, non sans jeter un dernier coup d'œil en direction de Miss Humphries pour s'assurer qu'il ne s'agissait pas d'une feinte, que leur Instructrice n'allait pas brusquement éclater de rire parce qu'elles croyaient s'en être tirées comme ça, ou encore sortir une canne et les frapper sur les mains pour les punir d'être de sales petites voleuses, comme Mrs Pincent l'avait fait il y a des années de cela, la fois où Anna avait chipé une pomme dans la cuisine pendant sa corvée de ménage.

Mais ce n'était pas une feinte. Miss Humphries était passée au binôme d'à côté pour inspecter son travail, et personne ne les regarda quitter la salle.

Ensemble, elles prirent le chemin du Réfectoire. Sheila ne semblait pas le moins du monde inquiète ni tourmentée par son crime. Anna, elle, se sentait assez nerveuse pour deux. Au moment de fourrer un petit pain et un morceau de fromage dans sa poche pour Peter, elle se demanda si elle n'était pas elle-même en train de sombrer. Elle se demanda aussi si Mrs Pincent avait raison à propos des Surplus – qu'ils étaient intrinsèquement mauvais, programmés génétiquement pour être des parasites et ruiner le monde. Mais tout à coup, un Surplus Moyen apparut à ses côtés.

« Mrs Pincent veut te voir dans son bureau à vingt heures », lui dit-il, à bout de souffle.

Le cœur battant, Anna se retourna. « Elle t'a dit pourquoi ? »

Le Moyen fit non de la tête. Ça n'avait rien de très étonnant ; après tout, les Surplus n'avaient nul besoin d'explications, seulement d'ordres. De toute façon, Anna savait déjà pourquoi. Mrs Pincent était au courant. Mrs Pincent savait toujours tout.

À vingt heures précises, Anna frappa au bureau de Mrs Pincent et, sur son ordre, ouvrit la porte. Elle respira à fond pour tenter de se calmer et de camoufler le sentiment de culpabilité qui l'avait habitée toute la journée, puis elle entra et s'arrêta sans un mot devant le grand bureau de Mrs Pincent en attendant que cette dernière prenne la parole.

Ce bureau représentait bien des choses pour Anna : confessionnal, chambre de torture, cachot… Mais en même temps, c'était un lieu familier, voire étrangement rassurant. Mrs Pincent était toujours prompte à punir mais ne manquait jamais de justifier son geste après coup. Alors qu'Anna gisait pantelante à terre ou soutenant son visage d'une main, Mrs Pincent lui souriait en disant qu'elle espérait que ce châtiment lui permettrait de s'améliorer pour devenir un bon Surplus et de l'aider à comprendre qui elle était. Et Anna faisait oui de la tête en pensant très fort à ce qu'elle avait fait, en songeant qu'elle ne recommencerait plus jamais.

« Anna, dit enfin Mrs Pincent en posant sur elle ce regard acéré qu'elle avait connu et redouté toute sa vie. Parle-moi de Peter. »

Anna leva la tête, alarmée, et la rabaissa aussitôt en signe de déférence. À travers sa poche, le petit pain et le fromage qu'elle avait volés au Réfectoire semblaient lui brûler la jambe.

« … Peter ? » répéta-t-elle. Elle déglutit péniblement, s'efforçant déjà de trouver les mots, d'expliquer son escapade nocturne.

« Je veux savoir ce qu'il t'a dit. Je veux savoir d'où il vient et pourquoi il est ici, poursuivit calmement Mrs Pincent.

— Pourquoi il est ici ? » répéta encore, nerveusement, Anna. Était-ce une question piège ? « Parce qu'il est un Surplus. Parce que les Rabatteurs l'ont retrouvé. Parce que…

— Je sais tout cela, l'interrompit Mrs Pincent d'une voix pleine de mépris. Ce que je veux comprendre, c'est *pourquoi* on l'a retrouvé. Pourquoi maintenant. Et je veux savoir ce qu'il raconte depuis son arrivée ici. »

Anna fixa le plancher avec angoisse. Mrs Pincent était-elle au courant du projet d'évasion de Peter ?

« Anna, reprit Mrs Pincent, cette fois d'un ton plus doux et amical, dis-moi tout ce que tu sais. C'est pour son bien, tu comprends ? »

Anna leva furtivement les yeux et vit que Mrs Pincent l'observait avec bienveillance. La jeune fille s'éclaircit la voix mais buta sur les mots. « Il… Il…

— Eh bien ? fit Mrs Pincent, qui serrait si fort les poings sur son bureau que les articulations de ses mains étaient blanches. Je t'écoute ! »

Anna sentit le désespoir lui nouer la gorge. Elle ne pouvait pas lui dire. Pour la première fois de sa vie, elle ne pouvait pas obéir à Mrs Pincent.

« Il s'est fait prendre dans l'Essex, déclara-t-elle enfin. Il a dit que ses parents ne lui avaient jamais parlé de la Déclaration et qu'il en avait assez de se cacher tout le temps. »

Son cœur cognait à toute allure ; elle parvint tant bien que mal à garder un air normal en enfonçant ses ongles dans ses paumes moites.

« Et quoi d'autre ? cracha Mrs Pincent. Il a dû t'en dire plus ! »

Anna avait le sentiment de s'enfoncer dans des sables mouvants. « Qu'il avait du mal à s'adapter, répondit-elle. Du mal à apprendre les règles. J'ai essayé de le guider. J'ai fait de mon mieux… »

Mrs Pincent acquiesça sèchement.

« A-t-il fait quelque chose de mal ? » demanda Anna en le regrettant aussitôt – les questions directes étaient une enfreinte à la discipline, surtout lorsqu'elles s'adressaient à Mrs Pincent. « Je veux dire, pour être envoyé en Isolement, bafouilla-t-elle. Enfin, si c'est bien là qu'il se trouve… »

Plus elle parlait, plus elle sentait la peur comprimer sa poitrine. Non pas peur pour elle, mais peur de la vérité. Au cas où ce serait trop dur à entendre. Au cas où Peter ne reviendrait plus jamais.

Mais au lieu de l'invectiver pour son insolence, ou de lui répondre que Peter méritait de croupir en Isolement, Mrs Pincent se rembrunit et se leva.

« Anna, Peter a besoin d'un peu de temps pour réfléchir à son rôle dans ce monde », dit-elle d'un air pénétré.

Anna acquiesça. Mrs Pincent contourna son grand bureau en acajou pour venir se placer devant elle. La lumière du plafonnier projetait une sorte de halo poussiéreux au-dessus de sa tête.

« Anna, cela va sans doute paraître difficile à comprendre pour un bon Surplus comme toi, doté du sens des responsabilités », dit-elle en croisant les bras. Ce geste lui conférait un air presque fragile, avec son corps frêle et ses coudes repliés contre sa poitrine, loin de l'image de matriarche agressive à laquelle Anna était habituée. Cette vision la déstabilisa profondément.

« Tu comprends Où-Est-Ta-Place dans le monde, poursuivit Mrs Pincent. Tu comprends ta dette envers Mère Nature. Mais Peter, lui, ne se voit pas comme un Surplus. Il se prend pour un être supérieur, comme s'il avait une place légitime dans ce monde. »

Elle marqua une pause, et Anna vit le venin familier s'insinuer dans son regard. La Directrice retourna s'asseoir et asséna un coup du plat de la main sur son bureau. « Peter est un danger pour les autres Surplus, et un danger pour cette planète, reprit-elle d'un ton cassant. Voilà pourquoi il est en Isolement. Je ne laisserai plus personne prononcer le nom de ce garçon jusqu'à ce que nous l'ayons débarrassé de ses pensées impures. Tant que je ne serai pas sûre d'avoir accompli mon devoir et de lui avoir fait accepter la vérité, je refuse de courir le risque qu'il vous contamine. C'est un Surplus, Anna. Il a bien de la chance de s'être vu offrir la possibilité de racheter la Faute de ses parents. Et je tiens à ce qu'il en prenne conscience. À la dure, s'il le faut. »

Elle marqua une nouvelle pause, puis fit un bref signe de tête. « Ce sera tout, Anna. Retourne à tes corvées. »

Anna acquiesça sans un mot et tourna les talons.

« Et au fait, Anna… »

Cette dernière se figea net.

« J'ai cru comprendre qu'un vêtement avait disparu pendant ton atelier de Lessive & Blanchisserie aujourd'hui. Retrouve-moi la coupable, veux-tu ? Et envoie-la dans mon bureau. Je le veux pour demain soir au plus tard. »

Anna se mordit la lèvre. « Bien, Mrs Pincent. »

Elle sortit et referma la porte derrière elle. Mais au lieu de regagner son dortoir, elle s'adossa contre le mur pour souffler, à la fois soulagée d'être sortie de là et terrifiée à l'idée de ce qui l'attendait.

Elle inspira à fond et entendit résonner la voix de Mrs Pincent – sans doute la Directrice avait-elle décroché son téléphone. Anna soupira, et elle s'apprêtait à repartir quand elle entendit Mrs Pincent prononcer son prénom. Sous le choc, elle tressaillit. Mrs Pincent ne pouvait pas être en train de l'appeler ; elle ne pouvait pas savoir qu'Anna était restée dehors dans le couloir. Intriguée, elle se rapprocha de la porte.

« Oui, Anna. Une Déléguée. Non, elle n'a pas été fichue de me dire quoi que ce soit. Cette pauvre idiote a été si bien endoctrinée qu'elle n'a pas une once de jugeote. Mais j'imagine que je devrais plutôt m'en vanter... »

Anna sentit son cœur s'emballer.

« Écoutez, ça n'a aucune importance... L'essentiel, c'est qu'on se débarrasse de lui, crachait Mrs Pincent d'un ton amer. Je pensais pouvoir en tirer quelques renseignements utiles, mais c'est peine perdue, je ne veux plus de lui ici... Non, je ne peux pas le renvoyer. Les Autorités semblent le considérer comme un cobaye de choix pour étudier l'adaptation d'un nouvel Aspirant en Foyer de Surplus. Mais je refuse que *mon* foyer serve de laboratoire – pas ce genre de laboratoire, en tout cas. Non, j'ai besoin de votre aide... Oui, exactement. Et il faut que ça ait l'air naturel. Une crise cardiaque provoquée, peut-être. Si leur jeune héros meurt d'une maladie d'Affranchis, les Autorités pourront difficilement nous en blâmer, n'est-ce pas ? »

Il y eut un silence, pendant lequel Anna eut l'impression que son corps s'enfonçait dans le mur. Quelques secondes plus tard, l'Intendante reprenait la parole.

« Oui, je sais... je vois... pas ce soir ? dit-elle d'un ton funeste. Alors quand ça ? demain ? Comment ça, vous avez du travail ? Vous travaillez pour moi, je vous rappelle. Bien, c'est d'accord... Alors il faudra que ce soit de très bonne heure. Disons quatre heures du matin… Oui, je passerai vous prendre. »

Soulevant péniblement ses jambes, qui lui faisaient l'effet de deux poids morts, Anna se força à s'éloigner de la porte. Elle avait la poitrine en feu. De petits points se mirent à danser devant ses yeux, et elle crut qu'elle allait s'évanouir. Il devait forcément y avoir une explication, se dit-elle, au désespoir. Mrs Pincent ne dirait jamais des choses pareilles. Jamais, jamais. C'était impossible.

Mais elle les avait dites, pourtant. Anna l'avait bien entendue. Elle sentit la nausée l'envahir et faillit avoir un haut-le-cœur. Mrs Pincent voulait se débarrasser de Peter. Elle allait le tuer.

Anna ferma les yeux, s'efforçant de penser à un possible malentendu qui lui aurait fait interpréter les propos de Mrs Pincent de travers – tentative comme une autre de ramener les choses à la normale. Mais elle savait que cela ne servait à rien.

Et le pire, réalisa Anna, le plus douloureux, c'étaient ces paroles qui s'étaient enfoncées en elle comme la lame d'un couteau et que Mrs Pincent avait employées pour la décrire. Ce terme, « endoctrinée », qu'elle avait éructé comme s'il s'agissait d'une chose répugnante. Comme si devenir un bon Surplus, un Bon Élément, tout ce qu'Anna s'était toujours évertuée à être, était une aspiration méprisable aux yeux de la Directrice.

Anna n'avait jamais réellement connu la haine auparavant. Mais ce sentiment se répandait soudain en elle, la remplissant d'une force et d'une émotion qu'elle ne savait ni contenir, ni exprimer.

Comme prise de vertiges, elle reprit machinalement le chemin de son dortoir. Puis elle changea de cap et se dirigea vers l'Escalier 2, accélérant jusqu'à courir, ignorant les regards intrigués des Surplus Moyens qui s'écartaient sur son passage en baissant les yeux de peur de se faire repérer par la plus redoutable de toutes les Déléguées – et surtout sans voir Sheila, qui l'épiait secrètement dans l'ombre.

Mrs Pincent ne s'en sortirait pas comme ça, se répétait Anna en boucle. Non. Il n'en était pas question.

Anna, la pauvre idiote sans une once de jugeote, veillerait à en faire son dernier coup d'éclat.

11

5 mars 2140

Mrs Pincent est un monstre. Peter avait raison – c'est la pire Légale qui ait jamais existé. Je la hais. Je la hais comme je n'aurais jamais cru avoir de haine pour personne. Je la hais tellement que je me sens bouillir de partout. Elle veut tuer Peter. Dire que j'ai refusé de le croire. Il doit absolument fuir, le plus loin possible de cet endroit.

Je n'ai plus très envie de rester ici, moi non plus. Mais où aller ? Je ne peux pas m'échapper avec Peter, quand même.

C'est impossible.

Non ?

À vingt et une heures, après s'être aspergé le visage d'eau glacée si bien que ses yeux, encore rougis, étaient désormais assortis à son teint, Anna sortit de la Salle de Bains F2. Dans le couloir, elle ignora délibérément le petit groupe de Surplus amassé devant la porte, attiré par ses bruits de sanglots étouffés, et regagna le dortoir. En entrant, elle remarqua que toutes les filles étaient réunies sur deux lits, serrées les unes contre les autres. À son arrivée, elles sursautèrent, même Tania, et partirent s'activer aux tâches qu'elles auraient déjà dû entreprendre, à savoir balayer le sol et passer un chiffon sur les rebords des fenêtres avant la sonnerie d'extinction des feux et l'inspection de fin de journée. Mais Anna, qui, d'habitude, aurait aboyé ses ordres ou réprimandé les filles pour leurs bavardages, leur accorda à peine un regard. Quelle importance si elles faisaient le ménage ou non ? Quelle importance si le dortoir était sale ? Voilà exactement comment elle se sentait à l'intérieur : sale et usée.

« Anna ? Anna, tu te sens bien ? »

Anna, qui n'avait pas remarqué la présence de Sheila à ses côtés, tressaillit et lui jeta un regard oblique.

« Je vais bien, répliqua-t-elle d'un ton sec. J'ai un truc dans l'œil, c'est tout. »

Sheila acquiesça en la regardant bizarrement. « Je me disais que tu avais peut-être oublié ta Tournée d'Extinction », insista-t-elle.

Anna se figea net. Ça lui était complètement sorti de la tête. La Tournée d'Extinction consistait à faire le tour de l'étage après la première sonnerie du soir afin de s'assurer que les lumières étaient éteintes et que chaque Surplus était bien dans son lit. Les Moyens devaient être couchés entre vingt et une heures et vingt-deux heures, selon leur âge, et les Aspirants à vingt-trois heures. Au-delà, on ne devait plus entendre le moindre bruit – sauf au dernier niveau, naturellement. Les Petits n'avaient pas encore intégré les notions de règlement et d'horaires. Ils n'étaient pas là depuis assez longtemps pour être *endoctrinés*, songea Anna avec dégoût.

« Non, non, répondit-elle d'une voix tendue. Bien sûr que je n'ai pas oublié. Et je vais très bien… sauf quand je vois la crasse sur ces rebords de fenêtres. »

Sheila acquiesça docilement et partit chercher un chiffon à poussière pendant qu'Anna prenait une longue inspiration et se levait de son lit. *Il y a toujours quelque chose à faire*, se dit-elle. *Et pour ça, on peut toujours compter sur Anna*.

Anna ne considérait pas la Tournée d'Extinction comme une corvée. Certains Aspirants manquaient d'autorité et ne parvenaient pas à se faire suffisamment craindre des Surplus pour leur faire éteindre la lumière et leur imposer le silence ; mais pas elle. Les autres savaient à quel point elle prenait son rôle de Déléguée au sérieux, qu'elle ne se soustrayait jamais à son devoir et ne négligeait aucun détail. Son œil de lynx repérait absolument tout (Domestiques introduisant des jouets clandestinement pour leurs Petits préférés, messes basses, derniers passages tardifs aux toilettes qui auraient dû se dérouler dix minutes plus tôt…). Beaucoup disaient qu'elle était plus proche de Mrs Pincent que de n'importe quel Surplus.

Mais ce soir-là, il aurait suffi de l'observer plus attentivement pour déceler chez elle une certaine agitation ; de noter son regard distrait, loin de sa vigilance habituelle, et même la pointe de désintérêt dans sa voix. Elle visita bien sûr chaque dortoir pour faire respecter l'ordre en agitant sa cloche et en sermonnant les Surplus qui n'étaient pas encore au lit, mais il n'y avait ni énergie ni conviction dans sa façon de faire. Si une fille avait tenté de lui désobéir ou de la défier, elle aurait sans doute haussé les épaules et tourné les talons sans un mot. Ce soir-là, sa Tournée d'Extinction était le cadet de ses soucis. Que le règlement ne soit pas respecté, et alors ? Qu'elle n'obtienne pas un silence absolu en quittant chaque dortoir, et alors ? Quelle importance tout cela pouvait-il bien avoir ?

Par chance, aucune des Surplus présentes ne la regarda assez attentivement pour noter tout cela et les filles lui obéirent sans broncher, comme d'habitude. Certaines dormaient par terre à côté de leur lit, mais cela était habituel et toléré. Quand les Surplus filles avaient leurs règles, elles devaient porter un foulard rouge autour du cou pour montrer à tout le monde qu'elles étaient impures : leur corps faisait étalage de sa fertilité, ce qui était honteux et malsain. Chaque fois qu'un Surplus fille atteignait la puberté et découvrait ses premières gouttes de sang sur un mouchoir ou sur ses sous-vêtements, elle était expédiée à Mrs Pincent pour s'entendre expliquer qu'elle n'était plus seulement victime de son statut de Surplus, mais criminelle potentielle ; que son corps était désormais l'ennemi de Mère Nature et que la douleur qu'elle éprouverait chaque mois était une punition imposée pour lui rappeler ses Fautes. Tout Surplus fille osant répandre la moindre tache de sang sur ses draps était battue puis frottée avec une brosse en paille de fer pour bien lui faire comprendre que son corps était un élément hostile, méprisable et à surveiller. Peu avaient échappé à ce châtiment, et la plupart des filles préféraient dormir sur le sol dur et froid de leur dortoir quand elles avaient leurs règles, pour être sûres de ne pas salir leur lit. Solution encouragée par Mrs Pincent en personne, car le sol était plus facile à nettoyer que les draps, et l'inconfort de quelques nuits sans sommeil n'était rien comparé à la destruction potentielle que leur corps désormais fertile pouvait répandre sur ce monde.

À vingt-trois heures, tout le monde était couché, comme d'habitude. Le silence régnait sur Grange Hall. Anna partit se coucher à son tour en attendant que les autres s'endorment.

Mais dormir était la dernière de ses préoccupations. Malgré la fatigue, elle était encore parfaitement en alerte. À une heure du matin, quand elle fut bien certaine que tous les Instructeurs et Mrs Pincent étaient eux-mêmes couchés, elle se redressa dans son lit et balaya son dortoir du regard. Dehors, à travers les stores, elle voyait la silhouette des arbres ployer sous les bourrasques de vent. On aurait dit une danse macabre, les branches tels des doigts noueux tendus vers elle. Mais les fenêtres à triple vitrage ne laissaient passer aucun son. Anna n'entendait que le souffle paisible des autres Aspirantes qui dormaient à poings fermés.

Elle se glissa hors de son lit et, frissonnante dans l'air glacé, s'enveloppa d'une couverture avant de se diriger à pas feutrés vers la sortie.

Dans le couloir, si familier et pourtant si différent à présent, parfaitement désert au cœur de la nuit, Anna réalisa qu'elle n'avait jamais ressenti une telle liberté depuis qu'elle était pensionnaire de Grange Hall. Malgré la pénombre et le froid, malgré les ombres mouvantes et menaçantes projetées le long des murs par les faibles rayons de lune qui parvenaient à s'immiscer dans les interstices des portes, Anna se sentait libre, seule dans ce couloir. Elle était sortie de son lit de sa propre initiative, non sur un ordre ou une injonction quelconque. Et la jubilation pure qu'elle éprouvait à agir ainsi selon sa volonté, même si elle risquait l'Isolement, lui donnait la sensation de flotter.

Pourtant, elle ressentait de la peur ; le contraire eut été une preuve de stupidité de sa part. Mais elle réalisa aussi qu'au fond elle craignait surtout de ne jamais plus pouvoir se déplacer ainsi, invisible, sans devoir rendre de comptes à personne.

Elle était si absorbée par ses pensées qu'elle ne remarqua le bruit de pas derrière elle qu'après avoir parcouru la moitié du couloir ; alors elle se figea sur place, n'osant même plus bouger un muscle.

Terrifiée, elle se retourna tout doucement pour tenter d'apercevoir qui la suivait. La lenteur de ses mouvements contrastait avec l'agitation de son cerveau, qui cherchait fébrilement une excuse pour justifier sa présence hors du dortoir. Elle avait une crise d'insomnie. Elle était partie chercher un verre d'eau. Autant de règles qu'elle n'avait pas le droit d'enfreindre mais qui demeuraient nettement moins graves que la vérité. Quoi qu'il arrive, elle devait poursuivre sa mission. Il en allait de la vie de Peter.

Mais lorsqu'elle se retourna, personne. Troublée, elle regarda autour d'elle. Pas la moindre présence. Aurait-elle imaginé ce bruit de pas ? Non, c'était impossible. Tout comme la probabilité de voir les gens se volatiliser dans l'air.

Intriguée, elle se remit en marche. Mais quelques secondes plus tard, le bruit se fit de nouveau entendre, résonnant discrètement dans son dos. Anna fit aussitôt volte-face et écarquilla les yeux en découvrant qui se tenait devant elle.

« Sheila ? lâcha-t-elle, à la fois stupéfaite et soulagée de ne pas se retrouver nez à nez avec une Légale. Sheila, qu'est-ce que tu fais là ? »

Sheila était si pâle, si maigre, qu'elle semblait presque luminescente sous l'éclat de la lune, qui jetait un halo régulier dans les interstices du couloir ; elle dévisagea Anna avec crainte.

« Je veux venir avec toi, dit-elle lentement d'une petite voix timide. Où que tu ailles, je veux t'accompagner. »

Anna la fixa d'un air incertain. « Je ne vais nulle part, souffla-t-elle avec colère, espérant ainsi l'intimider suffisamment pour qu'elle lui obéisse. Retourne te coucher.

— Tu vas rejoindre Peter, répliqua Sheila, les traits peu à peu gagnés par une expression de défiance. Je le sais. »

Anna crut que son cœur allait se décrocher, mais elle parvint à secouer la tête d'un air étonné. « J'ignore de quoi tu parles, dit-elle. Retourne dans ton lit.

— Si tu ne vas pas rejoindre Peter, alors où vas-tu ? »

Anna s'avança vers elle et posa ses mains sur ses épaules. « Sheila, retourne te coucher tout de suite, tu m'entends ? Sinon je te fais boucler en Isolement dès demain. Est-ce que c'est clair ? »

Elle attendit quelques secondes, les yeux plissés. « Est-ce que c'est clair ? » répéta-t-elle.

Sheila hocha tristement la tête.

« Je vais retourner me coucher. Mais si tu vas quelque part avec Peter, vous devez m'emmener avec vous, dit-elle d'une voix tremblante. Je t'en prie, Anna…

— Au lit, lui ordonna celle-ci en lui pressant l'épaule. Et ne te fais pas prendre », ajouta-t-elle dans un murmure. Puis, sur ces mots, elle tourna les talons et repartit en écoutant Sheila regagner son dortoir.

Peter était parfaitement éveillé quand Anna atteignit enfin les sombres confins du quartier d'Isolement. À peine avait-elle gratté à sa porte et chuchoté son nom qu'elle l'entendit se rapprocher de la porte.

« Anna ! » souffla-t-il d'une voix si exaltée qu'elle se sentit gonflée de joie. Jamais personne n'avait paru si heureux d'entendre le son de sa voix, ni prononcé son nom avec autant d'espoir.

« Je savais que tu viendrais. J'en étais sûr ! »

Anna sourit et posa sa main contre la porte.

« Peter, tu avais raison, murmura-t-elle d'un ton alarmé. À propos de Mrs Pincent. Elle… cherche à se débarrasser de toi. Tu n'es pas en sécurité, ici. Il faut que tu t'en ailles.

— Bien sûr qu'il faut que je m'en aille, rétorqua-t-il. Mais pas sans toi. »

Anna se mordit la lèvre. « Peter, c'est impossible. Ma place est ici. Je ne suis pas comme toi.

— Si, justement. Anna, tu n'as rien à faire ici. Ta place est auprès de tes parents. Avec moi. Tu *dois* m'accompagner.

— Je ne connais pas mes parents, répliqua vivement Anna tandis que des larmes commençaient à lui picoter les yeux. Comment pourrais-je avoir ma place auprès de gens que je ne connais pas ? Et eux, voudraient-ils de moi ?

— Ils espèrent ton retour plus que tout autre chose, répondit Peter d'un ton soudain plus grave. Laisse-moi te parler d'eux, Anna. Tes parents sont des gens bien. Ils m'ont accueilli et… »

Il s'interrompit.

« Ils veulent te revoir, Anna. Ils t'aiment plus que tout au monde.

— Personne ne m'aime, fit-elle. Personne. Je ne suis qu'un Surplus.

— Non, tu te trompes. Lorsque tu seras dehors, tu comprendras. Tu verras comme le monde est beau, et tu réaliseras que Grange Hall est un leurre. Ici, ce n'est pas le monde, Anna. C'est un mensonge. Tout est faux. »

La jeune fille resta silencieuse.

« Tu avais une chambre, Anna. Une chambre remplie de jouets. Et plein de livres… » Anna essuya une larme. « Tu étais la plus belle chose qui soit jamais arrivée à tes parents. Ils ont tout risqué pour t'avoir et t'offrir ce qu'il y avait de meilleur. »

Peter marqua une pause et se remit à lui parler de ses parents, de toutes sortes de gens qui semblaient attendre impatiemment son retour, de la vie qui aurait pu – aurait *dû*, précisa-t-il – être la sienne. Et plus elle l'écoutait, plus Anna avait le sentiment de flotter, comme si toute la souffrance et l'humiliation de cette journée quittaient lentement son corps. Elle se serra dans sa couverture, ferma les yeux et se mit à imaginer toutes ces choses que lui racontait Peter. C'était comme s'ils gravissaient ensemble une montagne majestueuse ; à chaque mot, il lui montrait une nouvelle vue magnifique et plus ils montaient, plus le paysage embellissait, plus l'air semblait frais et pur. Prudemment au début, elle se laissa aller à le suivre, mais sentait une peur indicible la gagner à chaque pas. Peur du vide, peur de l'inconnu, peur qu'au moment d'atteindre le sommet pour contempler la beauté époustouflante qui l'entourait elle se retrouve au pied d'une falaise à pic et perde l'équilibre…

Mais tomber n'était pas une si mauvaise chose, se dit-elle. Ne valait-il pas mieux admirer le sommet de la montagne, même un bref instant, plutôt que de n'avoir jamais essayé ? Ou alors, comme dirait Mrs Pincent : plus vous grimperez, plus haute sera la chute avant de vous écraser au sol ?

12

6 mars 2140

Je vais quitter Grange Hall.

Peter et moi allons sortir par un tunnel dans le quartier d'Isolement.

Il a un plan.

S'évader de Grange Hall est impossible. Les Rabatteurs vont se lancer à nos trousses, avec Mrs Pincent. Mais nous n'avons pas le choix. J'ai entendu Mrs Pincent parler de Peter, et elle veut se débarrasser de lui. Elle disait de moi que j'étais stupide, aussi. Endoctrinée.

Je hais Mrs Pincent. Dire que je croyais l'aimer, que je la croyais Digne-De-Confiance. Dire que je croyais qu'elle faisait des choses horribles Dans-Notre-Propre-Intérêt. Mais j'avais tort. Elle est cruelle, malveillante, et elle ne me trouve pas

Utile du tout, malgré ses beaux discours, malgré mes efforts pour toujours obéir à ses ordres.

J'ai peur de quitter Grange Hall, bien sûr. Je ne connais rien à l'Extérieur. À l'Extérieur, je ne serai plus une Déléguée. Je ne serai plus un futur Bon Élément, non plus. J'ignore encore ce que je serai. Une simple Illégale, sans doute.

J'aimerais m'enfuir avec Peter dans un grand champ comme celui qu'il m'a décrit, celui dans lequel il s'amuse à courir en hurlant. Ou bien aller dans le désert – là-bas au moins, personne ne viendrait nous chercher et on aurait toujours bien chaud.

Mais Peter veut qu'on aille à Londres. Il veut qu'on rentre chez mes parents. Ils vivent à Bloomsbury, dans une maison à trois étages. La maison de Mrs Sharpe n'en avait que deux. J'aurai de nouveaux vêtements, m'a promis Peter. Et le Réseau Souterrain nous protégera et nous mettra à l'abri des Rabatteurs.

Peter dit qu'à Bloomsbury je n'aurai ni à récurer, ni à faire le ménage, ni à me montrer Obéissante ; que mes parents me feront découvrir la musique, la littérature, et que je pourrai rejoindre le Réseau Souterrain.

Je n'aime pas les souterrains. C'est là que se trouvent les quartiers d'Isolement. C'est sombre, humide, horrible, on vous laisse là toute seule pendant des heures et des heures, et vous finissez par imaginer des choses – des bruits qui ressemblent à des cris, à des sanglots, et des claquements de pas, aussi, en pleine nuit, alors que tout le monde est endormi et que personne n'est en train de se déplacer nulle part. Et alors vous vous demandez si c'est seulement dans votre tête ; vous vous demandez si ce n'est pas la réalité.

La Voie Vers La Sortie part d'un cachot d'Isolement. Peter le sait, parce que Grange Hall était un bâtiment gouvernemental, autrefois, et que mes parents ont réussi à se procurer un plan grâce à un voisin qui soutient la Cause. La venue de Peter à Grange Hall faisait partie du plan. Pour me faire sortir, comme il dit. Au début, je ne l'ai pas cru – qui se donnerait autant de mal pour moi ? Je n'ai même plus aucun souvenir de mes parents. Mais d'après Peter, eux ne m'ont pas oubliée.

Le tunnel avait été creusé en cas d'attentat. Il débouche près du village, au-delà de l'œil des caméras de surveillance de Grange Hall, m'a expliqué Peter.

Je ne veux pas aller en Isolement. Et si je ne parvenais pas à sortir ? Si on me laissait là pour toujours ?

Mais ça n'arrivera pas. Je fais confiance à Peter ; c'est mon ami.

Nous allons nous évader demain soir. Enfin, ce soir. J'imagine que c'est déjà le matin, bien qu'il fasse encore noir. Je devrais être au lit, mais impossible de fermer l'œil. Je dois faire quelque chose de mal pour qu'on m'envoie en Isolement ; et alors, en pleine nuit, on pourra prendre la fuite. Peter dit que le tunnel est caché derrière une grille dans le mur. Il a déjà commencé à défaire la grille ; tout est prêt. D'après lui, Mrs Pincent s'en voudra à mort en réalisant qu'elle l'a envoyé exactement à l'endroit où il voulait aller. À l'entendre, on croirait qu'il adore passer ses journées en Isolement, mais ça m'étonnerait. Il y a beau y avoir un tunnel vers la sortie, il y fait toujours aussi froid, aussi sombre, et on s'y sent toujours aussi seul.

Peter est incroyable. Il sait tout sur tout.

Je lui ai dit que c'était exactement ce que je ressentais parfois, à Grange Hall : le froid et la solitude. Il m'a répondu que lui aussi, même s'il venait de l'Extérieur. Il habitait avec mes parents au moment de son arrestation, mais il n'avait pas vécu avec eux toute sa vie – seulement depuis l'âge de dix ans. Avant ça, il vivait avec de faux parents.

Peter a été adopté, ce qui signifie qu'il n'a jamais connu ses vrais parents. Il ignore qui ils sont. Les parents laissent souvent leur bébé Surplus mourir d'abandon quelque part, m'a-t-il expliqué. Pour ne pas aller en prison.

Il dit que ses parents ne voulaient pas de lui, qu'il n'avait été qu'une Erreur et qu'ils l'avaient laissé devant la porte d'une maison occupée par un membre du Réseau Souterrain. Il n'avait aucun indice particulier sur lui, hormis une chevalière en or accrochée à son cou par une chaînette avec les initiales « AF » à l'intérieur (sans doute le nom de son père ou de sa mère, d'après lui), et une fleur gravée sur le dessus. Mais on la lui a enlevée plus tard, au moment de son arrestation. Les Rabatteurs ont retrouvé la chevalière, qu'il avait pourtant cachée dans sa bouche, et lui ont dit que l'Administration centrale serait très intéressée par cette découverte. Ils l'ont donnée à un homme en uniforme, là où Peter était gardé avant d'être transféré à Grange Hall. Et l'homme n'a pas arrêté de lui poser des questions en prétextant qu'ils avaient besoin de compléter son dossier. Peter ne lui a rien dit, seulement exigé qu'on lui rende sa bague, mais l'homme a refusé. Peter dit qu'une fois sorti de Grange Hall il récupérera sa chevalière, d'une manière ou d'une autre. Et que, lorsqu'il l'aura retrouvée, il ne l'ôtera plus jamais de son doigt.

Les gens qui l'ont recueilli quand il était bébé risquaient la prison, ou même la pendaison, pour s'être occupés de lui, mais ils l'ont fait quand même, parce que d'après eux les Enfants sont ce qu'il y a de Plus Important et que Chaque Vie Compte. Ils l'ont aimé et choyé tout le temps qu'il a vécu avec eux.

Et puis, quand il avait dix ans, ses faux parents se sont fait arrêter, mais le Réseau Souterrain a réussi à le faire sortir de la maison avant que les Rabatteurs ne le retrouvent et mes parents ont décidé de le cacher et de s'occuper de lui. C'est comme ça qu'il a su qu'ils étaient des gens doux et aimants ; parce qu'ils ont tout risqué pour lui alors qu'il n'est même pas leur vrai fils. Imagine ce qu'ils seraient capables de faire pour toi, a-t-il ajouté.

Moi, je n'imagine rien du tout. Je n'arrive même pas à m'imaginer des parents.

Quand nous serons à l'Extérieur, Peter m'a promis de m'emmener dans son champ à la campagne, où on peut courir dans tous les sens.

Je n'ai jamais vu ça, un champ à la campagne.

Mais ça sonne bien.

Peter m'a dit qu'il m'accompagnerait dans le désert, si je voulais. Qu'on pourrait même rester vivre là-bas.

Il dit qu'on est faits l'un pour l'autre, parce qu'il est né avec une fleur et moi un papillon, et que les fleurs et les papillons ont besoin les uns des autres pour survivre.

Je crois que j'aimerais assez habiter dans le désert avec Peter. Je crois que j'aimerais…

Anna se réveilla en sursaut. Elle était couchée par terre dans la Salle de Bains F2, la tête posée sur son beau carnet en daim rose. Baissant les yeux vers son poignet, elle eut un choc en découvrant qu'il était cinq heures trente – une demi-heure à peine avant la sonnerie matinale. Comment avait-elle pu s'endormir ici ? Si elle se faisait prendre maintenant, tout serait fichu.

À moins que… Anna réfléchit un instant. Elle devait faire quelque chose de suffisamment grave pour être envoyée en Isolement. Pourquoi pas se faire surprendre hors de son lit à cinq heures trente du matin ? Mais elle rejeta aussitôt cette idée en bloc : se faire prendre était une chose, mais se voir confisquer le journal intime dans lequel elle avait détaillé leur plan d'évasion serait une erreur stupide.

Ce n'était pas son intention au départ, mais ç'avait été plus fort qu'elle. Elle brûlait d'excitation après tout ce que Peter lui avait raconté ; l'écriture l'avait aidée à calmer son esprit. Et aussi à rendre les choses plus réelles. Maintenant qu'elle avait tout écrit noir sur blanc, c'était forcément vrai.

Vite, elle se releva, remit son carnet à sa place, sortit de la salle de bains sur la pointe des pieds et regagna la porte de son dortoir. Tout le monde dormait, constata-t-elle avec soulagement – même Sheila, dont le ronflement léger résonnait à l'autre bout de la pièce.

Anna partit se glisser dans son lit. Les paupières closes, elle ne put s'empêcher de repenser à l'Extérieur, même si les seules images qu'elle parvenait à réunir étaient celles de la maison de Mrs Sharpe. Elle les superposa à celles que Peter lui avait décrites. Mais elle avait beau se laisser aller à ces rêveries, elle savait à quel point elle avait peu de chances de les réaliser.

Quand bien même ils réussiraient à s'évader, ils seraient de simples fugitifs. Des Surplus qui avaient oublié Où-Était-Leur-Place. Et elle n'obtiendrait jamais le pardon de Mère Nature.

Roulée en boule, Anna frissonnait sous sa couverture. De froid, de peur, d'impatience, difficile à dire ; tout ce dont elle était sûre, alors qu'elle commençait déjà à se rendormir, c'est qu'à partir de maintenant sa vie serait différente. Aujourd'hui, pour le meilleur ou pour le pire, *tout* allait changer.

Sheila entrouvrit les yeux et, immobile, regarda Anna s'endormir. Elle l'avait attendue dans le couloir pendant plus d'une heure. Puis elle avait vu sa silhouette dans l'escalier ; mais au lieu de rentrer au dortoir, Anna avait poursuivi son chemin. Sheila l'avait alors suivie, si discrètement cette fois que la Déléguée n'avait rien entendu, et avait été très intriguée de la voir se glisser dans la Salle de Bains F2.

Des heures plus tard, voilà qu'elle était enfin de retour. Anna avait quelque chose à cacher, songea Sheila ; elle avait bien l'intention de découvrir quoi.

Après un rapide coup d'œil à la ronde pour s'assurer que tout le monde dormait, elle repoussa sa couverture et se glissa hors de son lit avant de sortir du dortoir à pas feutrés.

Parvenue sur le seuil de la Salle de Bains F2, elle ouvrit la porte et la referma soigneusement derrière elle.

Sourcils froncés, elle balaya la pièce nue du regard sans trop savoir ce qu'elle était censée chercher, mais pourtant certaine d'être au bon endroit. Ce n'était pas la première fois qu'Anna disparaissait dans cette salle de bains. Il devait forcément y avoir quelque chose. Un indice.

Sheila s'avança d'abord vers les lavabos parfaitement récurés, puis se mit à quatre pattes pour scruter le sol et finit par s'asseoir contre le rebord de la baignoire avec un soupir tout en se frictionnant les bras pour se réchauffer.

Soudain, un détail lui sauta aux yeux. Une sorte d'interstice entre la baignoire et le mur. Rien de spectaculaire pour quelqu'un qui serait peu sensible à la valeur des secrets, mais Sheila sut aussitôt qu'il s'agissait d'une cachette. Rapide comme l'éclair, elle bondit à l'intérieur de la baignoire en prenant bien soin de ne pas la salir et plongea son bras maigre et laiteux le long du mur. Elle en ressortit une adorable petite chose douce et rose comme elle n'en avait jamais vu.

Sidérée par sa découverte, elle ouvrit le carnet et commença à le lire. En parcourant les premières pages, elle écarquilla les yeux d'indignation. Mais elle ne pouvait pas poursuivre sa lecture, pas ici. Pas quand la sonnerie matinale s'apprêtait à retentir d'une minute à l'autre. Sheila remit soigneusement le journal intime d'Anna à sa place et, une fois assurée que la voie était libre, repartit comme une flèche jusqu'au dortoir pour sauter entre ses draps, quelques secondes à peine avant que n'éclatent les hurlements stridents annonçant le début d'une nouvelle journée.

13

Pour la deuxième fois de la semaine, Anna se retrouva incapable d'avaler son petit déjeuner. Mais en sentant le regard insistant de Sheila posé sur elle, de l'autre côté de la table, elle se força à avaler son porridge, nourrissant mais insipide. Personne ne devait rien soupçonner, se répétait-elle en boucle. Surtout pas Sheila.

Elle enchaîna tous ses ateliers du matin sans le moindre accroc ; elle avait fait un petit détour discret par la Salle de Bains F2 afin de récupérer son journal, qui semblait désormais brûler un trou à travers la poche gauche de son uniforme. Elle avait même réussi à chaparder quelques ingrédients en cours de Cuisine pour confectionner un petit pain à la viande qu'elle avait ensuite emballé et glissé dans sa poche droite à l'attention de Peter, non sans se demander comment elle était devenue une telle adepte de la désobéissance. Mrs Pincent lui avait dit un jour que les Surplus étaient naturellement mauvais, et Anna avait vu comme un défi dans ces paroles – elle allait prouver à Mrs Pincent qu'il n'y avait rien de mauvais en elle. Et maintenant, regardez-moi, songeait-elle avec honte. Peut-être suis-je vraiment mauvaise, au fond. N'était-ce pas un crime, pour un Surplus, de seulement rêver d'évasion ?

Du temps où elle était Moyenne, et avant sa nomination au poste de Déléguée, Anna et ses camarades de dortoir trouvaient parfois le temps, juste avant l'extinction des feux, de se raconter des histoires de Tentatives d'Évasion de Surplus. Ces récits se nourrissaient à la fois de rumeurs entendues ci et là, des sombres mises en garde des Domestiques et de l'imagination fébrile des filles, et tous étaient plus terrifiants les uns que les autres. Il y avait Simon, le Surplus-Qui-Se-Prenait-Pour-Un-Légal et qui avait escaladé les murs de Grange Hall avant d'être réduit en cendres par les rayons enflammés d'un soleil vengeur. Il y avait aussi l'histoire de Philippa, le Bon Élément placé comme servante et qui oublia peu à peu son statut de Surplus ; elle commença à manger dans les plats de sa maîtresse, à s'asseoir dans son fauteuil et à refuser de lui obéir, jusqu'au jour où elle sortit sans permission pour s'aventurer dans le monde Extérieur. Son premier geste fut de cueillir une rose dans le jardin de sa maîtresse, une rose rouge qu'elle avait souvent admirée depuis l'intérieur de la maison. Elle la porta à son visage pour sentir son parfum et la douceur de ses pétales sur sa joue. Mais au moment où la fleur effleurait son visage, elle éprouva une vive douleur et poussa un cri. Il était trop tard. La rose avait sorti ses épines et s'attaqua à Philippa pour lui arracher les yeux et lui griffer la peau, avant de l'abandonner, seule et mutilée, dans l'allée du jardin où les Rabatteurs la découvrirent et la ramenèrent dans son Foyer. Elle vécut le reste de sa vie aveugle, en Isolement, à supplier Mère Nature de lui pardonner ses écarts. Son sort servait d'exemple à tous les Surplus en leur rappelant ce qui les attendait s'ils oubliaient Où-Était-Leur-Place. Puis il y avait l'histoire de Mary et Joseph, qui s'étaient échappés et avaient eu un fils Surplus ensemble. L'enfant était né avec deux têtes, constamment affamé et exigeant toujours plus à manger, jusqu'au jour où, incapable de contrôler ses pulsions malveillantes, il avait dévoré ses deux parents, le père avec une tête, la mère avec l'autre, avant d'exploser, victime de sa gloutonnerie et des Péchés de ses parents.

Anna n'avait plus entendu ces récits depuis bien longtemps, mais elle les connaissait par cœur. Et au fond d'elle, une petite voix ne pouvait s'empêcher de se demander si sa propre histoire viendrait bientôt compléter ces récits d'épouvante – la fable d'Anna-Qui-Ne-Savait-Pas-Où-Était-Sa-Place-Et-qui-Avait-Tenté-De-S'Évader. Quelle en serait la fin ? se demanda-t-elle en se rendant d'un pas mal assuré à son cours de Science & Nature. C'était celui qu'elle avait choisi pour son acte de Rébellion, car M. Sargent adorait envoyer les Surplus en Isolement, convaincu que les cachots sombres et humides du sous-sol de Grange Hall leur apprenaient tout ce qu'ils avaient besoin de savoir sur Leur Place dans ce monde. La Rébellion d'Anna entraînerait-elle son malheur éternel ? La rendrait-elle aveugle ? Ou bien la conduirait-elle à la mort, tout simplement – la seule chose à laquelle les Surplus avaient droit, à défaut de leurs maîtres Légaux ? Car la triste existence du Surplus avait une durée inscrite dans le temps ; pour les Surplus, tout avait une fin.

Dès que M. Sargent entra dans la salle, Anna sentit son ventre se nouer d'excitation et elle eut bien du mal à écouter sa leçon sur le dosage des capsules de Longévité. Les

Surplus devaient apprendre à les connaître, car ils seraient parfois amenés à administrer eux-mêmes les médicaments à leurs employeurs. La formule de la Longévité reposait sur un subtil équilibre des cellules, et il était crucial que les Surplus sachent déceler les signes d'un mauvais dosage.

Le sous-dosage était facile à reconnaître : les gens se sentaient fatigués, raides, n'avaient plus envie d'aller travailler ou de tondre la pelouse. Les hommes commençaient à perdre leurs cheveux, et les femmes à prendre du poids. Même si, précisa M. Sargent, certains individus étaient déjà chauves ou empâtés de nature parce qu'ils avaient commencé le traitement à un âge avancé. La Longévité vous maintenait dans l'état où vous étiez, mais ne vous permettait pas de rajeunir votre apparence. Du moins pas encore.

Le surdosage était plus difficile à diagnostiquer, les symptômes d'alerte étant peu nombreux. Mais il suffisait d'être bien attentif, expliqua M. Sargent. La Longévité contenait une hormone appelée « thyroxine » qui, à trop forte dose, faisait sortir les yeux de leurs orbites et provoquait des troubles du sommeil. En plus d'entraîner pertes de poids et crises d'irritabilité, ajouta-t-il.

M. Sargent prit alors les capsules pour montrer les différentes tailles disponibles et exposer à ses élèves comment réduire ou augmenter le dosage par unités de 25 microgrammes.

À la moitié du cours, Anna leva la main et M. Sargent, s'attendant sans doute à une question pertinente de sa part, comme à son habitude, lui adressa un sourire confiant.

« Oui, Anna ? »

Un rictus nerveux passa sur ses lèvres et elle se dandina maladroitement sur sa chaise.

« Que se passerait-il si un Surplus prenait de la Longévité, M. Sargent ? » demanda-t-elle d'une voix timide et penaude.

L'Instructeur la dévisagea, perplexe.

« Les Surplus ne prennent pas de médicaments, Anna. Tu le sais bien. Jamais. Les Surplus abusent de la générosité de Mère Nature par leur seule présence sur cette terre ; il est donc normal qu'ils vivent une existence courte, terminée par la maladie ou la vieillesse. Tu sais que ce serait une abomination de prolonger inutilement la vie d'un Surplus, n'est-ce pas ? »

Sa paupière palpitait, et Anna dut s'armer de courage.

Elle leva de nouveau la main.

M. Sargent la considéra avec agacement avant de lui accorder la parole d'un hochement de tête.

« Mais pourquoi les Légaux ont-ils droit aux médicaments sous prétexte qu'ils étaient là les premiers ? C'est un peu injuste, non ? »

Cette fois, M. Sargent ouvrit de grands yeux effarés.

« Injuste ? mugit-il. Injuste ? Non, l'injustice, c'est que des individus comme *toi* puissent exister. Que tes égoïstes et criminels de parents aient à ce point méprisé la planète et leurs congénères pour produire une… *vermine* dans ton genre venue s'empiffrer sur nos réserves, boire notre eau et gaspiller notre énergie ! »

Tout le monde avait les yeux rivés sur Anna. À sa vive surprise, maintenant qu'elle avait surmonté sa peur, la jeune fille commençait à se prendre au jeu. Les arguments qu'avait si souvent employés Peter lors de leurs disputes lui revenaient naturellement en tête, et le visage cramoisi de M. Sargent ne l'impressionnait pas le moins du monde. Voilà pourquoi tant d'Aspirants échouaient à leur test d'aptitude, comprit-elle tout à coup. C'était la première fois qu'elle goûtait à la Rébellion, et c'était absolument délicieux.

« Mais Mère Nature aime la nouveauté, n'est-ce pas ? répliqua-t-elle avec morgue, regrettant juste que Mrs Pincent ne soit pas là pour voir "Anna l'endoctrinée" à l'œuvre. Je veux dire, les feuilles mortes finissent bien par tomber des arbres, non ? Pourquoi les vieillards auraient-ils le droit de rester et pas les jeunes ? Est-ce vraiment ce que souhaite Mère Nature ? »

M. Sargent se leva lentement pour se rendre jusqu'au bureau d'Anna et lui gifla le sommet du crâne. Puis il lui attrapa l'oreille. « Sale petit monstre, marmonna-t-il en postillonnant de rage. Tu paieras pour ces propos. Tu paieras pour ton insolence. Tu seras fouettée et envoyée en Isolement, ma petite. Tu auras tout le temps de réfléchir au sens de tes paroles, ça devrait te faire le plus grand bien ! »

En l'entendant prononcer la sentence tant espérée, Anna sentit un soulagement immense la parcourir. Peu lui importaient les coups ; maintenant qu'elle était sûre d'aller en Isolement, elle pouvait tout supporter.

M. Sargent la souleva de sa chaise et la traîna de force à travers la salle, en la laissant exprès se cogner contre les autres bureaux. Au moment de passer devant Sheila, Anna sentit son regard perçant et baissa les yeux. Elle sentit alors quelque chose lui effleurer la jambe, un geste d'amitié, peut-être, et un pincement de culpabilité lui noua l'estomac. Sheila ne comprenait pas ce qui se passait, songea-t-elle en s'éloignant. Elle ne pouvait pas comprendre. Seul Peter comprenait.

« Merci, M. Sargent. Je prends le relais. »

M. Sargent s'immobilisa et laissa tomber Anna par terre. Sous le choc, celle-ci releva les yeux et aperçut Mrs Pincent dans l'encadrement de la porte. Elle s'empressa de baisser la tête. Non par humilité, mais sous l'effet de la colère.

« Marga… Mrs Pincent ! éructa M. Sargent. Cette jeune impertinente a tenu des propos scandaleux. Elle doit être punie, fouettée et mise à l'Isolement.

— Je vois. Mais l'Isolement n'est pas la solution, à mon avis, déclara sèchement Mrs Pincent. L'étage des Petits a besoin d'un décrassage solide. Peut-être Anna aimerait-elle y passer un ou deux jours, afin de… mieux réfléchir ? »

Les traits d'Anna s'affaissèrent. « Ça ne me dérange pas d'aller en Isolement, dit-elle. Je vous assure.

— Je déciderai moi-même de ta punition, Anna, rétorqua Mrs Pincent. Quand tu seras couverte d'excréments et d'urine, je suis sûre que tu sauras reconsidérer ta valeur aux yeux de Mère Nature. Tu seras surveillée en permanence pendant quarante-huit heures, tu ne recevras qu'un seul repas par jour et, à ton retour, tu seras déchue de tes privilèges de Déléguée. À présent, suis-moi. »

Mrs Pincent venait de s'exprimer d'un ton définitif. Anna sut que toute protestation serait inutile. Le ventre noué par la conscience que son moment de triomphe annoncé s'était soldé par un échec cuisant, elle traversa la classe, les jambes flageolantes. Terminée la posture rebelle, disparue la jubilation de s'opposer à la doctrine de Grange Hall – retour à la honte et à la soumission habituelles.

Abattue, Anna sortit de la salle et suivit Mrs Pincent jusqu'à l'étage des Petits, où une Domestique reçut pour ordre formel de la garder constamment à l'œil.

C'était à croire que Mrs Pincent était au courant de ses projets. Comme si elle savait que ce serait une punition bien plus cruelle que de l'envoyer au cachot. Anna lâcha un soupir désespéré en réalisant qu'elle n'avait aucune chance de se rendre ce soir au quartier d'Isolement. Aucune chance de pouvoir seulement transmettre un message à Peter.

Et plus aucun espoir de devenir un jour Anna Covey.

Margaret Pincent s'assit derrière son bureau, tremblante de colère. Elle savait que ce Peter ne serait qu'un fauteur de troubles. N'avait-elle pas prévenu les Autorités, dès l'annonce de son arrivée, qu'il ne lui apporterait que des ennuis ?

Et la contamination avait frappé là où elle s'y attendait le moins : chez Anna. Celle sur qui elle s'appuyait pour maintenir l'ordre. Comment une telle chose avait-elle pu se produire ? Comment Peter avait-il pu la changer à ce point ?

Mrs Pincent soupira. Ce n'étaient que des adolescents, après tout. Peut-être Anna avait-elle un faible pour lui – ou inversement. Quelle négligence de sa part d'avoir omis ce genre de détail. D'avoir oublié ce qu'était la jeunesse.

Eh bien, elle lui ferait passer ses penchants romantiques à coups de baguette. Et elle la ferait transférer dès que possible. Anna avait largement fait son temps à Grange Hall, réalisa Mrs Pincent. Elle savait d'expérience que lorsqu'un Surplus commençait à vous poser problème, il était trop tard.

Dommage qu'elle n'ait pas pu l'envoyer quelques jours en Isolement, à vrai dire. Mais elle avait d'autres chats à fouetter pour l'instant. Heureusement, le cas de Peter serait réglé dès le lendemain à l'aube. Dans moins de deux heures, elle serait en route pour Londres. Elle en reviendrait juste avant le lever du jour avec son vieil ami, le Dr Cox. Et une fois qu'il aurait « traité » Peter, ce gamin cesserait de lui poser problème. Son existence ne serait plus qu'un vilain souvenir, songea Mrs Pincent avec un rictus.

Elle pourrait même faire de son décès un cas d'école pour les Autorités, et leur adresser un rapport soulignant que, passé un certain âge (disons neuf ans, par exemple), les Surplus n'étaient plus aptes à l'intégration. Le choc du changement, leur annoncerait-elle à regret, avait été si violent pour Peter qu'il avait succombé à une crise cardiaque sous l'effet du stress. Quel gâchis, conclurait-elle. Si seulement on l'avait écoutée.

Et ensuite ? Ensuite, les choses reviendraient à la normale, n'est-ce pas ? Tout le monde recommencerait à la craindre. Et à l'aimer, bien sûr. Mrs Pincent avait autant besoin de l'un que de l'autre – à ses yeux, ces deux sentiments étaient indissociables. Ils lui garantissaient un Contrôle absolu. Et lorsque vous dirigiez une institution forte de cinq cents abominations de la nature, le Contrôle était une chose vitale pour survivre à chaque journée.

Anna contempla d'un air désabusé le lavabo rempli de couches en tissu. Chacune contenant l'équivalent d'une journée entière d'excréments de Petits Surplus, attendant d'être frottée à mains nues. C'était son troisième lavabo de couches en trois heures et la corvée ne semblait pas plus facile au fil du temps, loin de là.

Anna avait rarement l'occasion de se retrouver à l'étage des Petits. Mrs Pincent en interdisait généralement la visite aux Surplus, ce qui n'était pas pour leur déplaire, car qui voudrait se retrouver au milieu d'un essaim de Petits braillant à tue-tête ? Le Niveau 3 de Grange Hall, où ils étaient tous regroupés, semblait encore plus surpeuplé que les autres. Au lieu des dix grands dortoirs habituels, il comprenait toute une enfilade de pouponnières, ainsi qu'une salle de jour où les plus âgés apprenaient à marcher, à parler et à garder les yeux toujours baissés.

C'était tout au fond de cette pièce que se trouvait d'ailleurs Anna, devant une montagne de langes sales. Partout autour d'elle résonnaient les voix des Petits ; certains vagissaient, d'autres pleuraient tout bas ou répétaient maladroitement les mots qu'un Instructeur leur aboyait.

Mais c'étaient les silencieux qu'Anna avait le plus de mal à supporter. La vision d'un Petit de deux ans se balançant d'avant en arrière sur son matelas pour se rassurer, ou d'un autre âgé de trois ans se cognant tout doucement la tête contre le sol, lui était extrêmement pénible. Elle-même avait été cet enfant, réalisa-t-elle. Elle s'était assise à cet endroit, s'efforçant de comprendre où elle était et de reprendre le contrôle de son existence.

Et voilà qu'elle se retrouvait au point de départ. Si les choses lui paraissaient effrayantes quand elle avait trois ans, c'était bien pire aujourd'hui.

En vérité, peu lui importait d'affronter la plus répugnante des corvées de nettoyage ; la puanteur qui émanait du lavabo la faisait à peine sourciller.

Ses pensées étaient entièrement dirigées vers Peter qui l'attendait, là-bas, dans sa cellule, en se demandant où elle était et pourquoi elle n'était pas venue le rejoindre.

Tout en rinçant méticuleusement les couches sales avant de les frotter, Anna réfléchit à quoi allait ressembler le reste de sa vie. Quand bien même Mrs Pincent lui pardonnerait le petit incident de tout à l'heure, cela ne changerait rien : elle n'avait plus aucune envie d'être une Déléguée. Elle ne pouvait se contenter de savoir se rendre Utile. Elle aspirait à bien davantage. Elle aspirait à la liberté. Elle aspirait à...

À vivre avec Peter, comprit-elle soudain. À se sentir acceptée telle qu'elle était. À ressentir ce frisson délicieux qui la parcourait chaque fois qu'elle prononçait son nom dans sa tête.

« Alors, tu vas me nettoyer ces couches au lieu de bayer aux corneilles ? C'est pas parce que Mrs Pincent est partie à Londres que tu vas te la couler douce, hein ! »

Anna leva les yeux vers Maisie Wingfield, la jeune Domestique chargée de la superviser. Celle-ci se délectait de son rôle ; les Domestiques n'avaient pas tous les jours l'occasion de monter au Niveau 3, étant donné que les Surplus n'y étaient pas admis. Anna avait-elle bien entendu ? Mrs Pincent était à Londres ?

Elle s'empressa de se remettre au travail. Mais son esprit, lui, était ailleurs. Si Mrs Pincent était partie, cela lui laissait peut-être encore une chance d'être envoyée en Isolement. Ça valait la peine d'essayer, non ?

Tout à coup, les traits d'Anna se durcirent et elle lâcha la couche qu'elle tenait à la main.

Du coin de l'œil, elle regarda Maisie enlever les peaux mortes de ses mains calleuses. Une idée germa dans sa tête.

Lentement, méthodiquement, elle rinça ses mains à l'eau du robinet et s'éloigna du lavabo. Maisie leva les sourcils.

« Oh non, ma jolie. Tu vas rester ici jusqu'à ce que toutes ces fichues couches soient propres, lui lança-t-elle avec un sourire narquois. Je suis ici sur ordre de Mrs Pincent. Quand elle sera de retour, tu vas voir ce que tu vas voir. »

Anna sentit un pincement d'excitation dans sa poitrine. Mrs Pincent s'était bel et bien absentée de Grange Hall.

Ragaillardie, elle décocha un sourire mielleux à Maisie.

« Alors dites à Mrs Pincent que je me suis très mal conduite, répliqua-t-elle sur son ton le plus hautain, celui qu'elle employait habituellement pour rabrouer les Moyens récalcitrants. Je refuse de me salir une minute de plus. Ce n'est pas mon travail, de toute façon. Je croyais que les Domestiques étaient là pour laver les couches. »

C'était une attaque purement gratuite, mais elle porta ses fruits. Selon Mrs Pincent, Domestique à Grange Hall était l'un des emplois les plus avilissants pour un Légal – c'est du moins ce qu'Anna l'avait entendue dire à Mrs Larson. Se faire sermonner par un Surplus fut pour Maisie la goutte qui faisait déborder le vase ; avant même qu'Anna ait fini de parler, elle la gifla violemment.

« Tu n'es qu'un Surplus, vociféra-t-elle. Tu n'as pas à me parler comme ça. Je suis une Légale. Une Légale, tu m'entends ? Tu pourrais être mon esclave si je voulais !

— Vraiment ? Je ne pensais pas qu'on pouvait s'offrir du personnel avec un salaire de Domestique », riposta Anna en grimaçant de douleur, la moitié de son visage enflammée par la gifle.

À ces mots, Maisie se rua de tout son poids sur Anna pour la frapper, la projetant littéralement à terre, à moitié assommée. Puis, comme prise en faute, elle jeta un regard nerveux autour d'elle. Mrs Pincent avait une piètre opinion des Domestiques, et elle ne les encourageait pas à frapper les Surplus. Mais elle n'avait pas eu d'autre choix, songea Maisie pour se rassurer. Cette sale petite Surplus méritait qu'on lui apprenne le respect.

Alertée par le bruit, Mrs Larson, qui supervisait parfois les Domestiques et s'était vu confier la lourde responsabilité de veiller sur Grange Hall en l'absence de Mrs Pincent, accourut et faillit pousser un cri en découvrant la scène.

« Maisie, qu'est-ce qui t'a pris ? s'exclama-t-elle, affolée.

— Elle me faisait tourner en bourrique, répondit Maisie d'un ton bourru. Elle l'a bien cherché !

— Mais que va dire Mrs Pincent ? s'alarma Mrs Larson en se précipitant auprès d'Anna pour constater l'étendue des dégâts.

— On devrait la coller en Isolement, répliqua Maisie avec défiance. Comme j'vous l'ai dit, c'est tout ce qu'elle mérite. »

Mrs Larson secoua la tête, interdite, puis jeta des regards furtifs à la ronde pour s'assurer que personne ne les voyait.

« Aide-moi à la soulever, Maisie. Je crois que tu as raison à propos de l'Isolement. Mieux vaut la cacher là-bas pour éviter que la nouvelle ne s'ébruite. Une bonne nuit en cellule devrait lui apprendre à se tenir. »

14

Anna avait la moitié du visage si enflée qu'elle pouvait à peine ouvrir les yeux. Des croûtes de sang séché lui collaient les cheveux, et elle s'était fendu la lèvre d'un coup de dents en tombant par terre. Pourtant, elle n'avait jamais été aussi heureuse de toute sa vie.

Une fois revenue lentement à elle, elle se redressa sur sa couchette en ciment froid pour observer l'endroit où elle se trouvait avant d'esquisser un sourire, ignorant l'éclair de douleur qui la déchira aussitôt. Elle avait réussi son pari. Elle était en Isolement. À cette seule pensée, elle se sentit plus vivante que jamais. Vivante et solide. Elle aurait pu déplacer des montagnes. Avec Peter, elle était invincible.

Après s'être assurée qu'elle était bien seule dans sa cellule, elle l'appela d'une voix fébrile :

« Peter ? c'est moi !

— Anna ! Tu y es arrivée ! J'espérais que c'était toi quand j'ai entendu qu'on amenait quelqu'un, mais je n'osais pas me manifester. Comment as-tu fait ? » Sa voix provenait du mur juste derrière elle, ce qui signifiait qu'il se trouvait dans la cellule voisine.

« J'ai défié M. Sargent, expliqua-t-elle en souriant au souvenir de sa face cramoisie et convulsée de rage. Et j'ai tenu tête à une Domestique, aussi. »

Elle entendit Peter s'esclaffer et se sentit rayonner de fierté.

« Alors, on part quand ? reprit-elle, nerveuse.

— Ce soir, répondit Peter sans hésitation. L'inspection des cellules a lieu aux alentours de minuit… et Mrs Pincent a dit qu'elle passerait pour moi à quatre heures du matin, c'est bien ça ? »

Anna marmonna un son étouffé. Aucun d'eux n'avait particulièrement envie d'évoquer le retour de la Directrice ou de penser à ce qu'elle avait l'intention de faire à Peter.

« Alors on mettra les voiles à deux heures, décida Peter. Comme ça, tout le monde dormira à poings fermés. La sortie du tunnel débouche dans le village. Il faudra s'en éloigner le plus possible avant le lever du jour, car ils vont envoyer les Rabatteurs à nos trousses dès qu'ils auront constaté notre disparition. On trouvera un endroit où se cacher et, dès demain soir, on prendra la route de Londres. »

Anna sourit, le cœur battant à tout rompre. Elle n'arrivait pas à croire qu'elle allait s'évader de Grange Hall. Toutes les portes et les fenêtres disposaient d'alarmes, et de puissants spots lumineux balayaient les abords immédiats du Foyer jusqu'aux murs d'enceinte. Sans compter les caméras fixées tout autour pour créer un effet de dissuasion supplémentaire. Les Rabatteurs finissaient toujours par vous mettre la main dessus, affirmait Mrs Pincent. Et dans ces moments-là, vous haïssiez encore plus vos parents de vous avoir fait naître.

« Tout va bien se passer, Anna, je te le promets, dit Peter comme s'il sentait son appréhension. Ne t'inquiète pas.

— Je ne m'inquiète pas », répondit Anna en s'efforçant de s'en convaincre elle-même. L'obscurité et les relents de moisi de sa cellule commençaient à peser sur son moral et à lui rappeler son dernier séjour en Isolement. Persuadée que les sous-sols étaient peuplés de fantômes, elle avait eu très peur que Mrs Pincent l'oublie et la laisse mourir sur place. Au cœur de la nuit, des bruits angoissants l'avaient empêchée de fermer l'œil. Des échos de pas, des sons comme des voix étranglées… Sa terreur était telle qu'elle s'était juré de tout faire pour sortir de là et ne plus jamais y remettre les pieds.

Mais cette fois, elle était là pour une raison précise. Cette fois-ci, elle était venue de son plein gré.

Elle leva les yeux vers le mur qui séparait sa cellule de celle de Peter. Au sommet, comme dans les autres cachots, était percé un rectangle de près d'un mètre de large et d'un peu moins de haut. Ces ouvertures étaient les seules sources d'aération du quartier d'Isolement ; c'est ce que leur avait dit M. Sargent la cinquième fois que Patrick y avait été envoyé. Il leur avait expliqué qu'il n'y avait pas beaucoup d'oxygène, en sous-sol. Et que si on y expédiait plus de trois Surplus à la fois, ils finiraient sans doute par s'asphyxier au bout de quelques jours. Ces bouches d'aération étaient la seule chose qui vous permettait de rester en vie, là-bas, avait précisé M. Sargent. Pour Anna, c'était aussi le seul moyen de rejoindre la cellule de Peter.

Debout sur sa couchette en ciment pour observer le trou d'un peu plus près, Anna sentit une boule se former dans sa gorge. Cela lui avait semblé une excellente idée, quand Peter lui avait exposé son plan, mais à présent, elle n'était plus très sûre. L'ouverture était assez large pour qu'elle s'y glisse, cela ne faisait aucun doute. Mais il faudrait d'abord qu'elle se hisse à l'intérieur. Et même en se dressant sur la pointe des pieds, elle parvenait tout juste à en agripper le rebord.

« Heu… je ne suis pas sûre de pouvoir grimper là-dedans, lança-t-elle à Peter. Même debout sur la couchette, je ne suis pas assez grande.

— Bien sûr que tu vas y arriver ! Si tu arrives à atteindre le rebord, tu peux sans problème te hisser de l'autre côté. Je l'ai déjà fait. Regarde… »

Anna leva une nouvelle fois la tête et, comme par magie, le visage de Peter apparut à travers l'ouverture. Elle ne put s'empêcher de sourire.

« Tu fais peur à voir », commenta Peter. Anna détourna aussitôt le visage. Elle avait honte de sa paupière tuméfiée et de sa lèvre enflée. « Qui t'a fait ça ? demanda-t-il avec colère. Dis-le-moi. »

Anna haussa les épaules. « Personne. Enfin, peu importe.

— Pas pour moi. »

Elle le dévisagea, interloquée.

Personne n'avait jamais cherché à la protéger. Quand Mrs Pincent la punissait, elle affirmait parfois que c'était pour la « protéger d'elle-même », mais cela n'avait strictement rien à voir.

« O.K., je me lance », déclara-t-elle avec détermination. S'étirant de nouveau sur la pointe des pieds, elle tendit les bras le plus haut possible en pressant ses jambes contre le mur. Elle allait se montrer digne de la confiance de Peter.

Elle allait se hisser jusqu'au sommet, quitte à y jeter ses dernières forces.

Mais en vain. Les muscles de ses bras étaient peut-être assez forts pour faire la lessive, mais pas pour la soulever de tout son poids, et les murs lisses ne lui offraient aucun point d'appui.

Au bout de plusieurs minutes, Anna retomba sur sa couchette, le visage rougi par l'effort.

« Je n'y arrive pas », gémit-elle.

L'instant d'après, le visage souriant de Peter réapparut dans l'ouverture. Sauf que cette fois, il bascula tout entier de l'autre côté et se retrouva à côté d'elle, sur sa couchette, pour l'aider à se relever.

« Mets ton pied là », lui ordonna-t-il en lui faisant la courte échelle.

Elle écarquilla les yeux.

« Allez, pose ton pied et je t'aiderai à monter », insista-t-il pour l'encourager.

Les traits d'Anna s'éclairèrent. Elle s'exécuta. Peter la propulsa vers le haut pour qu'elle puisse s'accouder au rebord du trou, et il continua à faire levier jusqu'à ce qu'elle se hisse au travers, bien qu'elle le sentît trembler légèrement sur la fin. Après quoi, agile comme un singe, il grimpa à son tour, sauta de l'autre côté et l'aida à descendre.

« Tu vois ? Fastoche, commenta-t-il en riant. D'autres crises de panique à gérer avant qu'on mette les voiles ? »

Anna secoua la tête en rougissant, honteuse d'avoir renoncé aussi vite. Elle n'était peut-être pas aussi invincible que ça, tout compte fait.

« Non, ça ira, dit-elle. Et merci, Peter. Je… enfin, merci.

— Je t'ai promis de te faire sortir de là, pas vrai ? Alors, tu m'as apporté un pique-nique ? »

Anna hocha joyeusement la tête et sortit le petit pain fourré à la viande qu'elle avait préparé le matin même.

« Tu es vraiment venu ici pour me chercher ? lui demanda-t-elle avec curiosité en le regardant manger. Je veux dire… tu as laissé les Rabatteurs t'attraper exprès ? »

Peter haussa les épaules. « Je suis pas venu jusqu'ici pour la bouffe, en tout cas », fit-il avec une lueur malicieuse dans le regard. Il posa son petit pain par terre devant lui.

« Je… je voulais contribuer à l'action du Réseau Souterrain. Faire quelque chose pour aider tes parents », dit-il, soudain sérieux. Il déglutit et la fixa de ce regard perçant qu'elle lui connaissait si bien. « Mais je l'ai fait pour moi, aussi… »

Anna l'observa sans un mot. Il parut hésiter avant de poursuivre.

« Je n'ai jamais eu d'amis, Anna. Jamais eu de parents, jamais eu qui que ce soit dans ma vie… bref, je n'ai jamais eu personne. Et tes parents parlaient de toi sans arrêt. Ils disaient qu'on s'entendrait si bien, tous les deux, si seulement tu n'étais pas enfermée à Grange Hall. Ce genre de truc. Alors j'y ai beaucoup réfléchi. J'ai pensé à ta liberté, aux endroits où on pourrait aller ensemble, à tous les trucs qu'on pourrait faire… C'est pour ça que je suis venu te chercher. J'avais le sentiment de déjà te connaître. Avant même de te rencontrer, je veux dire. »

Il déglutit à nouveau, comme gêné. Anna ne pouvait plus détacher son regard de lui. Son ami, Peter. Pour la première fois depuis son arrivée, il avait perdu son air d'éternel rebelle et semblait ému, presque vulnérable.

« Et maintenant ? demanda-t-elle en chuchotant presque. Je corresponds à ce que tu t'imaginais ?

— Je crois, oui », fit Peter. Leurs regards se croisèrent, et Anna vit une étincelle briller dans la sienne.

« Et… tu m'apprécies ? poursuivit-elle avec hésitation. Telle que je suis ? »

Peter acquiesça lentement. « Ouais », lâcha-t-il tout bas en tentant d'esquisser un sourire.

Puis il prit une grande inspiration et baissa la tête, penaud.

« Je t'aime beaucoup, en fait », murmura-t-il d'une voix si frêle qu'Anna la reconnut à peine. Et juste après avoir prononcé ces mots, il se concentra sur un fil qui pendait à l'une des manches de son uniforme.

Anna ne le quittait plus des yeux. Pendant un instant, le temps parut s'arrêter autour d'elle et elle sentit la chair de poule l'envahir.

Alors Peter ramassa son petit pain pour le finir, et tout parut brusquement redevenir comme avant. Tout – ou presque. Car Anna savait désormais que, quoi qu'il arrive, elle suivrait Peter n'importe où. Et que ce serait sans doute pour elle le début d'une nouvelle vie… ou de gros, de très gros ennuis.

15

À deux heures du matin, Anna se redressa en sursaut, à la stupéfaction de Peter qui s'apprêtait à la réveiller. Elle avait regagné sa cellule pour l'inspection de minuit, avant de le rejoindre dans la sienne, et ils étaient restés allongés sur la couchette en dur qui lui servait de lit, blottis l'un contre l'autre pour se réconforter et se tenir chaud. Anna n'était pas bien sûre de savoir où s'étaient arrêtés les récits de Peter et où avaient commencé ses propres rêves quand le sommeil l'avait peu à peu envahie. Elle n'aurait jamais cru pouvoir s'endormir dans un endroit pareil, le corps transformé en pile électrique géante, mais elle n'était pas mécontente de l'avoir fait. Elle se sentait un peu assommée, mais reposée et plus calme.

La bouche d'aération derrière laquelle leur avenir les attendait ressemblait à toutes les autres bouches d'aération de Grange Hall : rectangulaire et tout juste assez large pour qu'on puisse se tortiller à l'intérieur. Elle était située à environ deux mètres trente au-dessus du sol, face à la couchette de Peter. Anna avait refusé de croire que la grille cachait l'entrée du passage qui les conduirait hors de Grange Hall, jusqu'à ce que Peter la détache un peu plus tôt pour lui montrer.

« C'est très étroit, avait-il expliqué avec gravité. Il n'y a absolument pas la place de tenir debout, seulement de ramper. Et nous devrons y aller l'un après l'autre. »

Anna avait observé avec appréhension l'entrée du tunnel humide et moisi pendant que Peter sortait un couteau émoussé de sa poche. Il lui avait décoché un sourire espiègle.

« Je me le suis procuré il y a deux jours. Au déjeuner, je crois bien », avait-il précisé avec un clin d'œil. Il avait brandi le couteau à bout de bras et, le front plissé par la concentration, entrepris de dévisser le panneau métallique de la grille. « La Domestique n'a même pas remarqué qu'il manquait le couteau quand je lui ai rendu mon plateau. Tant mieux pour moi. »

À présent, Anna promenait sans un mot son regard autour du cachot. Quel hasard approprié, songea-t-elle avec ironie, que sa dernière vision de Grange Hall soit celle d'une cellule d'Isolement, le recoin le plus terne, le plus sinistre d'entre tous. Cette nuit, elle allait quitter cet endroit pour toujours. Elle n'osait même pas envisager la possibilité qu'ils se perdent dans ce minuscule tunnel pour mourir dans le sous-sol de sa prison.

« Je vais devoir t'aider à te hisser, donc tu passeras en premier, fit Peter. Mais je serai juste derrière toi. O.K. ? »

Malgré la pénombre, Anna vit ses yeux brillants qui la fixaient, comme pour lui assurer que tout allait bien. Bravement, elle releva le menton et acquiesça. Puis, sans bruit, elle laissa Peter la soulever jusqu'à l'entrée du tunnel pour basculer à l'intérieur.

« Dépêchez-vous, enfin ! » lança Mrs Pincent au Dr Cox d'un ton irrité. Ils étaient déjà en retard sur le planning qu'elle s'était fixé. S'ils n'étaient pas de retour à Grange Hall pour quatre heures du matin, son projet risquait de tomber à l'eau. Les premières tournées d'inspection de jour démarraient dès six heures, et elle voulait que le sort de l'adolescent soit déjà réglé d'ici là.

« Bien, bien, j'ai presque terminé », répondit le Dr Cox en remplissant le dernier flacon de fluide de Longévité +. C'était une bien rude besogne que de prélever les cellules de patients récalcitrants, mais le jeu en valait largement la chandelle.

« Ce garçon…, dit-il d'un ton pensif en remballant ses affaires. J'imagine que je pourrai lui faire des prélèvements avant l'injection ? »

Mrs Pincent haussa les épaules. « Faites ce que vous voulez, mais faites-le vite. Quand nous serons là-bas, le temps nous sera compté. »

Anna avait espéré qu'une fois à l'intérieur, le passage lui semblerait plus spacieux. Hélas, ce ne fut pas le cas. Le tunnel mesurait toujours cinquante centimètres de large, c'est-à-dire qu'elle avait tout juste la place de ramper en bougeant à peine les épaules. Sans parler de l'air vicié et du manque de lumière qui lui donnaient l'impression de s'enfoncer dans les entrailles de la terre.

Au bout de quelques mètres, l'odeur de moisi s'intensifia et la lumière disparut complètement. Elle entendit alors Peter s'engouffrer à sa suite, ce qui lui redonna courage un bref instant. Mais sa peur ne tarda pas à refaire surface. Et s'ils se retrouvaient dans un cul-de-sac et qu'au lieu de les faire sortir de là, Mrs Pincent remettait la grille en place pour les laisser mourir dans le noir ?

« Je ne vois pas grand-chose », lança-t-elle à Peter sans être sûre qu'il pouvait l'entendre. Même le son ne semblait pas avoir assez d'espace pour circuler.

« Contente-toi d'avancer, lui répondit la voix étouffée de Peter. Il n'y en a que pour une cinquantaine de mètres.

— Combien en a-t-on parcourus jusqu'ici ?

— Une dizaine. »

Ces mots lui firent l'effet d'un coup de marteau sur la tête, mais Anna serra les dents et continua à progresser le long de l'étroit boyau en se tortillant tel un lombric géant.

Il leur fallut plus d'une heure pour parcourir la distance. Au vif soulagement d'Anna, les parois s'étaient un peu élargies. Le seul élément lui indiquant qu'elle était arrivée au bout du tunnel fut sa rencontre inopinée avec ce qui semblait être un mur de brique. L'effort lui avait donné très chaud ; elle transpirait à grosses gouttes sous la couche de vase malodorante qui la recouvrait. Le moindre mouvement s'apparentait à une torture et il régnait une obscurité totale. Sans la présence rassurante de Peter derrière elle et ses blagues idiotes, elle aurait déjà renoncé depuis longtemps.

« Ça y est, je crois qu'on est au bout, dit-elle en palpant les murs autour d'elle. Mais je ne trouve pas d'ouverture.

— Ah… tu es sûre que tu ne sens pas une grille, un truc comme ça ? »

Anna se remit à tâtonner dans le noir. Il n'y avait pas tellement la place de manœuvrer, mais lentement, méthodiquement, elle palpa chaque centimètre du mur dans l'espoir de trouver un détail – n'importe lequel – désignant la sortie.

« Je… je ne trouve rien », dit-elle enfin.

Il y eut un silence. « O.K., finit par déclarer Peter. Ne bouge pas, j'arrive. » Quelques instants plus tard, Anna se sentit compressée dans la vase, la joue écrasée contre la paroi, tandis que Peter lui rampait par-dessus.

« Je… je ne peux plus… respirer », gémit-elle, mais Peter ne l'écoutait pas.

« Je vais nous sortir de là, ne t'inquiète pas », murmura-t-il. Anna décela avec étonnement un filet de peur dans sa voix.

Elle entendit ensuite une sorte de glapissement terrifié et plissa les paupières de toutes ses forces.

L'instant d'après, Anna se retrouva ensevelie sous une avalanche de terre qui s'infiltra dans ses oreilles, ses narines, sa bouche et jusque dans ses yeux lorsqu'elle les rouvrit pour tâcher de comprendre ce qui se passait.

C'est la fin, songea-t-elle. Voilà ce qui arrive aux Surplus qui se croient autorisés à violer le règlement. Ils sont enterrés vivants.

Mais une poignée de secondes plus tard, Anna sentit le poids du corps de Peter se dégager du sien. En frottant la boue qui lui maculait le visage, elle réalisa qu'il n'avait pas poussé un cri de terreur, mais de victoire.

« On y est presque. Le tunnel remonte, à partir d'ici. La sortie était seulement bloquée par un bouchon de terre humide en provenance de l'extérieur. »

Folle de joie, Anna dégagea son bras et palpa elle-même la terre tout autour. Son premier contact avec l'Extérieur, se dit-elle avec jubilation. Il était si proche qu'elle pouvait même le toucher !

Peter s'enfonça non sans peine dans le goulet d'étranglement boueux au-dessus de leurs têtes et annonça que le tunnel continuait à grimper dans la même direction. Anna le suivit, plus légère maintenant que Peter était passé devant. Bientôt, elle frissonna agréablement. Le souffle du dehors, réalisa-t-elle. Elle le sentait.

Le courant d'air se fit de plus en plus présent à mesure de leur progression, d'abord simple bouffée rafraîchissante, puis bourrasque glacée qui s'engouffra à l'intérieur du tunnel en faisant un bruit comme un loup hurlant à la mort. Mais c'est tout juste si Anna remarquait la morsure du froid ou le mugissement du vent ; tout juste si elle sentait la vase et la boue qui durcissaient sur ses genoux, ses mains et ses coudes. Là-bas, devant Peter, elle venait d'apercevoir quelque chose qui lui donnait la force de surmonter n'importe quel obstacle. Elle venait d'entrevoir le ciel nocturne. Un fragment seulement ; le reste de son champ de vision était obstrué par une sorte de mur qui s'élevait juste devant la sortie. Mais dans le coin supérieur droit, une étoile scintillait dans le noir, non plus cachée par un store gris mais bien là, devant ses yeux. Anna n'avait jamais rien vu d'aussi beau de toute sa vie.

Quelques secondes plus tard, Peter disparut ; puis son visage, barré d'un grand sourire, se matérialisa à l'ouverture du tunnel.

« Ça y est, Anna Covey. Donne-moi la main. »

Avec son aide, Anna acheva de se hisser à travers la sortie étroite. L'espace d'un instant, elle fut tout bonnement incapable de parler. Le contact de l'air glacé sur sa peau, le bruit distant des voitures mêlé aux premiers chants d'oiseaux du petit matin… c'était presque trop à assimiler d'un seul coup. Elle n'aurait jamais cru ressentir un tel choc. Après tout, elle avait déjà connu l'Extérieur, du temps où elle avait travaillé pour Mrs Sharpe ; elle s'était même sentie très supérieure et expérimentée, pour un Surplus. Mais cette fois, c'était différent.

Le monde entier lui semblait à sa portée comme s'il n'attendait que d'être touché, entendu, respiré. Anna avait déjà vu briller la lune, bien sûr, mais seulement grâce à des regards dérobés, dans le froid du soir, quand, derrière le triple vitrage, elle s'imaginait en train de se promener sous son halo lumineux. Cette nuit, la lune lui semblait si proche, et sa rondeur parfaite la remplissait à la fois d'une crainte respectueuse et d'une sensation proche de l'extase. Elle regarda autour d'elle, les yeux écarquillés, sans oser ouvrir la bouche de peur de se mettre à crier, pleurer ou rire, voire les trois en même temps. Tout cela lui paraissait si beau, si incroyable. En cet instant du moins, c'était à elle, rien qu'à elle.

« Bien, dit Peter en jetant un regard circulaire pour prendre ses repères. Nous sommes à l'est du village. Ce qui signifie que… » – il réfléchit – «… nous devons partir dans cette direction. »

Anna acquiesça et, sans un mot, lui emboîta le pas le long d'une petite avenue. Ils devaient faire peur à voir, tous les deux, se dit-elle en contemplant la silhouette décharnée de Peter devant elle. Leurs visages et leurs combinaisons de travail de Grange Hall étaient couverts de vase, et ils avaient les mains et les chevilles écorchées.

« Tout le monde va savoir d'où on vient, avec nos uniformes », dit-elle.

Peter se retourna. « Ils le sauront de toute façon, non ? répliqua-t-il. Anna, il n'existe personne de notre âge à l'extérieur. Pas ouvertement, en tout cas. Il y a bien un Légal par-ci par-là, mais on en voit très peu. »

Ses yeux luisaient d'une telle colère qu'Anna resta interdite. Mais Peter finit par hausser les épaules. « Cela dit, tu as raison. Il faut qu'on se trouve une planque, et vite. Mais pas trop près de Grange Hall. Les Rabatteurs vont se mettre à fouiller les alentours dès que l'alerte aura été donnée. »

Anna acquiesça à nouveau et, essoufflée, pressa le pas pour le suivre. Elle aurait aimé pouvoir se montrer plus utile, mais elle était consciente qu'elle ignorait absolument tout de ce nouvel environnement. Puis, tout à coup, elle se figea net.

Devant elle se dressait un mur tapissé d'affiches. L'une d'entre elles représentait un écran d'ordinateur avec l'image d'un homme équipé d'une arme à feu. En bas, on pouvait lire : « LES RÉSEAUX SOUTERRAINS FONT LE JEU DU TERRORISME. NE METTEZ PAS VOTRE PAYS EN DANGER ». Une deuxième montrait, d'un côté, une maison aux lumières allumées dans chaque pièce et, de l'autre, une bâtisse en ruine avec en rouge, juste en dessous, le slogan suivant : « PROTÉGEONS L'ÉNERGIE – SAUVONS LA GRANDE-BRETAGNE DES TÉNÈBRES ». Mais celle qui avait surtout retenu l'attention d'Anna représentait la photo d'un Petit bien joufflu, la bouche pleine, en train de s'empiffrer avec ses petites mains. En travers de l'image, en caractères gras, était inscrit : « LES SURPLUS NOUS VOLENT – RESTONS ATTENTIFS. POUR PLUS D'INFORMATIONS SUR LE PROBLÈME SURPLUS, RENDEZ-VOUS SUR WWW.LEPROBLEMESURPLUS.GOV.UK ».

« Regarde, commenta Anna. Ils parlent de nous. »

Peter se rembrunit en parcourant ces affiches. Puis il lui prit la main. « Un jour, il y en aura d'autres pour dénoncer le Problème de la Longévité, cracha-t-il rageusement. Les voilà, les voleurs. Ceux qui volent la vie des autres pour permettre aux Légaux de squatter la Terre éternellement. »

Il repartit d'un pas vif en entraînant Anna. Ils devaient se cacher derrière les murets ou les buissons au moindre bruit de voiture ou de pas. Anna, qui avait été si impatiente de voir enfin l'Extérieur, de sentir l'herbe sous ses mains et l'air nocturne caresser son visage, était maintenant terrifiée par ce lieu si étrange et hostile. Peter était d'humeur irritable, lui aussi. L'heure tournait, ne cessait-il de répéter, et ils auraient déjà dû fuir plus loin. Beaucoup plus loin. Les Rabatteurs allaient être informés de leur disparition d'une minute à l'autre.

En repensant aux Rabatteurs, Anna crut que son cœur allait se décrocher et pressa le pas pour rattraper Peter. Elle se força à regarder droit devant elle au lieu de scruter avec curiosité les maisons qui bordaient la route.

Soudain, elle s'immobilisa.

« Qu'est-ce qui se passe encore ? soupira Peter.

— Cette maison, fit Anna à mi-voix. Je la connais. C'est celle de Mrs Sharpe. » Le jardinet était exactement tel qu'elle en avait gardé le souvenir depuis son stage de servante ; dès qu'elle le pouvait, elle jetait un coup d'œil à travers les fenêtres de sa patronne pour admirer la pelouse verte et les parterres de fleurs aux contours impeccables. Quant au perron, elle l'aurait reconnu entre mille, avec sa porte rouge écarlate et sa collection de carillons qui faisaient entendre leurs tintements étranges chaque fois qu'elle sortait les poubelles.

Peter la dévisagea. « Mrs Sharpe ?

— Je t'en ai parlé, tu te souviens ? J'ai été sa servante par intérim. Pendant trois semaines. Elle était très gentille.

— Une Légale gentille ? ricana Peter.

— Mais oui, répondit Anna sur la défensive. Absolument.

— O.K., si ça te fait plaisir… Viens, ne traînons pas ici. »

Ils poursuivirent leur chemin quand, tout à coup, une sirène déchira le silence, accompagnée du tournoiement d'un gyrophare. Peter poussa Anna dans un buisson et ils restèrent tapis là sans bruit, le cœur battant. Quelques instants plus tard, la sirène s'éloigna et ils échangèrent un regard perplexe.

« Allons-y », lança précipitamment Peter. Il ressortit du buisson et aida Anna à s'extraire des branchages, égratignée et tremblante.

« Est-ce que… balbutia-t-elle sans parvenir à finir sa question.

— Peut-être, répondit Peter. Même si ça ne ressemble pas aux Rabatteurs d'afficher leur présence aussi bruyamment. C'était sans doute la police. Sûrement rien à voir avec nous. »

Anna acquiesça et lui emboîta le pas. Mais elle fronça aussitôt les sourcils.

« Qu'est-ce que tu as à la jambe ?

— Rien, marmonna Peter. Viens, il faut qu'on se dépêche. »

Il se remit en marche, mais Anna vit qu'il grimaçait de douleur. Chaque fois qu'il posait le pied gauche par terre, son corps semblait traversé d'un violent spasme.

« Tu es blessé, insista-t-elle. Peter !

— Oui, et alors ? Il faut qu'on sorte de ce village. On pourra se cacher dans les champs. Ils sont juste un peu plus loin. »

Il transpirait, le visage diaphane. Sans lui demander son avis, Anna l'obligea à s'arrêter et remonta sa jambe de pantalon. Une large plaie couverte d'une croûte de sang séché lui entaillait le haut de la cheville.

« Peter, hoqueta-t-elle, qu'est-ce qui t'est arrivé ? »

Il soupira. « Le tunnel, grommela-t-il. Je me suis accroché quelque part. »

En observant la blessure de plus près, Anna constata que toute la partie inférieure de sa jambe gauche était enflée. Quand elle y posa sa main, elle sentit Peter tressaillir de douleur.

« Tu ne peux pas continuer dans cet état. C'est impossible.

— Il le faut bien, répondit son ami en serrant la mâchoire. On n'a pas le choix. »

Anna se mordillait la lèvre.

« J'ai une idée.

— Laquelle ? Nous faire attraper ? dit Peter en se forçant à marcher. Jamais. Je ne retournerai jamais là-bas, Anna, et toi non plus.

— On pourrait aller chez Mrs Sharpe. Se cacher quelque temps. »

Peter la dévisagea d'un air consterné. « Nous pointer chez une Légale pour lui demander de nous planquer ? T'es dingue ? »

Anna blêmit. « Je pensais seulement…

— Eh bien n'y pense plus, O.K. ? Et laisse-moi prendre les décisions. » Il s'appuya sur sa jambe gauche et glapit de douleur.

Anna plissa les yeux. « Tu as raison. C'est vrai que tes décisions à toi nous ont tellement mieux réussi jusqu'ici, dit-elle avec sarcasme. Les Rabatteurs peuvent nous tomber dessus d'un moment à l'autre. Tu ne peux plus marcher, et nous n'avons nulle part où aller. Tu crois peut-être qu'on sera à l'abri dans un champ ? »

Elle croisa les bras, sur la défensive ; Peter se tourna vers elle, et Anna crut déceler une lueur de peur dans son regard.

« Anna, elle va nous dénoncer. C'est une Légale. Il y a forcément une autre solution. Et nous la trouverons avant que le jour se lève.

— Mais il se lève déjà, regarde ! »

Peter leva les yeux vers le ciel, qui s'éclairait d'une teinte bleu pâle.

« C'est hors de question, insista-t-il d'un ton moins assuré. Trop dangereux. »

Anna réfléchit à toute allure. « Elle a un pavillon d'été dans son jardin, dit-elle.

— Un pavillon d'été ? » Peter s'arrêta de nouveau.

« Elle m'en parlait sans arrêt, parce que son mari l'utilisait comme remise et qu'elle avait l'intention d'y faire un grand ménage, poursuivit Anna. Mais elle n'arrivait pas à s'y mettre. J'étais censée l'aider à le faire, mais j'ai dû rentrer à Grange Hall. »

Peter jeta des regards furtifs à la ronde.

« Tu crois qu'on pourrait se cacher là-bas ? Seulement pour aujourd'hui, je veux dire ? demanda-t-il, sérieusement cette fois. Tu es sûre que Mrs Sharpe ne s'en sert jamais ? »

Anna hésita longuement. « Je n'en sais rien, conclut-elle. À mon avis, non. Mais c'était l'année dernière. »

Peter soupira. « On peut s'y rendre d'ici ? »

Anna acquiesça et ils rebroussèrent chemin pour se rendre chez Mrs Sharpe. À pas précipités, malgré la cheville de Peter, ils gagnèrent le grand portail en bois qui séparait le jardin de devant de la cour arrière, et Anna se baissa pour ramasser une pierre.

« Tu ne vas rien casser, hein ? » Peter semblait inquiet, mais Anna secoua la tête.

« C'est une cachette pour la clé, lui expliqua-t-elle. Mrs Sharpe m'avait montré. Regarde. »

Avec précaution, elle ouvrit la fausse pierre et en sortit une clé. Ses doigts tremblaient trop pour pouvoir l'insérer dans la serrure, si bien que Peter ouvrit lui-même la porte avant de refermer le portail derrière eux.

À toute vitesse, ils s'élancèrent à travers l'impeccable pelouse, agrémentée de son jardin potager réglementaire. Derrière, au fond du jardin, se dressait le pavillon d'été, encore encombré de meubles et de cartons. Et par terre, à côté de la porte, était posée une seconde pierre creuse.

Deux minutes plus tard, ils étaient enfin à l'abri, blottis derrière un vaste lit à deux places. Usant d'épaisses tentures de velours comme de couvertures pour se protéger du froid, ils restèrent là sans bouger, dans l'attente, le silence seulement ponctué par le son de leurs souffles épuisés.

16

Maisie Wingfield ne savait plus où se mettre. C'était sa faute à elle, l'idiote, si elle avait dû aller inspecter les cellules de ces sales morveux, mais comment aurait-elle pu deviner la vision qui l'attendait ? Puisqu'elle était de service de nuit, elle avait décidé d'en profiter pour glisser un dernier avertissement à ce misérable Surplus d'Anna avant le retour de Mrs Pincent – un simple mot à l'oreille pour lui conseiller de tenir sa langue sous peine de gros ennuis supplémentaires.

Sauf que maintenant… eh bien, elle n'avait plus d'autre choix que de tout avouer à Mrs Pincent. Lui dire que les monstres étaient partis. C'étaient des démons, parfaitement, voilà ce qu'ils étaient, songea Maisie avec aigreur. Grimper tout en haut du mur et disparaître dans ce petit trou… Ces Surplus ne méritaient pas d'exister, ni même de s'échapper.

« Ils sont jamais ressortis de leurs cellules, c'est ça ? demanda Susan, une autre Domestique, à Maisie, en la dévisageant d'un air interloqué. T'es en train de me dire qu'ils se sont enfuis ? »

Maisie baissa les yeux.

« C'est pas ma faute. C'est pas moi qui les ai mis en Isolement. Et les Surplus ont rien à faire à l'étage des P'tits, d'ailleurs. C'était l'idée de Mrs Pincent, pas la mienne. Alors c'est sa faute, voilà ! »

Susan lui coula un regard dubitatif, et Maisie poursuivit avec défiance : « C'est pas Mrs Pincent qui dit toujours qu'il faut jamais laisser les Surplus aller au Niveau 3 de peur qu'ils se prennent d'affection pour les P'tits ou qu'ils se fassent du mauvais sang pour eux alors que ce sont pas leurs affaires et qu'ils feraient mieux de penser à obéir aux ordres et à leur culpabilité d'exister ? Cette sale peste d'Anna aurait dû se prendre quelques bons coups de ceinture, pas être amenée ici. Voilà comment ça aurait dû se passer.

— Tu comptes lui dire ça ? » s'étrangla Susan.

Maisie tressaillit. Elle pensait que Mrs Pincent n'était pas encore de retour. Elle avait décidé de lui écrire une note et de la lui glisser sous la porte, par exemple. Mais au même moment, Mrs Pincent était entrée par la porte de service avec un inconnu. Ils s'étaient enfermés dans son bureau, comme si c'était le milieu de la journée et non quatre heures du matin, et Maisie était repartie en courant vers la cuisine, où elle se trouvait à présent.

« Oui, j'y vais maintenant, répondit-elle d'un ton hésitant. À moins que tu préfères lui dire, toi ? Vu que t'es de service ? »

Susan secoua la tête. « Sûrement pas, rétorqua-t-elle aussi sec. J'ai les petits déjeuners à préparer, merci bien. Tu vas y aller, avouer la vérité, et tout sera terminé. Après, je te ferai une bonne tasse de thé. »

Maisie se leva.

« T'as raison, dit-elle. Ils devraient tous les abattre, ces Surplus. » Au moment de quitter la cuisine, elle jeta un dernier coup d'œil paniqué à Susan, puis se dirigea vers le bureau de Mrs Pincent. « Qu'ils arrêtent de prendre des Légaux comme moi pour ce sale boulot. C'est injuste. C'est parfaitement injuste, oui. »

En approchant de la porte, elle eut un instant d'hésitation. Maisie avait horreur des problèmes. C'est bien pour ça qu'elle n'en avait jamais. Elle était là pour faire son travail et s'assurer de bien toucher bien sa paye à la fin de la semaine. Tant que son chèque était déposé sur son compte et lui permettait de s'offrir des gâteaux à la crème, quelques pintes de cidre au pub et des souliers confortables pour ses pieds endoloris, son sort la satisfaisait tout à fait. Grange Hall lui apportait toutes ces choses, en plus d'un toit au-dessus de la tête, et s'il lui fallait pour cela supporter les hurlements de ces affreux Petits Surplus, eh bien, c'était le prix à payer. Elle n'avait jamais rien demandé, jamais rien désiré qu'elle ne pourrait obtenir par ses propres moyens. Elle ne s'intéressait pas aux promotions ou à ce genre de choses.

Non, elle avait des ambitions on ne peut plus ordinaires. C'était une simple Légale, une bonne travailleuse, qui tâchait de faire quelque chose de sa vie. Quant à se faire rudoyer par une Surplus – surtout une Surplus qui lui parlait sur ce ton, comme si elle se prenait pour une Légale, comme si elle valait mieux qu'elle (Maisie grimaça de dégoût à cette pensée) –, elle ferait clairement comprendre à Mrs Pincent que c'était inacceptable. Oh oui, elle allait lui dire le fond de sa pensée, lui expliquer que ce n'était pas sa faute à elle si Mrs Pincent ne parvenait pas à tenir ces vermines sous contrôle.

Arrivée devant la porte, Maisie inspira un grand coup, frappa et attendit.

« Entrez. »

La Domestique tourna la poignée d'un geste hésitant et pénétra dans l'antre de Mrs Pincent. Quelle pièce glaciale et horrible, songea-t-elle. Le genre d'endroit qui aspirait votre âme tout entière. Comme il avait déjà aspiré celle de Mrs Pincent, cela ne faisait aucun doute. Cette femme n'avait pas la moindre parcelle d'humanité en elle. Il n'y avait qu'à voir ses petits yeux, si tant est que vous osiez y plonger les vôtres. Ils étaient petits et brillants, noirs, sans vie. Un simple coup d'œil suffisait pour s'en apercevoir. Mieux valait ne pas trop croiser un regard comme celui-là.

En cet instant, il semblait encore plus rageur que d'habitude, nota Maisie avec appréhension. Quel qu'ait été le motif de son absence, cette nuit, Mrs Pincent ne tenait sans doute pas à ce que cela s'ébruite.

« Oui, Maisie ? »

Celle-ci ouvrit la bouche tout en s'efforçant de trouver les mots justes. L'homme la fixait du regard, lui aussi, comme si elle venait de les surprendre en flagrant délit. Peut-être était-ce le mari de Mrs Pincent. Les gens disaient qu'elle n'en avait plus, mais elle en avait peut-être un quand même, qui sait ? À moins que, justement, ce ne soit pas son mari – d'où leur embarras à tous les deux.

Elle observa l'homme à la dérobée. Il était petit et chauve. Soudain, la Domestique tressaillit. L'homme était en train de déposer un objet au fond d'une boîte – sauf erreur, un objet ressemblant fort à une seringue. Maisie détourna rapidement les yeux. Si elle avait appris une chose, dans la vie, c'était que moins vous en saviez, mieux cela valait pour vous. Elle souhaitait ressortir de cette pièce le plus vite possible, et c'était exactement ce qu'elle allait faire.

« Voilà… », commença-t-elle en cherchant ses mots. Ce genre de nouvelle s'annonçait avec délicatesse. Vous ne pouviez pas lâcher de but en blanc que deux Surplus s'étaient évadés comme si vous déclariez que le thé était servi, non ?

« C'est à propos des Surplus, se décida-t-elle enfin. Ceux qui sont en Isolement. »

Maisie vit Mrs Pincent darder un regard en direction de l'inconnu, qui fronça les sourcils. Elle eut d'instinct un léger mouvement de recul.

« *Ce* Surplus, corrigea Mrs Pincent d'une voix irritée. Il n'y a qu'un seul Surplus en Isolement. Eh bien ? »

Maisie inspira un grand coup. « *Ces* Surplus, reprit-elle, alors que la sueur commençait à perler à son front. Il y en a deux. C'est qu'hier, voyez-vous, pendant que vous étiez partie, cette autre petite morveuse… enfin, cette autre Surplus, je veux dire, elle n'a pas arrêté de nous faire tourner en bourriques. Moi et Mrs Larson, voyez. Et c'est Mrs Larson qui a dit qu'on ferait mieux de l'envoyer en Isolement. Elle l'avait bien cherché, qu'elle a dit, à force d'être aussi malpolie… »

Maisie vit les traits de Mrs Pincent s'assombrir, et son cœur se serra. Elle savait qu'elle parlait pour ne rien dire, mais c'était plus fort qu'elle ; elle se sentait incapable d'articuler la moindre phrase cohérente. Et le pire, c'est qu'elle n'avait même pas encore annoncé la mauvaise nouvelle.

« Enfin bref, le problème, Mrs Pincent, et je comprends pas comment une telle chose a pu arriver, je savais même pas qu'il y avait un trou dans le mur, alors, mais c'est que je viens de descendre à l'instant et ils sont plus là, vous voyez ? Ils ont… disparu, Mrs Pincent. »

Elle lui jeta un coup d'œil implorant et frissonna sous la dureté du regard de Mrs Pincent.

« Comment ça, "disparu" ? répéta lentement Mrs Pincent d'une voix grave.

— C'est pas ma faute, protesta aussitôt Maisie. Je pouvais pas deviner. Vous devriez mieux contrôler leur comportement, si vous voulez mon avis. Comment je pouvais savoir qu'ils s'échapperaient ? Je croyais que c'était impossible. Je croyais…

— Assez ! »

Mrs Pincent s'avança vers elle et l'attrapa rudement par les épaules.

« Qu'est-ce que vous me racontez ? » lâcha-t-elle d'un ton lourd de menaces. Maisie crut défaillir. Les prunelles de Mrs Pincent la transperçaient et ses ongles s'enfonçaient dans sa chair molle. « Et de *qui* parlez-vous ?

— De la fille et du garçon, gémit la Domestique. Anna, et ce garçon qui était déjà au cachot. Le nouvel Aspirant. Ils se sont enfuis, voilà. La nuit dernière, pour ce que je peux en dire.

— Impossible, éructa Mrs Pincent avec colère. Personne ne peut s'échapper de Grange Hall ! Vous faites erreur. »

Maisie fut tentée d'abonder dans son sens et de quitter la pièce, mais elle savait qu'elle aurait de plus gros ennuis encore si elle n'avouait pas la vérité maintenant.

« Apparemment, il y avait un trou dans le mur et personne le savait », dit-elle, les yeux baissés. *Comme une moins-que-rien de Surplus*, songea-t-elle avec colère. *Mrs Pincent n'a aucun droit de me parler sur ce ton, ça non, alors.* « Je l'ai vu en allant inspecter leurs cellules vers quatre heures moins le quart, tout à l'heure, juste pour voir comment ils se tenaient. Mais ils étaient plus nulle part. Et c'est là que j'ai vu le trou dans le mur. Et alors je me suis dit : ben ça alors, ils ont dû s'enfuir… »

Maisie n'acheva pas sa phrase. Mrs Pincent lui secoua les épaules.

« À quatre heures moins le quart, dites-vous ? » fit-elle d'une voix étranglée.

Maisie acquiesça, piteuse.

« Et il est quatre heures et quart, à présent. »

Maisie hocha de nouveau la tête.

« Alors pourquoi me prévenir seulement maintenant ? »

Parce que je savais que vous réagiriez comme ça, songea Maisie. Mais elle se garda bien d'ouvrir la bouche.

Mrs Pincent était blême, à présent. L'homme s'était levé, comme s'il avait hâte de sortir de là.

Au vif soulagement de Maisie, la Directrice finit par la lâcher pour décrocher son téléphone et composer un numéro.

« Ici Margaret Pincent, aboya-t-elle dans le combiné. J'ai besoin de vous ici. Non, immédiatement ! Il y a eu une évasion. Ils n'ont pas dû aller bien loin. Il faut les retrouver au plus vite. »

Elle raccrocha et se tourna vers Maisie.

« Quant à vous, espèce d'incapable, cracha-t-elle, allez trouver M. Sargent pour lui dire de me retrouver au quartier d'Isolement, puis dites à Mrs Larson d'aller attendre les Rabatteurs à l'accueil. Et vous pouvez annoncer aux Surplus qu'ils n'auront pas de petit déjeuner aujourd'hui. Exécution ! »

Sur ces mots, elle la poussa hors de son bureau et, après avoir fait signe à l'homme qu'il était libre de repartir, s'éloigna d'un pas vif le long du couloir.

Le regard vide, Julia Sharpe observait son reflet dans la glace. Ses rides se creusaient de plus en plus, cela ne faisait aucun doute. Tous ces bains de soleil commençaient à marquer son visage et si elle n'y prenait pas garde, elle finirait par ressembler à ces femmes qu'on dévisageait dans la rue. Les « mortes vivantes », comme on les appelait. Celles qui étaient déjà vieilles quand la Longévité avait fait son apparition. Elles l'avaient emporté sur la mort, mais pas sur la vieillesse ; à présent, elles étaient vieilles pour l'éternité.

Pour Julia, le compteur était resté bloqué à cinquante ans. Ce n'était pas si mal, à vrai dire. Bien sûr, elle n'avait pas eu le choix. Elle aurait préféré avoir un visage lisse, mais tout le monde était logé à la même enseigne. Même celles qui avaient commencé le traitement dès l'adolescence voyaient apparaître une ride ici ou là à l'approche de la soixantaine, et ce malgré les crèmes hydratantes les plus coûteuses. La Longévité vous garantissait la jeunesse intérieure, mais seuls des liftings réguliers vous permettaient de rester jeune aussi à l'extérieur. Et Julia avait une peur bleue des chirurgiens.

Exhalant un soupir, elle ouvrit le flacon posé devant elle, en sortit deux capsules et les avala avec une gorgée d'eau.

Deux capsules deux fois par jour, et adieu au grand méchant loup pour toujours, songea-t-elle avec un sourire. Mais était-ce vraiment suffisant, désormais ? On disait que la nouvelle formule de Longévité était encore plus puissante. Les nouvelles cellules souches pouvaient tout guérir, semblait-il ; là où les médicaments officiels en vente libre vous donnaient le strict minimum, ce nouveau traitement, lui, était d'une efficacité révolutionnaire : autorégénérescence de la peau, réduction des graisses, et plus encore. Mais cela voulait dire s'aventurer sur le marché noir. Et une fois lancé sur ce chemin-là, vous n'aviez aucune idée de ce qui vous attendait au bout.

Julia ne comprenait pas grand-chose aux subtilités scientifiques de la Longévité. Elle n'en avait jamais vraiment éprouvé le besoin, du reste ; après tout, le plus important était de savoir *si* ça marchait, et non *comment*. Mais ses amies du club de bridge clamaient qu'elles devaient leur teint lisse et leur corps ferme à Longévité +. Apparemment, ce traitement était déjà disponible dans certaines cliniques privées de luxe aux États-Unis, en Chine et au Japon, et toutes les stars en raffolaient. Le Royaume-Uni en interdisait seulement la vente à cause de son coût prohibitif. Mais y avait-il le moindre fragment de vérité là-dedans ? Les gens adoraient inventer des histoires extravagantes. Sans oublier la question de la provenance des cellules souches. Le traitement traditionnel était à base de cordons ombilicaux congelés, mais certaines rumeurs affirmaient que Longévité + nécessitait le prélèvement de cellules souches jeunes et encore fraîches. Et comment les obtenait-on, se demanda Julia, sinon par le biais d'un trafic fort douteux ?

Mais peut-être était-elle trop cynique. La veille au soir, pendant sa partie de bridge avec Barbara, Cindy et Claire, elle n'avait pu s'empêcher de remarquer que le teint de Barbara semblait… frais comme la rosée. Oui, c'était exactement cela. Radieux de jeunesse.

Elle soupira de nouveau et se promit d'étudier sérieusement la question. Allez savoir ce que contenaient ces flacons qui s'échangeaient contre de grosses sommes d'argent dans des contre-allées obscures… Impossible de connaître leur provenance. Mais s'ils pouvaient l'aider à se débarrasser de ses bajoues et de ses rides autour des yeux, le jeu en valait peut-être la chandelle.

Ses pensées furent interrompues par une série de coups à la porte d'entrée. Intriguée, elle releva la tête. Il n'était que sept heures du matin. Qui diable pouvait lui rendre visite à une heure pareille ?

Elle enfila son peignoir, referma la porte de son armoire à pharmacie et attendit que sa servante aille ouvrir. Puis elle entendit encore frapper à la porte et se souvint qu'elle l'avait prêtée à Cindy pour la journée afin qu'elle l'aide à déménager. Avec un soupir agacé, elle sortit de la salle de bains et descendit au rez-de-chaussée. À travers le judas, elle eut une vision d'uniformes et en fut légèrement alarmée. Y avait-il eu un cambriolage dans sa rue ? Ou… pire encore ? Elle frissonna à cette seule pensée. Les crimes étaient si rares, de nos jours, que même la plus petite infraction semblait hors du commun. Julia s'était souvent demandé si la criminalité avait disparu grâce à l'apparition de la Longévité, parce que les gens étaient satisfaits de leur sort et ne s'intéressaient plus aux gains à court terme – surtout depuis qu'ils avaient toute la vie devant eux. Ou peut-être était-ce parce que le crime étant l'apanage des jeunes, l'éradication de la jeunesse était directement liée à la tranquillité du voisinage ? Son mari souscrivait à ce point à de vue et citait souvent la Déclaration comme le remède miracle aux maux du monde entier, mais Julia n'était pas convaincue. Elle pensait surtout que les gens étaient tous trop vieux pour s'adonner à la délinquance.

De nos jours, plus personne n'avait assez d'imagination ou d'énergie pour contrevenir à la loi.

Elle ouvrit la porte, puis fronça les sourcils en réalisant de quel type d'uniforme il s'agissait. L'un de ces hommes était un policier, mais ses deux collègues, à n'en pas douter, n'étaient autres que des Rabatteurs.

Dévorée de curiosité, elle les laissa entrer.

17

Anna s'emmitoufla davantage dans la lourde tenture qui lui servait de couverture et coula un regard furtif à Peter, assis juste à côté d'elle. D'instinct, il leur avait trouvé le meilleur endroit où se cacher dans le petit pavillon. La planque idéale. D'ici, sans risquer d'être vus, ils avaient tous les deux – enfin, surtout lui – une vue imprenable sur le jardin, la porte et la maison. Après s'être assuré qu'Anna était bien au chaud, il avait monté la garde, immobile et silencieux.

Enfin, jusqu'à maintenant.

« Il y a des gens dans la maison, dit-il. On dirait des Rabatteurs. »

Ces mots, Peter les avait prononcés d'une voix si basse qu'Anna les entendit à peine, bien qu'elle les reçût comme une rafale de balles en plein cœur. Des Rabatteurs ? Comment pouvaient-ils savoir qu'ils s'étaient réfugiés ici ?

« Planque-toi sous le rideau », lui murmura Peter. Pantelante, Anna s'exécuta. Elle sentait son corps tout crispé contre le sien, comme celui d'un animal traqué, et s'efforça de contenir ses grelottements de peur et de froid.

Elle était étendue là depuis ce qui lui semblait une éternité, mais plus probablement depuis une dizaine de minutes à peine, quand Peter vint la rejoindre.

« Ils sont dans le jardin », chuchota-t-il. Anna sentit la chaleur de son souffle sur son front et, sans réfléchir, chercha sa main pour la serrer très fort. Peter posa son front contre son épaule. Avant qu'elle ait eu le temps de comprendre ce qui se passait, ils se retrouvèrent blottis l'un contre l'autre, leurs corps si étroitement enlacés qu'ils semblaient ne faire plus qu'un.

C'est alors qu'ils entendirent quelqu'un agiter la poignée. Pétrifiée, Anna s'attendait déjà à ce qu'ils entrent pour venir les chercher, mais la porte resta solidement fermée. Peter la serra encore plus fort contre lui.

« Vous gardez cette porte verrouillée en permanence ? » C'était une voix d'homme. Anna sentit tous ses muscles se raidir.

« Bien sûr. Enfin, c'est plutôt mon mari. Cette remise contient des meubles d'antiquité. Et de valeur, semble-t-il, bien que je ne les aime pas beaucoup. Mais chacun ses goûts, comme on dit. »

Anna sentit le bras de Peter se resserrer autour d'elle en entendant résonner la voix familière de Mrs Sharpe.

« Nous avons reçu l'ordre de chercher partout, aboya une autre voix masculine. Porte verrouillée ou non.

— Très bien, répondit Mrs Sharpe d'un ton excédé. Je crois que la clé est là-dedans… »

Anna crut que son cœur allait cesser de battre. Mrs Sharpe ne trouverait pas la clé à sa place. Elle comprendrait aussitôt qui l'avait prise. Et les Rabatteurs fondraient sur eux en un instant.

« Tiens, fit la voix de Mrs Sharpe. C'est curieux…

— La clé a disparu ? »

Il y eut un long silence. « Ah non, ça me revient, déclara tout à coup Mrs Sharpe. Mon mari l'a emportée avec lui. Pour des raisons de sécurité.

— Dans ce cas, on devrait peut-être enfoncer la porte, suggéra l'un des hommes.

— Vous pouvez toujours essayer, mais je crains que cela ne déplaise fort à mon époux, répondit Mrs Sharpe. Et je ne vois pas comment quelqu'un pourrait se cacher ici, étant donné que la porte était fermée à clé. Vous connaissez peut-être mon mari, du reste… Anthony Sharpe ? Il travaille au ministère de l'Énergie. »

S'ensuivirent quelques secondes de silence durant lesquelles Anna osa à peine respirer.

« Je connais le nom de M. Sharpe, bien sûr, fit l'un des hommes. J'ignorais que vous étiez… que vous êtes… Enfin, nous ne vous dérangeons pas plus longtemps, n'est-ce pas, messieurs ? Merci à vous, Mrs Sharpe, pour votre… aide. »

Et sur ces mots, Anna entendit le son le plus délicieux qui ait jamais résonné à ses oreilles : le bruit de pas des Rabatteurs en train de s'éloigner.

Julia Sharpe se tenait devant l'évier de sa cuisine, en proie à une vive agitation. Cette clé avait très bien pu s'égarer. C'était une hypothèse tout à fait envisageable.

Mais totalement improbable. Les choses se perdaient rarement, dans cette maison.

Contrariée, elle décida d'allumer son ordinateur. Elle avait fait des économies d'énergie remarquables, ce mois-ci, grâce au nouveau panneau solaire installé sur son toit, et se sentait en mal de compagnie. Même virtuelle.

Un journaliste apparut à l'écran pour évoquer d'un ton grave l'enlèvement du ministre de l'Énergie par un groupe terroriste du Moyen-Orient affirmant que le récent traité mondial visant à limiter les dépenses de pétrole était un complot ourdi pour mettre à mal leur économie. Une fenêtre pop-up s'ouvrit en bas de l'écran pour rappeler à Julia que sa nouvelle prescription de Longévité était prête et qu'il lui restait quatre coupons énergétiques pour le mois ; en haut de l'image, un autre message lui intima de presser le bouton rouge de sa télécommande afin d'accomplir ses exercices de souplesse cérébrale du jour. Ignorant ces deux messages, Julia suivit les informations quelques minutes, non sans secouer la tête avec consternation. Les pays pauvres recouraient à des moyens désespérés pour tâcher de convaincre les nations riches de leur fournir davantage d'énergie. Ce que les terroristes n'avaient pas l'air de comprendre, songea Julia, c'était que tout le monde souffrait. La Chine et les États-Unis n'avaient-ils pas interdit la climatisation, provoquant une migration massive vers des contrées moins chaudes ? Les pays d'Amérique du Sud n'avaient-ils pas dû sacrifier leur progression économique afin de préserver les forêts tropicales humides ?

Elle se souvenait d'une époque, du temps de sa jeunesse, où l'énergie était encore disponible à volonté et où les gens pensaient que le recyclage suffirait pour sauver la planète. Avant que des îles entières se retrouvent englouties sous la mer et que la disparition du Gulf Stream transforme l'Europe en cette étendue froide et grise qu'elle était devenue à présent, avec ses étés courts et ses longs hivers glacés. Avant que les politiciens soient contraints d'agir, parce que leur nouvelle vie éternelle signifiait qu'eux-mêmes, et non les générations futures, auraient à subir les conséquences directes de la dégradation climatique mondiale.

Mais tous les pays ne s'étaient pas sentis traités équitablement lors du sommet international organisé à la hâte sur le sujet. Et ils n'avaient pas tort. Ce n'était un secret pour personne que les pays riches trichaient. Que des sources d'énergie prohibées continuaient à être utilisées illégalement afin d'alimenter en électricité certains secteurs économiques cruciaux. Que les énergies renouvelables étaient imposées aux pays pauvres comme seules sources énergétiques disponibles, alors que de riches nations corrompues se livraient au commerce du pétrole et du charbon. La Grande-Bretagne avait elle-même investi beaucoup d'argent et d'efforts pour créer une nouvelle source d'énergie irréprochable et la revendre avec profit aux autres pays, provoquant la réouverture de départements de recherche universitaires abandonnées depuis un siècle pour cause de pénurie d'étudiants.

Mais l'énergie n'était pas un domaine dans lequel Julia faisait autorité ; c'était la spécialité de son mari, Anthony, et non la sienne. Pour l'instant, elle avait un problème bien plus urgent à résoudre. Aucun flash info n'avait annoncé une récente évasion des Surplus, mais ce n'était guère surprenant : la nouvelle ne serait annoncée que lorsque les fugitifs auraient été retrouvés. Inutile d'affoler les citoyens pour rien, comme dirait Anthony.

Julia tambourinait nerveusement sur son plan de travail en tâchant de prendre une décision. Et aussi de comprendre pourquoi elle n'avait pas laissé les Rabatteurs enfoncer la porte du petit pavillon. Était-ce pour protéger les meubles d'Anthony ? Ou bien, pour une autre raison… une raison prénommée « Anna », par exemple ?

Au même moment, le téléphone sonna. Elle décrocha aussitôt.

« Julia ? C'est Barbara. Tu es au courant ?

— De quoi ?

— L'évasion des Surplus. Les Rabatteurs ont dû venir chez toi, non ? Ils m'ont réveillée, figure-toi. Ils sont d'une efficacité ! »

Julia s'assit. « C'est leur travail, j'imagine, dit-elle avec sagesse.

— Ils m'ont dit qu'ils recherchaient deux Surplus en cavale. J'ai fermé toutes mes portes et mes fenêtres à double tour. Et je te conseille d'en faire autant. On n'est jamais trop prudents, Julia. Et je pèse mes mots. Qui sait les catastrophes qu'ils pourraient occasionner ! Cela obligera peut-être les gens à se saisir de ce problème. Ces Foyers de Surplus sont de vraies bombes à retardement. Quand je pense qu'on les garde là-dedans, à gaspiller autant de ressources énergétiques… ce ne sont que des viviers à vermine, Julia. Et si près du village !

— Je ne les crois pas dangereux, Barbara, rétorqua Julia sans se départir de son calme. Et les Surplus sont très bien formés. »

Elle eut une pensée pour sa femme de ménage, et aussi pour Anna, cette petite qui, selon toute probabilité, venait de s'évader de son Foyer. Elles n'avaient provoqué aucune catastrophe. Au contraire, elles semblaient à l'affût du moindre mot gentil qu'on voulait bien leur accorder.

« Non, bien sûr, les éléments autorisés à sortir ne sont pas les plus dangereux, reprit Barbara d'un ton sinistre, mais nous ne voyons chez nous que les Surplus employables. Ceux qui ont été bien dressés. Les autres ne sont que des parasites, Julia. Ils nous volent notre nourriture, notre énergie, notre oxygène ! »

Julia poussa un soupir. Barbara avait peut-être raison. Elle avait eu tort de laisser partir les Rabatteurs sans qu'ils aient inspecté le pavillon d'été.

« Et ils sont jaloux, poursuivit Barbara. Ils osent lorgner sur ce que nous avons. Mais ils n'en ont pas le droit, Julia. Leurs parents n'avaient pas le droit de faire ce qu'ils ont fait. C'est ce que j'essaie d'expliquer à ma propre Surplus, Mary. Un Bon Élément, très travailleuse. Mais le fait est qu'elle ne devrait même pas être en vie, Julia. Elle ne devrait pas exister. Et maintenant, cette histoire d'évasion… c'est le pompon ! Crois-moi, il va falloir s'occuper de ce Problème Surplus. Si on les traite trop gentiment, les gens n'auront aucun scrupule à nous en imposer toujours plus. Sais-tu comment le Problème Surplus pèse sur nos impôts ? Hmm ?

— Non, répondit Julia.

— Beaucoup trop, voilà la réponse », répliqua Barbara d'un ton péremptoire.

Elle marqua une pause, le temps de retrouver son souffle. « Bref, reprit-elle, je t'appelle parce que j'organise une grande battue dans le village. Nous devons absolument nous protéger, Julia. Retrouver ces voyous et leur régler leur sort. Rendez-vous chez moi, cet après-midi. Je me disais que tu voudrais absolument y participer.

— Tu ne penses pas qu'il vaudrait mieux laisser les Rabatteurs faire leur travail ? se hasarda à dire Julia.

— Voyons, répondit sèchement Barbara, nous ne pouvons pas laisser deux Surplus perturber la vie que nous a apporté la Longévité ! Ils peuvent être n'importe où. Nous devons intervenir, faire notre devoir. Si nous laissons deux Surplus s'évader, jusqu'où cela peut-il aller, Julia ? Il n'y a pas de place pour eux dans notre monde. Ils doivent être éradiqués.

— Éradiqués ? » Julia ne put dissimuler l'indignation dans sa voix.

« Pris en charge, si tu préfères. Bien qu'en éliminer quelques-uns ne serait pas une mauvaise idée, à mon sens. Cela enverrait un message fort, tu ne trouves pas ? »

Julia prit une profonde inspiration.

« Cet après-midi, dit-elle. Eh bien, soit. Je… à tout à l'heure. »

Elle raccrocha son téléphone et soupira. Les gens avaient une peur irrationnelle des Surplus. Et même des enfants Légaux, bien qu'eux-mêmes se fassent rares de nos jours. À croire qu'ils avaient tous oublié les atouts de la jeunesse en se persuadant eux-mêmes que tout être âgé de moins de vingt-cinq ans était dangereux et subversif. Voire tout individu en dessous de la soixantaine, d'ailleurs. Car c'était l'âge des personnes les plus jeunes, désormais, en dehors des Surplus et des quelques Légaux passés entre les mailles du filet après la Déclaration. Un monde peuplé de vieillards, songea Julia avec amertume. Des vieillards convaincus que la nouveauté et la différence étaient forcément nocives… sauf dans le cas des progrès scientifiques liés à la Longévité, bien sûr.

L'ironie, c'est que la question des Surplus était le seul sujet semblant encore susciter un débat politique, même s'il n'impliquait qu'une poignée de militants très actifs. Le camp libéral prônait une approche plus humaine, une meilleure éducation des masses pour prendre le mal à la racine et éviter les naissances de nouveaux Surplus, tandis que Barbara et ses amis lecteurs du *Daily Telegraph* considéraient que les parents de Surplus devraient être emprisonnés à vie et leur progéniture rayée de la surface de la Terre. Sauf leurs Surplus à eux, bien sûr – ceux qui leur faisaient la cuisine, entretenaient leurs jardins, travaillaient sur les chantiers ou assumaient toutes les corvées dont personne n'avait envie de se charger. Non, pas ceux-là ; seulement les « autres », quels qu'ils soient.

Il ne faisait aucun doute que les Autorités finiraient par organiser un référendum sur la question, analysait Julia. Former une nouvelle Commission d'enquête. Confier à un expert comme son mari la responsabilité de superviser des recherches pendant deux décennies, puis en tirer des conclusions que, dans le meilleur des cas, ils tenteraient de mettre en pratique. Si tant est que le sujet intéresse encore quelqu'un.

Mais le problème, c'est que Julia n'avait pas deux décennies devant elle pour se forger une opinion sur le Problème Surplus. Elle n'avait pas deux décennies pour décider quoi faire. Elle n'était pas absolument certaine que les fugitifs se cachent dans son pavillon d'été, bien sûr. Mais d'expérience, elle savait que 2 + 2 faisaient toujours 4.

Après avoir récupéré le double de la clé dans la cuisine, elle enfila un manteau, une paire de bottes en caoutchouc et prit quelques outils de jardinage au passage pour faire bonne mesure. Au cas où ses voisins la verraient. Ses voisins ou n'importe qui d'autre.

Elle s'interrogeait souvent sur les motivations des parents de Surplus à enfreindre délibérément les grands principes de la Déclaration. Était-ce de l'arrogance, la conviction que la Déclaration ne s'appliquait pas à eux ? Ne réalisaient-ils donc pas qu'ils n'avaient aucune chance d'échapper à la loi ? Elle avait entendu parler d'un réseau, un nouveau mouvement clandestin affirmant que la Déclaration était une erreur, que personne ne devrait vivre pour toujours et qu'il fallait chérir les générations futures. Mais personne ne les prenait au sérieux.

Julia avait un jour déclaré à Anthony que les pilules de Longévité devraient contenir un contraceptif ; ainsi, le Problème Surplus ne se poserait plus. Ce serait une solution directe et archi simple. Mais Anthony lui avait répondu que c'était impossible, car la formule chimique de la Longévité était calculée avec précision et qu'il ne fallait surtout pas l'altérer. Les implants contraceptifs étaient préférables, car plus sûrs et moins coûteux. Julia avait fait remarquer que, de toute évidence, ils n'étaient pas fiables à cent pour cent. Anthony lui avait alors rétorqué qu'elle ne pouvait pas comprendre, que les choses n'étaient pas toujours aussi simples. Mais pour Julia, c'était limpide, au contraire. Elle soupçonnait parfois les Autorités de tout compliquer à dessein, histoire de garder le contrôle de la situation.

Julia avait fait partie des chanceux, bien sûr. Son enfant était né bien avant l'arrivée de la Longévité. Elle n'avait jamais eu à faire de choix.

Être mère d'un enfant unique lui convenait tout à fait, et Anthony partageait son point de vue. Un seul enfant lui suffisait amplement. Et Julia avait été aux anges en apprenant qu'elle attendait une petite fille. Quelqu'un avec qui faire du lèche-vitrines, échanger des potins… ce serait merveilleux, elle s'y voyait déjà.

Sauf que les choses ne s'étaient pas tout à fait passées comme cela. À trente-cinq ans, Tracey était partie vivre aux États-Unis. Elle avait une carrière à mener, comme elle disait, et c'était « là-bas qu'il fallait être ». Soixante-dix ans s'étaient écoulés depuis. Ça ne semblait pas si lointain, d'une certaine façon. Pourtant, Julia avait parfois le sentiment que cela faisait une éternité.

Tracey téléphonait de temps à autre, ce qui lui faisait toujours plaisir. Et chaque fois qu'elle le pouvait, en fonction de son crédit d'énergie, Julia prenait l'avion pour aller la voir. Mais sa fille était débordée et elles n'avaient pas réussi à fixer de date depuis une décennie.

Elle avait toujours ses amies, bien sûr, songea-t-elle en se forçant à sourire. Elle avait son club de bridge, n'est-ce pas ? Non, elle avait une vie très heureuse, tout compte fait. Et s'il lui arrivait de se demander, parfois, à quoi bon vivre éternellement si vous n'aviez personne à aimer, personne pour *vous* aimer, elle ne s'attardait jamais trop longtemps sur la question. Elle faisait partie des chanceux, se sermonnait-elle. Elle avait tout pour être heureuse.

En se dirigeant vers le petit pavillon d'été, Julia se demanda s'il s'agissait bien de la même Anna. Cela ne pouvait être qu'elle, non ? Mais en quoi consistait leur plan, à elle et à l'autre Surplus qui l'accompagnait ? Comptaient-ils seulement savourer quelques jours de liberté avant leur inévitable capture, ou bien étaient-ils plus ambitieux, nourrissant peut-être l'espoir de se cacher pour toujours ? Sauf que… ce ne serait pas pour toujours, se dit Julia. Ce n'étaient que des Surplus.

Leur existence serait si atrocement courte que tous ces efforts n'en valaient pas vraiment la peine.

Sans bruit, elle s'approcha du petit chalet en bois et tapota au carreau.

« Anna, appela-t-elle à voix basse. C'est moi, Mrs Sharpe. Je suis sûre que tu es là. Les Rabatteurs sont partis. Tu veux m'expliquer ce que tu fais ici, Anna ? Tu peux me laisser entrer ? »

« Ne dis rien, souffla Peter. C'est sûrement un piège. » Il ruisselait de sueur ; Anna avait du mal à savoir si c'était sous l'effet de la douleur ou de la peur.

Elle hocha la tête en silence, luttant contre l'envie de bondir pour remercier Mrs Sharpe d'avoir renvoyé les Rabatteurs.

« Écoute-moi, Anna. J'aimerais que tu ouvres la porte. Il va falloir faire très attention, car on ne peut jamais savoir ce que font les voisins, mais personne ne peut voir mon jardin à moins de se trouver dans ma maison, et je t'assure qu'il n'y a personne. Pas pour l'instant, en tout cas. Mais ils peuvent très bien revenir, et je dois vous sortir de là le plus vite possible. Tu es d'accord ? Anna ? »

Anna regardait Peter. Sous le rideau, elle ne distinguait que ses prunelles, brillantes de peur.

« Je fais confiance à Mrs Sharpe, tu sais, murmura-t-elle en le serrant fort pour le rassurer. Et elle n'a pas laissé entrer les Rabatteurs. »

Peter plongea son regard dans le sien. Puis il acquiesça et, lentement, ils se dégagèrent du rideau. Peter se leva et boitilla jusqu'à la porte pour la déverrouiller avant de retourner précipitamment auprès d'Anna, tout en jetant ses regards autour de lui à la recherche d'une issue de secours en cas d'urgence.

Mrs Sharpe se faufila entre les meubles pour se rapprocher du grand lit tout au fond. Elle trouva deux paires d'yeux écarquillés et rivées sur elle : la première était méfiante, la seconde évoquait plutôt le regard d'un chiot reconnaissant de ne pas avoir été noyé.

« Oh, Anna ! s'exclama-t-elle en les découvrant ainsi, sales, blessés et hirsutes. Ma pauvre enfant, qu'as-tu fait ? »

« Vous allez les rattraper. »

C'était une affirmation, pas une question. Mrs Pincent dévisageait froidement Frank, le Rabatteur en chef qui lui avait été envoyé afin de gérer l'évasion de Grange Hall.

L'homme se fendit d'un sourire. « Comme toujours, l'assura-t-il. Bien sûr, nous avons plutôt l'habitude des Surplus clandestins. Nous marchons à la dénonciation. Ce n'est pas tous les jours qu'on pourchasse des évadés de Foyers. Ça n'arrive… presque jamais. »

Il prononça ces mots d'un ton plein de sous-entendus. Mrs Pincent le foudroya du regard.

« S'ils se sont échappés, répliqua-t-elle d'une voix sèche, c'est parce que les Autorités n'ont pas jugé bon de m'avertir de l'existence d'un tunnel dans les sous-sols du bâtiment. Je peux vous garantir que c'est le premier cas d'évasion depuis mon arrivée à Grange Hall, et ce sera le dernier. »

Frank haussa les épaules. « Peu importe. On les retrouvera. Ils n'ont nulle part où aller, de toute manière, pas vrai ?

— Et le Réseau Souterrain ? rétorqua Mrs Pincent avec dégoût. Je crois que le gamin était en contact avec eux. C'est un nouveau, vous comprenez. Bien trop âgé pour être placé en Foyer. Mais on ne m'a pas laissé le choix.

— Le Réseau Souterrain ? répéta l'homme avec mépris. Une poignée d'idéalistes aux idées fumeuses, un point c'est tout. Tout dans le discours, rien dans le pantalon. Ils essaient bien de planquer un Surplus par-ci par-là, mais on finit toujours par les coincer, croyez-moi. »

Mrs Pincent opina du chef. Elle ne les connaissait que trop bien, ces militants progressistes. Ils lui écrivaient des courriers de temps à autre pour exiger des précisions sur le traitement infligé aux Surplus. Ils lui envoyaient aussi des pétitions pour que les parents criminels aient le droit de voir leurs enfants Surplus à leur sortie de prison. Elle les haïssait.

« Ce que ces illuminés ne comprennent pas, reprit-elle, convaincue d'avoir trouvé en Frank un homme partageant son point de vue, c'est que c'est le prix à payer pour la Longévité. Ils vivent dans un monde stable, prospère et sécurisé, et ils oublient un peu trop vite à quoi ils le doivent. »

Frank acquiesça. « Ce sont des ignorants, voilà ce qu'ils sont ! renchérit-il. Ces pauvres Surplus ? Laissez-moi rire. Vous et moi, on est en première ligne, Mrs Pincent. Nous, la vérité, on la connaît. Sans des gens comme nous, le monde serait loin de ce qu'il est aujourd'hui, vous savez.

— Je ne vous le fais pas dire. Bien. Quand vous les aurez retrouvés, vous les ramenez ici, n'est-ce pas ?

— C'est la procédure habituelle, confirma Frank. S'ils sont vivants, bien sûr. Parfois, vous comprenez, il peut y avoir certaines… complications. »

Mrs Pincent l'observa un moment sans rien dire.

« Tâchez juste d'avoir la fille vivante, conclut-elle avant de se lever. Le sort du garçon m'indiffère, si vous voyez ce que je veux dire. »

Les traits du Rabatteur s'éclairèrent. « Je vois tout à fait, dit-il avec bonne humeur.

— Parfait, fit Mrs Pincent. À présent, je viens de penser à un détail. Anna a travaillé quelque temps pour une femme du village, il y a un an. C'est peut-être une piste à suivre. Je dois avoir son nom dans le dossier quelque part… »

Sheila était à son cours de Bienséance, les yeux rivés sur Mrs Dawson en feignant de l'écouter attentivement.

La place d'Anna était vide. Personne ne s'en étonnait plus que ça, étant donné qu'elle avait été placée à l'Isolement. Mais Sheila, elle, n'était pas dupe. Elle savait ce qui s'était passé. Elle savait tout, parce qu'elle avait lu le journal intime d'Anna et découvert son plan. Et aussi parce qu'elle avait été réveillée à l'aube par les hurlements de colère de Maisie.

Sheila se sentait trahie. Anna ne l'avait pas emmenée. De tous les occupants de Grange Hall, elle était celle qui méritait le plus de partir, fulminait-elle, pas Anna. Anna se plaisait, ici. Anna était une Surplus. Alors que Sheila, elle, haïssait chaque seconde passée entre ces murs grisâtres et souhaitait plus que tout au monde retrouver l'Extérieur, sa maison et ses parents.

Quoi qu'il en soit, elle pouvait au moins se consoler en se disant qu'Anna n'était pas aussi maligne qu'elle le pensait. Anna croyait toujours tout savoir. Elle se prenait pour la Meilleure Surplus de tous les temps. Mais une Bonne Surplus aurait-elle oublié son journal intime ? Un vrai Bon Élément aurait-il laissé Sheila le lui voler dans sa poche, pendant que M. Sargent la traînait à travers la classe, et le glisser discrètement dans la sienne, où il avait rejoint l'adorable culotte rose qu'elle s'était appropriée à l'atelier de Lessive & Blanchisserie ?

Non, pensa Sheila. Anna avait commis une grave erreur en refusant de l'emmener avec elle.

La main dans sa poche pour effleurer la douce couverture du bout des doigts, elle sourit et leva les yeux vers Mrs Dawson.

18

Julia examina tour à tour Anna et Peter avant de hocher la tête avec satisfaction. Ils avaient l'air propres, correctement habillés, la jambe de Peter était bandée et ils étaient tous les deux attablés autour d'un bon repas, même s'il lui avait fallu déployer des trésors de patience pour leur faire seulement admettre qu'ils avaient faim. Ils relevaient sans arrêt la tête avec angoisse, comme s'ils s'attendaient à voir arriver un Rabatteur d'une minute à l'autre. Les pauvres, ils étaient ridicules avec ces vêtements trop grands dénichés dans la garde-robe d'Anthony et la sienne, mais quel autre choix avait-elle ? Les laisser dans ces affreuses combinaisons de travail ?

« Vous comptez vous cacher dans un camion, c'est ça ? demanda-t-elle à Peter.

— Un camion pour Londres. Le Réseau m'a appris comment entrer clandestinement par la porte arrière », dit-il, et Julia crut déceler une étincelle de fierté dans son regard.

« Et si vous ne trouvez pas de camion en route pour Londres ? insista-t-elle.

— Alors on marchera, répondit Anna d'une voix calme mais déterminée. Pas vrai, Peter ? »

Il confirma d'un hochement de tête. « On ne peut pas vous en dire plus, ajouta-t-il simplement. Au cas où vous seriez interrogée. Ou torturée.

— Torturée ? fit Julia en souriant. Voyons, on ne pratique pas la torture dans ce pays. »

Peter ne lui rendit pas son sourire.

Julia observa leurs mines sérieuses et ne sut si elle devait rire ou pleurer. Elle comprenait pourquoi les Rabatteurs avaient décrit le garçon comme un fauteur de troubles ; ses yeux perçants semblaient constamment vous défier. Ils n'avaient aucune confiance en ce qu'ils voyaient, et ils la mettaient mal à l'aise.

Mais elle nota également les regards dont il couvait Anna, comme s'il était perdu sans elle. Il rayonnait de fierté chaque fois que Julia complimentait la jeune fille ; il affichait une attitude protectrice envers elle, par crainte sans doute qu'elle lui soit enlevée d'un instant à l'autre. Et elle vit aussi comment Anna regardait son ami. Cette adolescente qui semblait toujours porter le poids du monde sur les épaules tout en ayant l'air de regretter qu'il ne soit pas plus lourd. Julia ignorait comment il s'y était pris (elle-même avait essayé, en vain) mais Peter semblait avoir réussi à la libérer de ce poids, en partie. Quelque part au fond de ses grands yeux sombres, Anna avait trouvé un semblant de paix.

Non pas qu'elle eût manifesté une grande sérénité depuis qu'elle avait quitté son uniforme. Anna s'était changée dans la chambre de Julia, derrière les rideaux tirés avec soin, et paraissait heureuse, voire pétillante d'enthousiasme, du moins au début. Car dès qu'elle avait ôté sa combinaison de travail, son attitude s'était transformée. Elle avait fébrilement fouillé ses poches, comme si elle cherchait quelque chose, tout en jurant obstinément le contraire. Puis elle s'était ruée à l'arrière de la maison pour regarder par la fenêtre, malgré les mises en garde de Julia. À présent, elle affichait une mine de déterrée, le teint livide et le regard plein d'inquiétude. Sans doute le stress de l'évasion, conclut Julia. Peut-être éprouvait-elle déjà des remords.

« Vous allez faire tache », constata Julia d'un air pensif en s'adossant au plan de travail de la cuisine. Mais avant qu'ils aient le temps de répondre, la sonnerie du téléphone retentit. Julia sursauta tandis que Peter et Anna partaient se cacher dans un coin.

Priant pour ne pas de nouveau entendre la voix de sa voisine, elle décrocha le combiné.

« Julia ? » Ce n'était pas Barbara.

« Ah, c'est toi.

— Je voulais m'assurer que tout allait bien. Ils ont parlé de l'évasion. »

Julia roula des yeux. « Anthony, tout va bien. Ce ne sont que deux Surplus en cavale, pas des assassins.

— Tout de même, ça ne me plaît pas. Les Rabatteurs sont passés ?

— Ce matin. »

Du coin de l'œil, Julia scrutait Peter et Anna en priant pour qu'ils ne fassent pas le moindre bruit. Anthony ne comprendrait absolument pas ce qu'elle fabriquait, à vouloir protéger des Surplus évadés. Elle avait déjà du mal à le comprendre elle-même.

« Que va-t-il se passer, à ton avis ? demanda-t-elle à son mari.

— À mon avis ? Ma foi, ils vont se faire prendre, bien sûr. Les Rabatteurs ne les laisseront pas filer, si c'est ce qui t'inquiète. »

Julia se tut un instant. « Et après leur arrestation ? Que vont-ils devenir ?

— Que vont-ils devenir ? répéta Anthony d'un ton incrédule. Eh bien, ils seront punis. Enfermés. S'ils tiennent jusque-là, naturellement. »

Julia se rembrunit. « Comment ça ?

— S'ils survivent, soupira Anthony. Ça n'a rien d'officiel, naturellement, mais les Rabatteurs ont carte blanche en cas de danger. Tu vois ce que je veux dire. Apparemment, le garçon pose problème.

— Mais… c'est révoltant, lâcha Julia dans un souffle en s'efforçant de ne surtout pas regarder Peter. Ils n'ont pas le droit !

— Tu ne dirais pas ça si tu le retrouvais caché chez toi, Julia, répliqua abruptement son époux. N'oublie pas que ces Surplus n'ont aucun droit d'exister. Absolument aucun. Chaque nouvel être sur cette terre met nos existences en péril et pille les ressources dont nous avons besoin pour survivre.

— Mais ils sont si jeunes, insista Julia d'une voix tremblante. Cela paraît… inhumain.

— Julia, ils seront retrouvés, puis punis ou enterrés, mais dans l'un ou l'autre cas j'espère que cette histoire sera réglée au plus tôt. Je n'aime pas savoir ma femme en danger, et tu devrais éprouver la même chose.

— Tu crois vraiment que je suis en danger ? lui demanda-t-elle, intriguée.

— Je suis sûr que tout ira bien, s'empressa de répondre Anthony. Veille à bien fermer toutes les portes. Pourquoi ne pas appeler une de tes amies pour qu'elle vienne te tenir compagnie ?

— Quand seras-tu de retour à la maison ? »

Il soupira. « J'espérais pouvoir rentrer ce week-end, mais je crains de devoir m'adapter à l'urgence. Tu ne m'en veux pas, ma chérie ?

— Bien sûr que non, répondit-elle avec douceur. Tiens-moi juste au courant.

— C'est promis. Alors, à bientôt. »

Julia raccrocha. « C'est bon, vous pouvez sortir, dit-elle. Mais il va falloir qu'on vous trouve une autre cachette. Anna ? Anna, tu te sens bien ? »

La jeune fille releva la tête. Elle avait vraiment une mine affreuse, songea Julia avec inquiétude.

« Je… » Anna décocha un regard effrayé en direction de Peter. « Je crois que j'ai perdu… Enfin… vous n'auriez pas retrouvé quelque chose ? »

Julia prit un air étonné. « Retrouvé quelque chose ? Comment ça ? »

Anna se mordit la lèvre et regarda fixement la table.

« Rien. Je… rien du tout. »

Peter plissa le front. « Ça ne va pas ? » lui demanda-t-il, mais sa question eut pour seul effet d'accroître le malaise d'Anna. « Tu as égaré quelque chose ? Quoi donc ? »

Anna se tourna vers lui. Julia crut qu'elle allait lui dire quelque chose, comme pour soulager sa conscience d'une faute terrible. Mais, après une brève hésitation, elle se ravisa.

« Ça va, lâcha-t-elle du bout des lèvres. Tout va bien. Je t'assure.

— Bien, reprit Mrs Sharpe d'un air grave. Il est un peu plus de neuf heures. Si vous avez assez mangé, je vous suggère de retourner au pavillon et de m'y attendre jusqu'à la tombée de la nuit. J'ai… bref, j'ai des choses à faire. »

Anna hocha la tête, sans un mot, et se leva en même temps que Peter.

« Juste une seconde, fit Julia, le temps que je vérifie que la voie est libre. Le jardin est assez bien protégé, mais on n'est jamais trop prudent. »

Elle sortit par la porte de derrière et jeta un coup d'œil au-dehors.

« Non, je crois que c'est sans danger. Mais longez la clôture au lieu de traverser la pelouse. Et faites vite. Tenez, voilà un peu d'eau et de quoi manger. »

Peter prit la bouteille et Anna esquissa un sourire de gratitude.

« Merci, Mrs Sharpe. Merci pour tout. Vous ne savez pas à quel point nous vous sommes reconnaissants », dit-elle tout bas.

Julia haussa les épaules. « Contentez-vous de rester bien cachés. Sinon, nous aurons tous de gros problèmes. »

Anna emboîta le pas à Peter et sortit dans le jardin. Ils se hâtèrent le long de la clôture et rasèrent les buissons jusqu'à l'entrée du petit pavillon. Sans bruit, ils se glissèrent à l'intérieur, verrouillèrent la porte derrière eux et regagnèrent leur cachette sous les lourdes tentures de velours que la propriétaire des lieux avait failli jeter cinquante ans plus tôt.

19

Julia Sharpe prétexta une migraine afin de ne pas se joindre à l'expédition de recherche. Elle offrit néanmoins des biscuits aux participants et remplit deux Thermos de thé sucré additionné d'un nuage de lait qu'elle remit à ses amies, non sans une pointe de culpabilité et d'angoisse, avant de les regarder s'éloigner avec les autres. Leur plan, l'avait informée Barbara, consistait à faire le tour du village, à organiser une grande battue à travers champs et à inspecter tous les bâtiments désaffectés. Les volontaires s'étaient armés d'un curieux assortiment de fusils, de pelles, de raquettes de tennis et de clubs de croquet. Barbara avait naturellement pris la tête du groupe en discourant sur la nécessité d'éradiquer le Problème Surplus et de montrer au monde entier qu'on n'était pas là pour plaisanter. Les autres membres du groupe, Julia le voyait bien, ne portaient qu'un intérêt poli aux déclamations hargneuses de Barbara ; la plupart d'entre eux discutaient de sujets plus proches de leurs intérêts personnels, comme les dernières recettes de cuisine, la Longévité + (et qui l'avait testée), ou encore les nouveaux tarifs énergétiques. Pour la plupart de ses voisins, cette expédition était surtout une excuse pour se retrouver, l'occasion de se convaincre qu'ils contribuaient à quelque chose d'important.

Et Julia ne pouvait pas leur jeter la pierre. Elle aurait fait exactement la même chose, en d'autres circonstances, et elle en était consciente. La vie était agréable pour les habitants du village. Plaisante et confortable. Mais tous rêvaient parfois de connaître le frisson du danger, de mettre un peu de sel – et de sens – dans leur quotidien, ne serait-ce que pour se rassurer sur la plénitude de leur existence.

Lentement, Julia regagna sa maison, sans cesser de jeter des regards furtifs à la ronde. Elle était ridicule de s'inquiéter. Après tout, personne n'irait jamais soupçonner quelqu'un comme elle. Elle était respectée. Elle avait des relations. Et quand bien même on retrouverait les Surplus chez elle, elle pourrait toujours feindre la surprise. Mais elle ne put s'empêcher de scruter la rue de part et d'autre, le cœur battant, et sentit une bouffée d'adrénaline la parcourir quand elle sortit ses clés pour ouvrir la porte d'entrée. Parce que, sans en avoir conscience, elle avait pris une décision. Contre toute logique, refusant de trop penser aux conséquences, elle avait décidé d'aider Anna et Peter à gagner Londres. Ils n'y arriveraient jamais seuls, et s'ils se faisaient prendre… cette pensée lui était insupportable. Elle allait donc les y emmener elle-même. Et elle n'avait qu'un après-midi devant elle pour s'organiser.

Depuis son poste d'observation stratégique, sous le rideau du petit pavillon, Anna voyait Peter fixer Mrs Sharpe d'un air dubitatif, voire franchement suspicieux. C'était la fin de l'après-midi, la nuit commençait tout juste à tomber. L'ancienne patronne d'Anna attendait leur réaction après leur avoir annoncé son intention de les aider à s'enfuir.

« Pourquoi ? lui demanda Peter à mi-voix. Pourquoi feriez-vous une chose pareille ? »

Le regard d'Anna oscillait entre Peter et Mrs Sharpe. Cette dernière se mordait les lèvres.

« À vrai dire, je l'ignore moi-même, avoua-t-elle. Tout ce que je sais, c'est que ce n'est pas votre faute si vous êtes des Surplus. Et que si vous faites un seul pas dans ce village, quelqu'un vous verra. Vous êtes si… » Elle marqua une pause, comme pour trouver le mot juste. « Si jeunes. Si faibles.

— Mais vous allez forcément vous attirer des ennuis, intervint Anna.

— Ne t'inquiète pas pour moi. Nous devrons faire preuve de la plus grande prudence, mais ils ne vont pas fouiller les voitures une par une, tout de même. Et certainement pas celle de Mrs Anthony Sharpe, vous pouvez me croire sur parole. » Elle sourit, mais Anna voyait bien aux ridules qui cernaient ses yeux et à sa façon de tirer sur ses vêtements qu'elle se sentait nerveuse, elle aussi.

Peter parut réfléchir, la mine perplexe. Puis il reprit la parole. « Le Réseau Souterrain vous en sera très reconnaissant », déclara-t-il d'un ton raide.

Julia haussa un sourcil. « Le Réseau Souterrain ? répéta-t-elle, amusée. Ravie de l'apprendre. Mais je tiens à ce que les choses soient claires : je ne fais pas ça pour aider un réseau quelconque. Je le fais parce que vous êtes trop jeunes pour… pour… » Elle jeta un coup d'œil furtif à Anna. « Bref, poursuivit-elle, je vais regagner la maison, à présent, au cas où quelqu'un aurait décidé de me faire une visite surprise. Ils… enfin, tout le village est en train de vous chercher, en ce moment même. Le plus délicat sera de vous faire entrer dans la voiture, avec ces Rabatteurs qui fouinent dans tous les coins, mais il y a une station-service non loin d'ici. Vous n'aurez qu'à y aller à pied en passant par le fond du jardin, quand il fera nuit, puis vous cacher là-bas en attendant que je passe vous chercher en voiture. J'ai une amie à Londres, je ne vois pas pourquoi je ne pourrais pas aller lui rendre visite ce soir. Avec tous ces événements… »

Elle passa en revue les détails de son plan avec eux avant de regagner la maison. Anna se tourna vers Peter. « S'ils fouillent le village, tu crois qu'ils vont revenir par ici ?

— Non », affirma-t-il d'un air catégorique, mais Anna nota qu'il avait les sourcils froncés.

« Tu… te sens bien ? » hésita-t-elle. Elle ne savait plus trop comment s'adresser à lui. Les choses les plus simples à dire la mettaient mal à l'aise.

« Oui, répondit Peter un peu sèchement. Je vais bien. Je… » Il soupira. « Je n'aime pas dépendre des autres », avoua-t-il après un court silence.

Anna acquiesça et se renfonça sous le rideau.

Ils quittèrent le pavillon à dix-neuf heures, dès qu'il fit assez noir au-dehors et que Mrs Sharpe eut appris que les membres de l'expédition de recherche s'étaient rassemblés chez Barbara autour d'un verre de sherry. Elle leur avait fait enfiler des joggings, afin de dissimuler leur maigreur, et leur avait donné à chacun une des casquettes de son mari pour qu'ils en rabattent la visière sur les yeux. Furtivement, ils s'élancèrent à travers le champ derrière le jardin. Anna dut se faire violence pour rester silencieuse à côté de Peter ; malgré la peur qui l'étreignait, elle se sentait grisée par l'air vif et le léger craquement du givre sous leurs pas.

Après avoir contourné le site d'un chantier désert, éclairé par des lumières vives, ils atteignirent enfin le lieu du rendez-vous. Là, ils se faufilèrent derrière un muret et scrutèrent les abords de la station-service.

Le break de Mrs Sharpe était déjà là.

« Ne bouge pas », ordonna Peter. Il s'avança discrètement jusqu'à l'extrémité du muret, fit dépasser sa tête de quelques centimètres et revint auprès d'Anna.

« C'est bon, elle nous a vus », murmura-t-il.

Anna entendit un moteur démarrer. Puis, quelques secondes plus tard, la voix de Mrs Sharpe.

« Non, merci, disait-elle à quelqu'un, je viens juste regonfler mes pneus. »

Ils attendirent tous deux pendant une longue minute angoissante, puis la voix de Mrs Sharpe retentit de nouveau.

« Bon, leur lança-t-elle tout bas. Personne ne regarde. Je vais ouvrir le haillon arrière, et je veux que vous rentriez rapidement à l'intérieur pour vous cacher sous les couvertures. Ça risque de sentir un peu le chien. J'ai transporté le labrador d'une amie chez le vétérinaire, l'autre jour. » Elle s'exprimait d'une voix un peu survoltée, nota Anna, comme si elle s'efforçait de parler normalement alors que la situation n'avait rien de normal du tout.

Sans un mot, la jeune fille bondit dans le coffre après Peter pendant que Mrs Sharpe se dirigeait vers la boutique. Quelques minutes plus tard, elle revint vers sa voiture.

« Personne ne parle de l'évasion, il n'y a aucune inquiétude à avoir », annonça-t-elle, et Anna eut du mal à savoir si elle s'adressait à eux ou à elle-même. La tension et la peur étaient presque palpables dans l'habitacle. Même le moteur parut émettre un bruit hésitant au démarrage.

« Tu peux mettre ta tête sur mon épaule, si tu veux », chuchota Peter.

Anna se mordit la lèvre ; elle ne savait pas quoi dire. Elle aurait adoré poser sa tête sur son épaule, sentir la chaleur et le réconfort de ses bras autour d'elle. Mais elle ne pensait pas le mériter. Depuis la perte de son journal intime, elle n'avait pas vraiment pu regarder Peter dans les yeux, incapable de supporter sa déception et sa colère inévitables.

« C'est juste qu'on est un peu à l'étroit, ici, précisa-t-il d'un ton dégagé en osant à peine croiser son regard. Alors ce serait peut-être plus simple si… »

Ravie d'avoir un prétexte, Anna se pelotonna avec soulagement contre la poitrine de Peter, non sans se demander pourquoi il faisait soudain si chaud dans la voiture. Et c'est ainsi que, tapis sous les couvertures, la tête d'Anna calée contre celle de Peter et les battements de son cœur qui résonnaient à ses oreilles, ils entamèrent ensemble leur voyage jusqu'à Londres.

La voiture venait de s'immobiliser ; Julia Sharpe se tourna vers eux.

« Il se passe quelque chose, là-bas devant, annonça-t-elle d'un air contrarié. Il y a un bouchon. » Elle semblait ne pas en revenir : les embouteillages étaient une chose proprement inouïe depuis que les coupons énergétiques n'autorisaient plus que les déplacements essentiels. Bus et tramways abondaient sur les routes, et seuls les gens riches ou ayant des relations pouvaient se permettre d'utiliser régulièrement leurs propres véhicules.

Anna entendit le cœur de Peter battre la chamade, ce qui eut pour effet à la fois de la rassurer et de l'inquiéter. Ils restèrent à la même place pendant une dizaine de minutes, après quoi Mrs Sharpe finit par ouvrir sa portière.

« Je vais voir, dit-elle. Ne bougez pas. »

Aucun des deux adolescents n'osa prononcer un mot. Les bras de Peter se resserrèrent autour d'Anna, et elle se mordit la lèvre jusqu'au sang. Mais tous deux restèrent parfaitement immobiles.

Julia Sharpe fut bientôt de retour.

« Ils fouillent les camions, expliqua-t-elle d'une voix un peu tendue. Cela provoque des ralentissements énormes. »

Peter releva un coin de couverture. « C'est nous qu'ils cherchent ? » demanda-t-il.

Julia ne répondit pas tout de suite. « Je crois bien, dit-elle. Franchement, toute cette agitation est ridicule.

— Je pense qu'on devrait sortir de là, affirma Peter. Et finir le trajet à pied. »

Les yeux d'Anna s'écarquillèrent.

Julia soupira. « La route est encore longue. Une quinzaine de kilomètres, au bas mot », dit-elle. Mais au fond, elle ne semblait pas en désaccord avec lui

« Ce sera moins risqué à pied, insista Peter. Pour nous tous. »

Il y eut de nouveau un court silence. « Oui, je suppose que tu as raison, conclut Mrs Sharpe d'un ton dépité, presque abattu. Nous sommes exactement à l'est de Londres. Cette route mène au centre-ville. Je vous déconseille de la longer, mais c'est la direction à suivre, en tout cas. Vous… êtes sûrs que ça va aller ?

— Oui, répondit Peter. Mais comment allons-nous sortir du coffre ?

— Je vais faire demi-tour, répondit Julia. Il y a une sortie juste devant nous. Je vous déposerai au tournant, et je reprendrai le même chemin pour rentrer chez moi. »

Anna sentit la voiture redémarrer et serra les poings en pensant à ses cours de Bienséance, à ce qu'elle avait appris sur le besoin de Bravoure et de Concentration pour les Tâches immédiates.

La voiture s'arrêta de nouveau ; Mrs Sharpe sortit et la porte du coffre s'ouvrit. Anna et Peter s'en extirpèrent maladroitement, ankylosés d'être restés immobiles si longtemps.

Vint le moment de se dire au revoir, mais il fallait faire vite. Anna prit la main de leur bienfaitrice dans la sienne et s'aperçut qu'elle avait les larmes aux yeux : Mrs Sharpe n'était même pas censée les aider, et elle-même n'était pas sûre de mériter tant de gentillesse. Peter la tira par le bras dans l'obscurité, et Julia fit semblant d'examiner l'état de ses pneus.

« Prends bien soin de toi, Anna », murmura-t-elle sans oser lui jeter un regard.

Anna se tut et resta parfaitement immobile à côté de Peter tandis que Mrs Sharpe remontait en voiture et s'éloignait lentement dans la nuit.

« Il faut qu'on aille par là », finit par déclarer Peter en désignant un talus herbeux, une fois certain qu'ils étaient seuls et que personne ne pouvait les voir. Il coula un regard en coin à Anna. « Est-ce que… tu veux bien me tenir la main ? » lui demanda-t-il d'une voix pleine de timidité et d'appréhension.

« J'adorerais », répondit Anna en glissant sa paume dans la sienne.

Et ils se mirent en route.

20

Un peu plus tard dans la soirée, Julia Sharpe se gara dans l'allée en fredonnant au son de son autoradio. Elle se sentait vivante, bien plus vivante qu'elle ne l'avait été depuis des années. Elle n'avait aucun moyen de savoir si les Surplus s'en sortiraient, bien sûr, ni quel genre d'existence les attendait – dans le meilleur des cas. Mais pour la première fois depuis bien longtemps, Julia ne s'était pas sentie dans la peau d'une simple spectatrice, impuissante et détachée, comme si elle regardait passer sa propre vie depuis le bord de la route.

Cependant, au moment de couper le moteur, elle se rembrunit. Un détail clochait. La lumière dans la cuisine – elle l'avait pourtant bien éteinte en partant, non ? Elle n'oubliait jamais de le faire ; personne n'oubliait ce genre de chose.

Elle ôta la clé de contact et se tourna vers sa portière, mais celle-ci s'ouvrit avant qu'elle ait eu le temps d'attraper la poignée. Surprise, elle leva les yeux et blêmit en voyant la personne qui se tenait devant elle.

« Ah, Mrs Sharpe. De retour de promenade, on dirait ? Votre carte d'identité, je vous prie. »

Sans un mot, Julia sortit sa carte de son sac et regarda l'homme la scanner.

Il lui adressa un rictus glacial. « Et puis-je savoir d'où vous venez ? »

C'était comme s'ils avaient marché toute la nuit.

Pourtant, ce n'était pas le cas, réalisa Anna en vérifiant son poignet. Il n'était que minuit et quart. Elle aurait juré qu'il était beaucoup plus tard. Et l'adrénaline qui courait dans ses veines lui donnait un sentiment vaguement irréel, comme si ce n'était pas elle qui marchait, tapie dans le noir, mais quelqu'un d'autre.

À chaque tournant, ils pouvaient tomber nez à nez avec un Rabatteur. À chaque nouveau regard posé sur eux, Anna se disait que tout était fichu. Plusieurs fois, ils eurent la sensation d'être suivis et durent s'engouffrer dans des ruelles ou se cacher sans savoir s'ils n'allaient pas se faire piéger ou capturer. Et même lorsqu'il n'y avait personne, Anna restait convaincue qu'ils n'étaient pas seuls.

Pendant tout ce temps, ils n'osèrent pas échanger le moindre mot, de peur d'attirer l'attention. Mais de toute façon, il n'y avait rien à dire. Anna se contentait d'observer Peter avec une admiration muette pendant qu'il indiquait le chemin à suivre, choisissant exprès des chemins qui leur permettaient de passer inaperçus et de rester aussi invisibles aux yeux des Légaux qu'étaient censés l'être les Surplus.

Tout en marchant, Peter scrutait les alentours et Anna repensa à la première fois où elle l'avait vu, à Grange Hall, il y avait deux mois. Cela lui semblait des mois en arrière, des années, même.

À intervalles réguliers, il s'arrêtait pour examiner un panneau routier ou un indice quelconque, réfléchissait quelques instants puis opinait du chef, comme pour approuver lui-même la décision qu'il venait de prendre, avant d'indiquer d'un geste la route à suivre et de repartir au pas de course. Anna devait se contenter de le suivre en renonçant à tout désir de contrôle, de compréhension ou de sécurité. Elle s'efforçait également d'ignorer le martèlement de son cœur et ses pieds endoloris à mesure qu'ils traversaient les faubourgs de Londres.

Comme les lumières de la ville se faisaient de plus en plus vives, et les artères plus fréquentées, ils dénichèrent un petit coin de verdure parsemé d'arbres et de buissons. Ils y restèrent cachés une heure ou deux, le temps que les rues se vident, avant de reprendre leur chemin en rasant les murs, têtes baissées, telles deux ombres.

Puis, sans crier gare, alors qu'Anna avait décidé de faire le deuil de ses pieds, qui lui semblaient sur le point de tomber en lambeaux, Peter s'arrêta et se tourna vers elle.

« On y est. »

Anna le dévisagea, stupéfaite. Plongée dans ses pensées, elle n'avait même pas remarqué que Peter avait passé la dernière heure à accélérer le pas et à redresser le menton, conscient qu'ils se rapprochaient du but.

D'un geste vif, il l'attira dans un recoin sombre et frappa contre une vitre située juste au niveau du trottoir. Il tapa une fois, deux fois, marqua un temps et recommença. Un premier visage apparut aussitôt derrière le carreau, suivi d'un second, et une porte s'ouvrit en bas d'un petit escalier en pierre. En une poignée de secondes, Anna se retrouva entraînée à travers le seuil et poussée à l'intérieur, jusque dans une cuisine où des bras l'entourèrent. Une voix étouffée répétait « Mon bébé, mon bébé », quelqu'un sanglotait, elle pouvait à peine respirer, et c'est tout juste si elle parvint à appeler Peter avant que sa tête roule vers l'arrière et que tout vire au noir autour d'elle.

Julia s'efforça de sourire, mais ses mains tremblaient. Enfreindre la loi lui paraissait soudain beaucoup moins exaltant que quelques instants auparavant.

L'homme qui la dévisageait à travers la vitre de sa voiture, l'homme qui lui bloquait le passage, n'était autre que M. Roper, le Rabatteur en chef. Elle l'avait déjà vu aux informations, mais jamais en chair et en os.

Reste calme, s'exhorta-t-elle. Ils n'ont aucune preuve contre toi. Ils ne savent rien.

« Je suis allée voir une amie à Londres, lâcha-t-elle à toute vitesse. Quelle soirée polaire, n'est-ce pas ? Je n'avais pas utilisé la voiture depuis si longtemps… problème de coupons énergétiques, voyez-vous. Je me suis dit que ce serait une bonne idée de la ressortir un peu… »

Sa voix diminua, hésitante.

« C'est très intéressant. Je demanderai à mes hommes de vérifier tout ça, vous voulez bien ? »

M. Roper s'exprimait d'un ton mielleux, et Julia déglutit nerveusement.

« Je… je ne suis jamais arrivée chez elle », ajouta-t-elle en tâchant de conserver une voix normale. Après tout, elle n'avait rien à craindre. « La circulation était si mauvaise que j'ai dû faire demi-tour.

— Hmm, fit M. Roper. Je vois. Vous permettez ? enchaîna-t-il en tendant le bras, l'invitant de façon claire à sortir de son véhicule pour regagner son domicile.

— Mais bien sûr », répondit-elle, enjouée. Elle descendit de voiture et voulut verrouiller sa portière. Au même instant, un autre homme surgit de nulle part et lui prit ses clés des mains.

Julia faillit protester, mais se ravisa. Elle récupérerait ses clés plus tard, se dit-elle. Autant ne pas faire de scènes inutiles. Ils allaient lui poser quelques questions, puis s'en aller. Et s'ils ne repartaient pas, elle n'aurait qu'à appeler Anthony afin qu'il règle cette histoire.

« J'imagine que vous connaissez mon mari, dit-elle en s'efforçant de prendre un ton dégagé, Anthony Sharpe ? »

M. Roper eut un petit sourire. « Certainement, répondit-il. M. Sharpe semblait très préoccupé par cette histoire d'évasion Surplus. Et très inquiet en apprenant que nous nous étions rendus chez lui. Il m'a assuré que son épouse n'était pas du genre à cacher des Surplus à son domicile.

— Cacher des Surplus ? répéta Julia, la mine outrée. Eh bien, vous pouvez le croire sur parole, en effet. Quelle idée ! Il y a eu une battue dans le village, figurez-vous. Ces évasions inquiètent tout le monde.

— Et comment, Mrs Sharpe. J'imagine que vous étiez très inquiète, vous aussi. Je suis sûre que vous n'aviez pas l'intention de mentir, ce matin, quand mes collègues sont passés vous voir. »

Julia le toisa avec indignation. « Je n'aime pas beaucoup votre ton, M. Roper. Pas plus que votre attitude, du reste, ajouta-t-elle en croisant les bras. J'ai des droits, et je crois que vous feriez mieux de revenir demain matin. »

M. Roper secoua la tête. « Je crains que ce ne soit impossible, Mrs Sharpe. Nous aimerions vous parler. À propos de certains appels affirmant que deux jeunes gens ont été aperçus dans votre jardin. J'ai cru comprendre que la gamine avait brièvement travaillé ici. Il serait logique qu'elle vienne se réfugier chez vous, non ?

— Vraiment ? » répondit Julia avec dédain en franchissant la porte d'entrée, aussitôt refermée par un homme très grand, en uniforme. Trois autres l'attendaient dans sa cuisine. « Eh bien, si c'est le cas, je ne suis pas au courant. »

M. Roper la dévisagea sans un mot et lui fit signe de s'asseoir.

« Vous ne comptez pas m'importuner trop longtemps, j'espère », poursuivit-elle sèchement en prenant place à la table de la cuisine. Mr Roper était mince, avec des yeux bleu pâle et des cheveux blond cendré. Sûrement très attrayant, en d'autres circonstances. Elle devrait peut-être essayer de lui faire un peu de charme, se dit-elle. Quelques battements de cils, par exemple ?

Mais avant qu'elle ait eu le temps de lancer son offensive de séduction, M. Roper s'assit face à elle et lui saisit les poignets.

« Ces gens que vous voyez, là, dit-il en désignant les hommes en uniforme qui se tenaient devant l'évier, sont des Rabatteurs. Les Rabatteurs, Mrs Sharpe, ont des codes très différents de ceux de la police. Une plus grande… liberté d'action, disons. Un plus large éventail de méthodes à leur disposition. Vous êtes l'épouse d'un haut fonctionnaire, et je n'aimerais pas avoir à vous confier aux mains des Rabatteurs, pour la bonne raison que je suis un homme civilisé et que je préfère régler les problèmes dans le calme. Mais je ne vais pas pouvoir les retenir éternellement. Ils veulent ces Surplus, et ils les auront. Suis-je bien clair ? »

Il était penché par-dessus la table, le regard plongé dans le sien. Julia se mit à ciller nerveusement.

« Mais… je… suis une Légale, bredouilla-t-elle. Vous n'avez pas le droit de me traiter comme ça ! »

M. Roper sourit de nouveau. « Mrs Sharpe, dit-il, soudain désinvolte, en se renfonçant dans son siège, savez-vous ce qu'il vous arrivera si nous vous arrêtons pour avoir caché des Surplus ? »

Julia fit non de la tête.

« Vous serez jetée en cellule. Et interrogée. Nous pouvons vous garder jusqu'à trois mois.

— Trois mois ? répéta Julia, hébétée. Mais je n'ai rien fait de mal. C'est… scandaleux. C'est proprement inacceptable !

— Cacher des Surplus est un crime scandaleux, Mrs Sharpe. Défier les Autorités et la Déclaration, voilà ce qui est inacceptable. Je crains que les lois et les procédures de justice habituelles ne s'appliquent pas dans la lutte contre les Surplus. L'enjeu est bien trop important, Mrs Sharpe. Vous me comprenez, j'en suis sûr. »

Il marqua une courte pause. « Vous savez, bien sûr, que la Longévité n'est pas autorisée en prison. Pendant toute la durée de votre séjour parmi nous. »

Julia l'observa d'un air incrédule. « Vous n'avez pas le droit. J'exige de pouvoir appeler mon avocat. Croyez-moi, M. Roper, j'en ai assez entendu comme ça.

— Pourtant, Mrs Sharpe, nous ne faisons que commencer », répliqua-t-il en haussant le ton.

Julia se mordit la lèvre.

« Savez-vous ce qu'il se passe, reprit le Rabatteur, quand une personne de votre âge interrompt son traitement de Longévité ? »

Elle haussa les épaules. Peu importe, se dit-elle ; elle ne se laisserait pas impressionner par ces affreux bonshommes et leurs tactiques de caïds de cours d'école.

« Au bout d'un mois, tous les signes du vieillissement que nous avions oubliés refont surface, expliqua-t-il. Mal de dos, douleurs aux genoux quand il fait froid, léthargie, manque d'énergie… À la sixième semaine, vos muscles s'affaiblissent et votre organisme se met à stocker de la graisse. Après deux mois, vos cheveux commencent à tomber, votre vision et votre ouïe s'affaiblissent et votre squelette commence à se tasser. Jusqu'à six semaines, la situation est encore rattrapable. Au-delà de huit semaines, votre organisme gardera des séquelles irréversibles. Au bout de dix semaines, le processus de vieillissement prend véritablement toute son ampleur ; votre corps sera alors sujet aux maladies et au déclin, vos muscles auront fondu. À la douzième semaine… à vrai dire, personne n'a jamais tenu au-delà. Généralement, les gens sont heureux de mourir à la onzième, croyez-moi. Incapables de se déplacer, de penser, de faire quoi que ce soit hormis attendre la mort qui les délivrera enfin des tourments de la décrépitude…

— Vous n'oseriez pas, fit sèchement Julia. Vous êtes en train de me dire que vous me laisseriez mourir sous prétexte que vous me soupçonnez – et il s'agit seulement d'un soupçon, soyons clairs – d'avoir caché deux Surplus, deux gamins qui se sont évadés de cet abominable Foyer de Grange Hall ? »

M. Roper fixa Julia droit dans les yeux. « Ravi de voir que vous m'avez bien compris.

— Je veux appeler mon mari. Je veux l'appeler immédiatement ! »

M. Roper fit signe à l'un de ses hommes, qui tendit le téléphone à Julia. Elle composa rapidement un numéro et écouta les sonneries s'égrener dans le combiné.

« Allô ?

— Anthony ? C'est moi.

— Julia, Dieu soit loué. Que se passe-t-il ? » Il semblait épuisé, à bout de forces. « Je viens de me faire renvoyer de mon poste au Ministère. Ils ont l'air de croire que tu es mêlée à cette histoire d'évasion.

— Renvoyer ? » Julia pâlit.

« Je leur ai dit que c'était ridicule. Mais à la moindre alerte Surplus, l'état d'urgence remplace l'état de droit, on dirait. Occupe-toi de tirer ça au clair, veux-tu ? Je n'obtiens de réponses de personne, ici. Ils ont même gelé notre compte en banque. C'est… »

L'un des Rabatteurs coupa la communication.

« Comme je le disais, reprit Mr Roper d'un ton sirupeux, la gestion des Surplus n'est pas un jeu. Si vous coopérez pleinement, nous pourrons parvenir à un arrangement. Votre mari n'aura même pas besoin de connaître la vérité. Mais si vous refusez, je crains, Mrs Sharpe, que vous ne soyez incarcérée pour une durée indéterminée en vertu de la loi Surplus 2098 et votre époux pourra dire adieu à sa carrière. À vous de choisir.

— Vous ne pouvez pas faire ça…

— Oh si, Mrs Sharpe. Nous le pouvons. »

Au même instant, un homme apparut sur le pas de la porte. Il tenait à la main les deux combinaisons de travail que Julia avait cachées dans le pavillon d'été, faute de mieux.

Ses yeux s'écarquillèrent. Un sourire pervers tordit les lèvres de Mr Roper.

« Alors, je vous écoute ? dit-il. Je crains que vous n'ayez guère le choix, Mrs Sharpe. Pas si vous tenez à la vie. »

Julia le regarda pendant un instant qui lui parut une éternité, puis baissa les yeux vers la table de la cuisine.

Elle avait fait de son mieux. Il n'y avait plus d'autre issue possible.

Pardonne-moi, Anna, songea-t-elle. Je suis désolée de ne pas être plus forte. Mais je ne suis pas prête à mourir – pas maintenant. J'ai trop à perdre. Ça ira, pour toi… Tu as encore ta jeunesse.

Lentement, Julia releva la tête vers Mr Roper.

« J'accepte de coopérer, dit-elle d'une voix blanche. Demandez-moi tout ce que vous voulez savoir. »

Anna ouvrit les yeux et aperçut un visage de femme au-dessus du sien. Ne sachant pas trop ce qu'elle était censée dire, elle se contenta de murmurer « Pardon ». Elle venait de réaliser qu'elle avait perdu connaissance, et cela n'était pas digne d'une Aspirante.

Mais au lieu de lui répondre, la femme tendit la main pour ôter les mèches de cheveux qui balayaient sa joue. Son geste était si doux, si tendre, qu'Anna en eut la chair de poule. La femme se pencha et l'embrassa sur le front en chuchotant : « Anna, trésor, tu es à l'abri, désormais. Tu es à la maison. » Anna vit une larme solitaire rouler le long de sa joue et tout à coup, elle se mit à pleurer, elle aussi. La femme la serra dans ses bras et elles restèrent un long moment à sangloter, toutes les deux enlacées, jusqu'à ce que la jeune fille ait la sensation d'avoir épuisé toutes les larmes de son corps. Et elle se rendormit.

Une heure plus tard, Mr Roper refermait son carnet en souriant à Julia Sharpe.

« Ils ont bien dit Bunting, vous êtes sûre ? »

Julia acquiesça, nerveuse. « Je les ai seulement entendus en parler, alors je n'en suis pas certaine, mais le garçon disait que ses parents à elle avaient changé de nom en sortant de prison. Si bien qu'elle s'appelle Anna Covey, mais qu'eux portent le nom de… Bunting. Oui, c'est ça.

— Merci, fit M. Roper. Et mes amitiés à Mr Sharpe.

— Vous croyez que vous allez les retrouver ? demanda Julia d'une voix hésitante.

— Bien sûr que oui, répliqua-t-il. Nous les retrouvons toujours. »

Sur ces mots, les hommes prirent congé de Mrs Sharpe, regagnèrent leur véhicule et s'éloignèrent dans un bruit de moteur.

21

Attablée au Réfectoire, Sheila plongeait méthodiquement sa cuillère dans son bol de soupe grisâtre avant de la porter à sa bouche. Les rumeurs de l'évasion de Peter et d'Anna avaient commencé à circuler dans Grange Hall. Pour le moment, personne n'osait s'en prendre à elle, car on la considérait comme une informatrice potentielle sur les détails de leur fuite, mais ça n'avait pas empêché Tania de la provoquer : « Ils t'ont abandonnée, hein ? Ça ne m'étonne pas. Anna s'est sûrement évadée pour partir loin de toi. »

Sheila glissa sa main gauche sous la table et l'enfonça dans sa poche, où la culotte en soie avait établi sa résidence permanente. Douce, rassurante, c'était le seul lien de Sheila avec le monde Extérieur auquel on l'avait arraché. Ce monde dans lequel elle avait sa place.

Sa soupe terminée, elle se leva. Il lui restait une demi-heure avant son atelier de Lessive & Blanchisserie et elle avait l'intention de se rendre jusqu'à la Salle de Bains F2, son nouveau refuge loin de la brutalité de Grange Hall. Elle avait remis le journal intime d'Anna à sa place quelques heures après sa disparition. Mais ce n'était plus le sien, désormais. Il appartenait à Sheila. Elle envisageait même de cacher sa culotte au même endroit, histoire de se créer son petit coffre à trésor rempli de belles choses.

Mais au moment de franchir la porte du Réfectoire, elle tomba sur Surplus Charlie qui lui bloquait le passage.

« On se promène toute seule, Sheila ? lui susurra-t-il, une lueur moqueuse dans les yeux. On n'a plus d'amies depuis qu'Anna est partie sans dire au revoir ? Pas très sympa de sa part, hein ? »

Sheila le foudroya du regard.

« Pousse-toi de mon chemin, marmonna-t-elle. Fiche-moi la paix. »

Charlie regarda autour de lui pour s'assurer qu'aucun Instructeur ne se trouvait dans les parages, puis se fendit d'un rictus condescendant.

« Pauvre petite Sheila, dit-il en secouant la tête. Plus d'Anna pour te protéger. Plus personne pour veiller sur toi. »

Il brandit le poing et fit mine de la frapper en plein ventre.

Sheila sentit son corps se raidir sous l'effet de la peur, mais le défia du regard.

« Laisse-moi tranquille, siffla-t-elle. Va-t'en.

— Tu n'as pas à me parler sur ce ton, riposta Charlie. Je suis un Délégué, tu dois m'obéir. »

Il était penché au-dessus d'elle, à présent, si proche qu'il la touchait presque, son souffle sur son front. Sheila sentit ses jambes flageoler. Elle l'avait déjà vu s'en prendre à d'autres Surplus, les harceler, les frapper. Mais il n'avait jamais semblé faire attention à elle. Pas jusqu'au départ d'Anna. Pas jusqu'à ce qu'elle l'abandonne.

« Charlie, Sheila, venez par ici, je vous prie. »

Au son de la voix de Mrs Larson, ils se retournèrent et s'approchèrent, têtes baissées.

« Je peux savoir ce que vous complotiez ? leur demanda l'Instructrice. Expliquez-vous, immédiatement !

— Charlie, heu… commença Sheila.

— Je la réprimandais, intervint Charlie d'un ton mielleux. Elle n'a pas mangé son pain, et je lui ai dit que c'était du gâchis. Que les Surplus avaient besoin d'énergie pour se rendre Utiles. »

Mrs Larson leva un sourcil. « Est-ce vrai, Sheila ? Tu n'as pas mangé ton pain ? »

La jeune fille sentit ses joues s'enflammer. « Oui, dit-elle en haïssant Charlie de toutes ses forces (et Anna encore plus pour l'avoir laissée ici). Je n'ai pas voulu de mon pain.

— Bien que ce soit du gâchis ? » insista Mrs Larson.

Sheila enfonça sa tête dans ses épaules. « Je n'avais pas faim.

— Très bien, soupira Mrs Larson. Dans ce cas, si tu n'as pas faim, tu te passeras aussi de dîner. Compris ? »

Sheila hocha piteusement la tête et vit Charlie esquisser un rictus. Elle lui décocha un regard de pure haine et tourna les talons.

« Un instant, fit Mrs Larson au moment d'ouvrir la porte. Qu'as-tu dans ta poche, Sheila ? »

Celle-ci sentit des picotements de terreur à la surface de son front.

« Rien, dit-elle en sortant sa main de sa poche pour la montrer à l'Instructrice. Rien du tout. »

Charlie se retourna. « Mais si, il y a quelque chose, dit-il. Ça fait une bosse.

— Non, insista Sheila d'un ton désespéré, pas du tout. »

Mrs Larson fronça les sourcils et s'avança jusqu'à elle, puis lui souleva le bras de force et enfonça elle-même la main dans sa poche. Elle lâcha une exclamation étouffée en y découvrant la petite culotte en soie.

« Oh, Sheila, dit-elle d'une voix sourde. Tu seras sévèrement punie pour ça. Non mais je rêve… » Elle se tourna vers Charlie. « Va chercher Mrs Pincent. Vite. »

Charlie dévisagea Sheila avec curiosité avant de s'éloigner sans un mot.

« Tu l'as volée ? reprit Mrs Larson en la fixant avec un mélange d'indignation et de pitié. Tu as osé faire ça ? »

Sheila se mordit la lèvre. Son cœur battait à tout rompre, et la tête lui tournait presque sous l'effet de la terreur qui l'envahissait.

Mais avant qu'elle ait eu le temps de répondre, Charlie accourut. « Mrs Pincent préfère que vous fassiez venir Sheila dans son bureau, rapporta-t-il, le souffle court. Tout de suite. »

Mrs Larson attrapa Sheila par le bras.

« Alors allons-y, dit-elle en la tirant sans ménagement. Et voyons ce qu'elle va penser de tout cela, qu'en dis-tu ? »

Sheila sentit la nausée familière l'envahir. Le bureau de Mrs Pincent représentait son enfer personnel, une pièce suintant la douleur et la détresse. C'était dans ce bureau qu'elle avait supplié de pouvoir rentrer chez elle, il y avait tant d'années. Qu'elle avait appelé sa mère en hurlant ou pleuré des larmes de remords désespérées à cause d'une enfreinte au règlement qui lui valait d'être punie.

Et c'était dans ce bureau qu'elle avait appris, lentement mais sûrement, qu'il n'y avait aucune issue possible. Que ce n'était pas une punition, mais une condamnation à vie.

Sheila frappa en attendant que Mrs Pincent lui ouvre la porte. La Directrice referma derrière elle et retourna s'asseoir.

« Tu sais, dit-elle, autrefois, on coupait la main des voleurs. Même pour les Légaux. Quel aurait été à leurs yeux le châtiment adéquat pour un Surplus voleur, selon toi ? »

Sheila sentit sa lèvre inférieure trembler mais s'arma de courage.

« Tu aurais dû voir le soulagement de tes parents quand les Rabatteurs t'ont retrouvée, poursuivit Mrs Pincent. C'était leur idée, bien sûr. Ils avaient réalisé quel monstre odieux tu étais. Et aussi qu'ils n'auraient que des ennuis à élever un Surplus dans la croyance qu'il occupait une place légitime dans ce monde.

— Non ! s'écria Sheila. Mes parents m'aimaient. Ils me disaient que je n'étais pas un Surplus. Ils n'ont pas signé la Déclaration. Ils… »

Mrs Pincent éclata de rire. « Ils t'ont menti, Sheila, voilà tout. Ils t'ont mise au monde dans la plus parfaite illégalité, et tu t'es montrée aussi vile et minable que les autres Surplus. Le vol est un péché. Tu comprends cela, n'est-ce pas ? »

Sheila garda les yeux rivés au sol et serra les poings, submergée par une vague de colère et de ressentiment.

C'était injuste. Tout cela était injuste, se dit-elle.

Alors, soudain, une pensée lui vint à l'esprit. Lentement, elle releva la tête vers Mrs Pincent, qui la fixait avec de petits yeux brillants.

« Le vol est-il un crime pire que l'évasion ? » demanda-t-elle d'une voix calme.

Mrs Pincent la foudroya du regard. « Tu oses me poser une question ? cracha-t-elle. Tu oses mentionner un fait interdit ? »

Mais Sheila ne se laissa pas démonter pour autant.

« Garder un journal intime, poursuivit-elle. C'est un péché aussi, n'est-ce pas ? Pour un Surplus, je veux dire ? Consigner dans un journal intime ses projets d'évasion… c'est sûrement un péché, non ? »

La Directrice bondit de son fauteuil.

« Un journal intime ? demanda-t-elle, une lueur de curiosité dans le regard. Anna avait un journal intime ? »

Sheila baissa de nouveau la tête.

« Je ne suis qu'une vermine de Surplus, marmonna-t-elle d'une voix sourde. Je ne sais rien.

— Sale petite insolente », cracha Mrs Pincent avec colère. Elle contourna son bureau pour venir se planter devant elle. « Je vais le trouver moi-même, tu peux en être sûre. »

Sheila haussa les épaules. Mrs Pincent l'observa longuement, appuyée contre son bureau.

« Tu sais, Sheila, dit-elle d'un air songeur, il se pourrait que je ferme les yeux sur cette histoire de vol. Si tu m'aides, cela va de soi. En fait, maintenant qu'Anna n'est plus parmi nous, j'aurais besoin de nommer une nouvelle Déléguée. Quelqu'un de confiance. Et qui me dirait tout ce que j'ai besoin de savoir. »

Sheila releva la tête avec un petit sourire énigmatique. « Je ferais une excellente Déléguée, j'en suis sûre. Bien meilleure qu'Anna. Ce n'était pas une bonne Déléguée, Mrs Pincent. Elle était même très mauvaise dans ce rôle. Elle cachait des choses. Mais j'étais au courant de tout. Rien ne m'échappe, vous voyez.

— Je vois cela, en effet, répondit lentement Mrs Pincent. Si tu me montrais ce que tu savais, maintenant ? »

Sheila acquiesça avec gravité.

« Bien sûr, Madame l'Intendante. Avec plaisir. »

Anna se réveilla en nage. Elle avait eu un sommeil très agité, traversé de cauchemars, et elle tremblait comme une feuille. Mais elle avait aussi l'impression de voler sur un nuage, tant son matelas et ses draps lui paraissaient confortables et douillets. La femme était toujours là, mais cette fois il y avait un homme avec elle. Beau, les cheveux noirs, il la regardait comme on regarde quelqu'un d'unique et d'important, à tel point qu'Anna ne savait plus où se mettre.

« J'ai rêvé que Mrs Pincent venait me reprendre, expliqua-t-elle à la femme. Et que Sheila m'appelait pour me supplier de revenir la chercher. Et alors j'ai vu les Rabatteurs et… »

L'homme se pencha vers elle pour l'embrasser et la serrer contre lui ; il sentait bon comme l'Extérieur, un parfum vivifiant, merveilleux, et Anna se surprit à passer ses bras autour de lui comme si c'était la chose la plus naturelle au monde.

« Sais-tu qui nous sommes ? » lui demanda-t-il.

Anna secoua la tête, de peur de se tromper, parce que si ces gens n'étaient pas ceux qu'elle croyait, elle se sentirait non seulement stupide mais tellement déçue que la douleur serait insupportable.

Mais la femme prit la parole : « Nous sommes tes parents. Anna, ma chérie, tu es chez toi, désormais. Et nous ne te laisserons plus jamais repartir. Plus jamais. Tu n'as aucune inquiétude à avoir au sujet de Mrs Pincent et des Rabatteurs, car tu es à l'abri. Personne ne sait que tu es ici, nous allons veiller sur toi, c'est promis.

— Et Peter ? s'enquit Anna. Il est toujours là ?

— Il dort », lui répondit son père. Le simple fait que cet homme soit bel et bien son père, qu'elle ait même seulement pu penser ces deux petits mots, « mon père », lui redonna envie de pleurer. Mais elle retint ses larmes, parce qu'elle était une Aspirante et que pleurer était un signe de faiblesse, même à l'Extérieur, même quand vous aviez des parents.

« Il y a quelqu'un d'autre à qui j'aimerais te présenter, si tu veux bien », lui dit sa mère. Anna se redressa dans son lit, car cela lui semblait la chose à faire, et elle fit oui de la tête tout en lissant ses cheveux pour tâcher de se montrer plus présentable.

Sa mère quitta la pièce et revint quelques secondes plus tard avec un Petit qu'elle déposa entre ses bras. Anna n'aimait pas les Petits, d'habitude, surtout les très jeunes comme celui-là. Ceux qu'elle apercevait parfois à Grange Hall étaient sales, malodorants et ne faisaient que hurler. Mais ce Petit-là était différent. Il était mignon comme tout, avec son petit duvet de cheveux blonds sur la tête et son odeur délicieuse, absolument exquise. Pendant qu'elle le regardait, il lui sourit et ouvrit la bouche pour gazouiller quelque chose. Anna fut stupéfaite, car elle n'aurait jamais imaginé qu'un Petit puisse être une créature aussi précieuse et attachante.

« C'est ton frère, lui expliqua son père. Et il avait hâte de rencontrer sa grande sœur. »

Anna le caressa tendrement. Elle n'arrivait pas à croire que cette extraordinaire petite chose ait un lien avec elle.

« Tu dois avoir faim », lui dit sa mère. Anna haussa les épaules car elle était affamée, mais elle ne voulait surtout pas se séparer du Petit.

« Mon frère, prononça-t-elle à voix haute en savourant ces mots nouveaux dans sa bouche. Mes parents. Mes parents et mon frère. »

Alors le Petit se mit à pleurer, et ce son déchira le cœur d'Anna. Elle aurait fait n'importe quoi pour lui redonner le sourire et paniqua à l'idée que c'était sa faute et que ses parents allaient se fâcher contre elle.

Elle leva un œil craintif vers la femme.

« Je… suis désolée, balbutia-t-elle. Qu'est-ce que j'ai fait de mal ? »

Mais la femme, sa mère, éclata de rire et lui prit le Petit des bras en disant : « Je crois juste qu'il a faim, contrairement à toi. »

Anna se fendit d'un immense sourire. Le soulagement envahit ses traits. « Si, j'ai très faim, en réalité. »

Son père lui sourit à son tour et se leva en lui disant qu'il allait lui apporter à manger. En le regardant sortir, Anna songea qu'elle n'aurait jamais pu rêver d'un endroit plus merveilleux, avec des gens si doux, si bons. Mais cela l'effrayait aussi. Parce qu'elle savait qu'elle ne méritait rien de tout cela, ni son frère, ni ses parents, ni Peter. Et parce qu'elle savait que quelque part, au loin, les Rabatteurs étaient déjà en route, et qu'ils mettraient tout en œuvre pour la retrouver.

22

« Et elle nous a conduits une partie du trajet jusqu'à Londres.

— On peut lui faire confiance, d'après toi ?

— Oui. Autrement, elle nous aurait dénoncés quand les Rabatteurs sont venus, non ? Si elle avait voulu nous faire arrêter.

— J'imagine que oui. Alors vous avez fini le trajet à pied ? Et personne ne vous a vus ? Personne, tu es sûr ? »

Debout sur le seuil, Anna hésitait à entrer. Elle avait la sensation d'être restée au lit des jours entiers. Apparemment, elle avait eu un accès de fièvre et cela nécessitait beaucoup de repos. Ce qui lui convenait tout à fait, du reste – c'était le lit le plus confortable qu'elle ait jamais connu, plus agréable encore que celui dans lequel elle dormait du temps où elle travaillait chez Mrs Sharpe. Il comprenait une couverture énorme et deux oreillers moelleux. Chaque fois qu'elle avait essayé de se redresser pour se lever, elle s'y était replongée encore plus profondément, pas tout à fait prête à affronter le monde.

Assis autour d'une solide table en bois, Peter et ses parents semblaient avoir une conversation sérieuse. Tout à coup, sa mère l'aperçut et se leva de sa chaise.

« Anna, Peter nous racontait votre voyage, dit-elle d'une voix douce. Tu veux prendre ton petit déjeuner ? »

Anna hocha la tête. Elle se sentait très faible, ce qui paraissait ridicule étant donné qu'elle venait de dormir pendant des heures. Elle étouffa un bâillement et s'efforça d'avoir l'air plus éveillé.

On la fit asseoir à la table et on posa devant elle quelque chose qu'elle ne reconnut pas, mais qu'elle avala quand même et qui se révéla la nourriture la plus délicieuse qu'elle ait jamais mangée. Elle ne disait rien. Elle voulait qu'ils continuent à parler, pour savoir si quelqu'un les avait vus ou pas. S'ils avaient la moindre information susceptible de la rassurer, elle tenait absolument à l'entendre. Et si elle courait un danger, elle tenait à le savoir aussi.

« Nous avons encore un peu de temps devant nous, je pense », dit gravement son père en lui versant une tasse de thé, un breuvage qu'elle avait vu seuls les Légaux boire et auquel elle n'avait jamais goûté. Elle faillit se brûler l'intérieur de la bouche mais c'était si sucré, si bon, qu'elle continua à boire malgré la température trop chaude du breuvage.

« Nous devrions rester sagement ici quelques jours, poursuivit son père. Il faut absolument éviter de se retrouver sur la route en même temps que les Rabatteurs. Paul pense que nous sommes plus en sécurité ici.

— D'après Barney, ça grouille de Rabatteurs, intervint sa mère d'une voix un peu tendue.

— Les Rabatteurs grouillent toujours près de chez Barney. Ça n'a rien d'anormal. »

Anna restait muette, les yeux soigneusement baissés. Elle aurait voulu savoir qui étaient Paul et Barney, et pourquoi les Rabatteurs grouillaient toujours autour de chez lui, mais elle ignorait si poser des questions était une chose polie à l'Extérieur et elle ne voulait surtout froisser personne.

Peter croisa enfin son regard et lui sourit.

« Tu te sens bien ? lui demanda-t-il. Tu crois que t'as assez dormi, maintenant ? »

Il la taquinait, bien sûr. Elle ne put s'empêcher de lui sourire à son tour.

« Je crois, oui », dit-elle, soulagée de voir qu'il ne semblait pas trop inquiet à cause des Rabatteurs. Peut-être étaient-ils vraiment à l'abri, en fin de compte.

Peter se leva pour se servir à manger et Anna se tourna instinctivement vers sa mère. C'était plus fort qu'elle : il fallait qu'elle sache.

« Est-ce que… vous irez en prison si les Rabatteurs nous retrouvent ? Et est-ce qu'ils prendront le Petit avec eux ? »

Sa mère l'observa, un peu interdite. « Le Petit ?

— Ben, intervint Peter en revenant à table. Elle veut parler de Ben. »

Sa mère hocha la tête. « Bien sûr. »

Elle se pencha alors vers Anna et lui prit la main. « Personne n'ira en prison, Anna. » Elle soupira. « J'ignore ce qui va se passer, mais je tiens à ce que tu te souviennes d'une chose. Nous savions ce que nous faisions en te mettant au monde, et nous sommes prêts à en assumer toutes les conséquences. L'essentiel, c'est que Ben et toi soyez à l'abri, ainsi que Peter. C'est tout ce qui compte. Nous avons des appuis, ici. Des gens dans tout Londres, dans tout le pays, soutiennent notre action. Eux aussi ont des enfants et sont prêts à nous aider. Ils l'ont déjà fait, à notre sortie de prison. Tu vois, je ne veux pas que tu t'inquiètes. Ni que tu t'imagines que nous sommes en danger à cause de toi. Nous nous sommes mis en danger nous-mêmes. Car c'est notre faute si tu as passé toutes ces années à Grange Hall et nous ne nous le pardonnerons jamais. Mais tu ne crains plus rien, désormais. Grâce à Peter, tu es rentrée à la maison. Et je compte bien que tu y restes. »

Anna acquiesça. Elle avait tant de choses à comprendre. La Longévité, l'Affranchissement, Barney, Paul et les Rabatteurs, Grange Hall et Peter… Mais elle ne savait pas comment poser toutes ces questions sans les mélanger entre elles, et elle ne voulait pas ressembler à une Aspirante qui aurait enfin reçu l'autorisation d'interroger M. Sargent et ne pouvait plus s'arrêter. Aussi se contenta-t-elle de continuer à manger tout en observant Peter à la dérobée, submergée de bonheur quand il l'enlaça d'un bras en souriant.

« Ta maison est ici, Anna Covey, murmura-t-il. Je t'avais bien dit que ça valait la peine, non ? »

Anna acquiesça en souriant. Au même moment, le téléphone sonna et ses parents échangèrent un regard tendu.

Son père décrocha et ses traits s'illuminèrent. « Paul ! » s'exclama-t-il, avant de changer d'expression, les sourcils froncés. Il approuva à plusieurs reprises, puis conclut d'un « Merci » et raccrocha.

« Ils arrivent à Bloomsbury, annonça-t-il d'une voix sombre. Quelqu'un les a renseignés. L'Intendante, semble-t-il.

Mais comment a-t-elle pu savoir ? Personne n'est au courant. Personne. »

Il s'assit et dévisagea la mère d'Anna, qui haussa les épaules avec impuissance.

« Peter, tu n'as rien dit à personne, n'est-ce pas ?

— Bien sûr que non, répliqua vivement Peter. Vous êtes fous ?

— Alors je ne sais pas, dit son père en fixant le mur derrière Anna. Je ne comprends pas. »

Anna sentit la terreur l'envahir. Elle devina aussitôt comment ils l'avaient retrouvée. Elle sut que son erreur avait fini par la rattraper, que son destin avait été scellé dès la première fois qu'elle avait enfreint les règles de Grange Hall, et que ses péchés entraîneraient non seulement sa perte, mais aussi celle de tous ses proches.

« J'avais un journal intime, avoua-t-elle d'une voix à peine audible. J'y écrivais tout ce qui se passait. Tout ce que Peter me disait. Je l'avais caché dans la Salle de Bains F2, puis dans ma poche pour l'emmener avec moi. Mais quand je suis arrivée chez Mrs Sharpe, il n'était plus là. »

Elle déglutit péniblement. « Il a pu tomber dans le tunnel. Ou ailleurs. Je… ne sais pas trop. »

Peter la regardait sans rien dire. Anna sentit son pouls s'accélérer en voyant l'expression de ses parents changer, le contour de leurs yeux et de leurs bouches se durcir, et tous les muscles de son corps se raidirent à leur tour comme pour se préparer aux coups.

23

Assise à son bureau, Margaret Pincent tenait le journal intime d'Anna entre les mains, un sourire mauvais aux lèvres. Cette fille était vraiment incorrigible. À croire qu'elle avait vraiment voulu se faire prendre.

Quoi qu'il en soit, elle serait bien vite de retour, songea Mrs Pincent avec satisfaction. Les Rabatteurs avaient été ravis d'apprendre que leurs proies les attendaient à Bloomsbury. Ils lui avaient assuré qu'ils seraient de retour à Grange Hall d'ici vingt-quatre heures. Mais c'était surtout le garçon qu'elle tenait à récupérer. Et ses parents. Comment osaient-ils ? Comment osaient-ils s'arroger le droit de posséder ce qui était strictement interdit aux autres ?

Bien sûr, la faute originelle était extérieure à Grange Hall, songea Margaret avec irritation. Comment avait-elle pu ne pas être au courant de l'existence d'un tunnel partant du sous-sol – à l'endroit même où elle confinait les

Surplus pour s'en débarrasser ? Pourquoi ne l'en avait-on pas informée plus tôt ? C'était typique des Autorités, cette manie de ne rien vouloir lui dire. Et de systématiquement la déconsidérer.

Eh bien, elle allait leur montrer. Elle veillerait à ce que les deux Surplus soient arrêtés pour être ramenés à Grange Hall, et alors ils comprendraient leur terrible erreur. Elle était la seule capable de retrouver leur trace – ces Rabatteurs avaient beau inspirer la terreur avec leurs uniformes noirs et leur petit nécessaire à torture, ils ne connaissaient rien à la mentalité des Surplus. En tout cas pas comme elle la connaissait. Auraient-ils envisagé une seule seconde de se rendre chez Julia Sharpe ? Non, c'était impossible.

Lorsqu'elle les aurait attrapés, s'ils étaient toujours en vie, elle insisterait pour les châtier elle-même. Elle savait que sa cruauté surpasserait largement celle de ces imbéciles de Rabatteurs. Quand elle en aurait terminé avec eux, ils auraient oublié jusqu'à leur prénom. Ils ne voudraient même plus le connaître. Ils ne voudraient plus jamais se souvenir de rien.

Personne ne contrariait Margaret Pincent, se dit-elle amèrement. Personne ne se payait sa tête. Encore moins une paire de misérables Surplus qui auraient dû être éliminés à la naissance et ne méritaient pas de fouler le sol de cette planète.

Pas comme son fils.

Son enfant à elle, qui avait parfaitement le droit de vivre.

Mrs Pincent se renfonça dans son fauteuil et se laissa aller, rien qu'un instant, à l'évocation du passé. Son fils, ses espoirs, sa joie, et son chagrin.

Cela avait été son seul, son plus cher désir : avoir un fils pour remplir son propre père de fierté et gagner enfin son amour. Mais c'était impossible. La fille du président de la plus grande firme productrice de Longévité ne pouvait pas s'Affranchir – c'était hors de question. Mais elle n'avait pas perdu espoir. En ce temps-là, elle avait de l'espoir à revendre.

Elle était allée à l'université, sans enthousiasme, avant d'entrer dans la fonction publique. Des années passées à remplir des rapports, à apposer sa signature au bas de formulaires. Mais pendant tout ce temps, elle avait mené ses recherches et manœuvré afin de gravir les échelons. Toutes ces démarches secrètes n'avaient qu'un seul but : trouver le moyen d'avoir un enfant. Un enfant Légal, le sien à elle toute seule.

Or ses efforts avaient fini par payer. Elle découvrit l'existence d'un petit cercle de privilégiés disposant de certains droits en vertu de leur rang supérieur au sein du système. Notamment de pouvoir signer la Déclaration, prendre le traitement de Longévité *et* avoir un enfant, en toute légalité. Seuls cinq hauts fonctionnaires dans tout le pays jouissaient de cet avantage, en récompense de leurs services dévoués à la nation. Lorsqu'elle avait découvert que Stephen Fitz-Patrick, le directeur général de son département, était l'un d'entre eux, elle avait su exactement ce qui lui restait à faire.

Ç'avait été un homme odieux, se remémora-t-elle avec rancœur, et sans le sou, par-dessus le marché ; il avait bien gagné sa vie, mais il avait toujours vécu au-dessus de ses moyens, et il buvait tant que son médecin s'était vu contraint d'accroître ses doses de Longévité pour permettre à son foie et à son cœur de tenir le coup. Mais il avait droit à un enfant, se disait Margaret. Un seul. Le *sien*.

Elle se dévoua à lui corps et âme : elle l'écouta parler, approuva systématiquement ce qu'il disait, fit tout pour se rendre indispensable jusqu'au jour où il lui avoua qu'il ne pouvait plus se passer d'elle. Elle lui répondit qu'il n'avait qu'à l'épouser. Et à sa plus grande joie, il avait accepté.

Soucieuse de ne pas perdre de temps, elle était tombée enceinte un mois après leur mariage. Et quand la première échographie lui révéla qu'elle attendait un garçon, elle faillit pleurer des larmes de joie. Son petit garçon à elle, qui l'aimerait de tout son cœur. Un garçon qui lui apporterait enfin l'amour de son père, si déçu de n'avoir eu qu'une fille, une créature inutile. Et plus déçu encore quand Margaret s'était révélée une élève et une sportive médiocre. Car elle n'était même pas jolie, disait-il. Elle avait les paupières tombantes, les sourcils trop bas, les cheveux fins et raides comme des baguettes de tambour. Au bout de quelques années, il s'était complètement désintéressé d'elle.

Jusqu'au jour où elle lui avait annoncé sa grossesse. Il avait été jusqu'à lui sourire, sans doute pour la première fois de sa vie. Il avait aussi serré la main de Stephen et lui avait souhaité la bienvenue au sein de la famille – chose qu'il n'avait guère jugée utile de faire le jour de leur mariage. Et surtout, cerise sur le gâteau, il avait demandé que son petit-fils porte son prénom, en échange de la promesse de régler toutes les dettes de Stephen.

Pendant les mois qui suivirent, Margaret se sentit sur un petit nuage. Elle surveilla son alimentation, pratiqua la marche à pied comme seul exercice physique et s'abstint de boire la moindre goutte d'alcool. Elle aurait un enfant parfait, elle le savait. Ce serait l'être le plus heureux et le plus aimé de tous les temps. Elle lui enseignerait tant de choses, elle s'occuperait de lui, et tout le monde la regarderait avec envie quand elle se promènerait avec son fils dans la rue. Je ne suis peut-être pas aussi jolie ou intelligente que vous, se dirait-elle en croisant les autres femmes, mais je possède la Longévité *et* un enfant. Quelque chose que vous n'aurez jamais.

Et puis ? Et puis…

Margaret sentit remonter le goût familier de la bile au fond de sa gorge au souvenir de ce jour fatidique où, à sept mois de grossesse, elle avait appris l'horrible vérité. Ce jour où elle avait répété en hurlant « Non ! Non, c'est impossible ! », incapable d'accepter ce qu'elle venait d'entendre. Elle avait eu des envies de meurtre. À tel point, d'ailleurs, qu'elle s'était acheté un revolver. Mais elle n'avait pas réussi à s'en servir, même pas contre elle, car son mari l'avait fait mettre sous surveillance vingt-quatre heures sur quatre. Assistance médicale, avait-il prétexté, mais elle n'était pas idiote. Elle avait très bien compris. Il avait peur de ses réactions. Et il avait raison.

L'atroce, la lamentable vérité, était qu'il avait une maîtresse. Il la fréquentait déjà depuis plusieurs mois au moment de leur mariage, et continuait à la voir un an plus tard. Et cette femme était tombée enceinte deux mois avant elle avant de mettre au monde un vigoureux petit garçon qui, né avant son fils à elle, lui raflait par conséquent le titre de Légal et faisait de lui un Surplus. Margaret savait que son mariage ne protégeait en rien son enfant. Son mari avait droit à un enfant, pas un de plus.

Il était trop tard pour interrompre la grossesse. Dans certaines régions du monde, il n'était jamais trop tard – on insérait de longues aiguilles dans le ventre des futures mères pour empoisonner les fœtus, forçant ces femmes à accoucher quelques heures plus tard d'enfants mort-nés. Mais cela ne se faisait pas en Grande-Bretagne. Pas ici, dans cette partie civilisée du monde. Non, ici, le bébé viendrait à terme, comme prévu, et il serait ensuite expédié dans un Foyer à Surplus pour vivre dans la servitude.

Mais pas *son* fils, se jura Margaret. Elle ne les laisserait pas faire. Lorsqu'on le lui avait arraché des mains pour l'emmener, quelques instants seulement après l'accouchement, elle avait hurlé à l'aide. Elle refusait qu'il vive comme un esclave. Elle ne pouvait pas lui imposer cela.

Finalement, après la naissance, son mari avait eu pitié d'elle et accepté de l'aider. Sans doute poussé par la culpabilité, ou par leur conviction commune que la mort valait mieux qu'une vie de Surplus, il avait accepté de prendre les choses en main. Cet enfant était aussi son fils, après tout ; il préférait lui accorder une mort honorable plutôt que de le voir vivre dans le déshonneur et la honte. Il permit même à Margaret de lui dire au revoir, de serrer son bébé une dernière fois dans ses bras et de sentir la chaleur de son petit corps contre le sien, avant de le lui enlever pour toujours, laissant son cœur froid, vide et amer.

À présent, Margaret n'éprouvait que du mépris envers les Surplus. Chaque nouvelle arrivée lui rappelait ce qu'elle avait perdu, et ce qu'avait perdu son fils. Elle lui rappelait le sacrifice auquel elle avait été contrainte à cause de la maîtresse de son mari, cette femme qu'elle haïssait de toute son âme. De quel droit ces Surplus pourraient-ils savourer un seul moment de plaisir, quand son propre fils reposait dans sa tombe ? De quel droit les femmes pouvaient-elles porter des enfants ? Certainement pas, songea Margaret avec colère. Les Surplus n'avaient d'autre droit que celui de laver les Péchés de leurs parents. Et ceux de tous les autres. Elle en avait fait la mission même de sa vie, afin de venger le sort cruel infligé à son fils : s'assurer que chaque Surplus confié à Grange Hall endure une vie de souffrances telle qu'elle ne vaille même pas la peine d'être vécue. L'idée qu'un Surplus puisse connaître un semblant de vie normale alors que son enfant en avait été privé lui était insupportable.

Elle pensait avoir fait du bon travail avec Anna, du reste. Cette petite portait véritablement le poids des Crimes de ses parents. Jusqu'à l'arrivée de ce Peter.

Margaret plissa les yeux en repensant à lui. Ce maudit gamin. Il paierait pour ses agissements. Ils paieraient tous les deux.

Elle se força à chasser le souvenir de son fils trahi tout en feuilletant les pages du journal intime d'Anna, écœurée par les pensées sacrilèges que cette peste de Surplus avait osé écrire noir sur blanc.

« À l'Extérieur, je ne serai plus une Déléguée. Je ne serai plus un futur Bon Élément, non plus. J'ignore encore ce que je serai. Une simple Illégale, sans doute. » Margaret en secoua la tête de dégoût. Tremblante de rage, elle découvrit le passage où Anna parlait des injections qu'elle avait données à Peter. Elle devait absolument veiller à ce que ce journal ne tombe pas entre de mauvaises mains, réalisa-t-elle. Les Autorités refuseraient de comprendre qu'elle avait projeté de l'éradiquer pour son propre bien – pour leur bien à tous. Même si cette évasion lui avait donné raison.

Elle poursuivit sa lecture et apprit au passage que quelqu'un les avait aidés à s'évader en leur fournissant un plan de Grange Hall. Eh bien, ce quelqu'un allait le regretter. Il ne devrait pas être trop dur à retrouver. Il verrait alors à quoi ressemblait une vraie cellule de prison, de l'intérieur, et pas seulement sur un plan.

Mais la colère monta d'un cran supplémentaire quand elle découvrit un autre paragraphe commençant par ces mots : *« Peter est incroyable. »*

« Peter est un Surplus, marmonna-t-elle d'une voix sourde. Un sale petit Surplus répugnant. Il… »

Tout à coup, un détail retint son attention. Ça alors, Peter avait été adopté ? Elle l'ignorait. C'était très étrange. Qui voudrait adopter un Surplus ? Mais ce ne fut pas cette phrase qui retint son attention. Ce fut l'allusion à la chevalière. Celle retrouvée sur le bébé. *« Une chevalière en or accrochée à son cou… »*

Margaret écarquilla les yeux, incrédule. C'était impossible.

Mais c'était pourtant écrit là, en toutes lettres : on avait retrouvé l'enfant avec une chevalière autour d'une chaînette. Une chevalière portant les initiales « AF » à l'intérieur. *« … et une fleur gravée sur le chaton. »*

Lentement, elle reposa le journal, se tourna vers son ordinateur – le seul disponible dans tout Grange Hall – et l'alluma. Elle se plia aux traditionnelles vérifications de mots de passe, laborieuse procédure imposée à tout appareil relié au serveur des Autorités, et lança une recherche au nom de Peter dans tout le réseau Surplus. Mais à son grand agacement, une petite croix rouge apparut à côté de son nom. Accès refusé.

Mrs Pincent se rembrunit. Elle était toute-puissante en ces lieux, capable d'en contrôler jusqu'au moindre détail (rations alimentaires, ateliers d'apprentissage, châtiments). Elle supportait mal qu'on lui rappelle que son influence s'exerçait seulement entre les murs de Grange Hall. Et que les Autorités ne la tenaient pas en aussi haute estime qu'elle pensait le mériter.

Irritée, elle éteignit son ordinateur et décrocha son téléphone.

« Administration centrale, fit une voix de femme dans le combiné. Veuillez décliner votre identité et le motif de votre appel.

— Ici Mrs Pincent, Directrice du Foyer de Grange Hall. J'ai besoin d'accéder au dossier du Surplus Peter. Celui qui s'est évadé. »

Il y eut un bref silence à l'autre bout du fil pendant que la réceptionniste pianotait sur le clavier de son ordinateur.

« Je suis navrée, dit-elle. Il s'agit d'un dossier confidentiel. Y a-t-il autre chose pour votre service ? »

Mrs Pincent plissa le front de colère.

« Non, répliqua-t-elle. Et je me fiche que ce dossier soit confidentiel ou non. J'en ai besoin. Savez-vous à qui vous avez à faire ? Je suis Margaret Pincent. Intendante générale de Grange Hall. Et je veux savoir d'où vient ce garçon. J'exige de…

— Je suis désolée, l'interrompit la standardiste d'un ton sec. Ce dossier est confidentiel et vous n'y avez pas accès. Si vous souhaitez demander une autorisation exceptionnelle, nous pouvons lancer une procédure validée au bout de quatorze jours ouvrables à compter de la remise du formulaire 4331b. Voulez-vous que je vous en adresse un exemplaire ? »

Margaret pinça les lèvres. « Non, ça ira, merci. »

Elle raccrocha. N'y avait-il donc personne pour lui dire la vérité ? Elle voulait savoir d'où venait cette vermine de Peter. Savoir d'où il tenait cette chevalière en or. S'il était voleur en plus d'être Surplus, elle le tuerait de ses propres mains. Elle le torturerait jusqu'à ce qu'il la supplie de le tuer, et elle en savourerait chaque minute.

Alors une idée lui vint. La perspective n'avait rien d'agréable, mais cela valait le coup d'essayer. D'un geste lent, elle reprit le combiné et composa un autre numéro, entièrement de mémoire.

« Stephen ? c'est moi, déclara-t-elle en s'efforçant d'adopter une voix agréable. Oui, je vais bien, merci. J'espère que toi aussi. Stephen, j'ai une nouvelle très importante à t'annoncer… Non, pas au téléphone, c'est impossible. Peux-tu venir à Grange Hall immédiatement ? Bien. C'est parfait. Merci, Stephen… »

« C'est tout ce qu'ils ont comme info, Bloomsbury ? Ils savent à quel point ce quartier est gigantesque ? »

Frank eut un haussement d'épaules. « C'est la seule indication. Fouiller chaque maison, voilà la consigne.

— Et ce sont ces types qui croient tout savoir ? Je croyais qu'on les appelait “Agents du Renseignement”. Ils renseignent pas grand-chose, à mon avis. »

— Écoute, tâchons de faire avec ce qu'on a, O.K. ? soupira Franck à l'attention de son collègue, Bill. Quand on est Rabatteur depuis aussi longtemps que moi, on se fout pas mal du Renseignement, comme tu dis. Suffit de montrer aux voisins qu'on plaisante pas, et on les retrouvera en deux temps, trois mouvements. T'as ton matériel ? »

Bill haussa les sourcils. « Tu m'as déjà vu aller quelque part sans ma trousse à outils ? fit-il avec un sourire mauvais.

— Parfait, répliqua Frank. Alors au boulot. Y a de belles baraques, par ici. On pourrait même se faire un peu de fric, en plus de ramasser les Surplus. Et les gens des maisons chics ont vite fait de brailler au moindre bobo. À mon avis, ça sera plié ça d'ici ce soir. »

Ses parents ne l'avaient pas frappée. Personne ne lui avait dit qu'elle était stupide, inutile ou indigne de confiance.

Mais en vérité, elle aurait préféré qu'ils le fassent. Anna avait l'habitude des coups et des insultes. Quand elle savait qu'elle les méritait, c'était presque une délivrance, comme un acte de repentance qui lui permettait de rester en vie.

Anna avait un jour entendu Mrs Pincent confier à l'un des Instructeurs : « On peut les tuer à coups de gentillesse, vous savez », sans savoir qu'elle était écoutée ; elle n'avait pas saisi le sens de ces paroles, à l'époque, mais aujourd'hui, elle les comprenait. Elle n'avait jamais réalisé à quel point la gentillesse pouvait être une torture, et l'amour des autres difficile à assumer.

Au lieu de lui hurler dessus, ou de la punir à cause de son journal, ses parents et Peter avaient d'abord gardé le silence. Puis, gentiment, lui avaient demandé ce qu'elle y avait écrit. Alors sa mère lui avait souri en disant que ça n'avait aucune importance, qu'elle ne devait pas s'inquiéter, mais Anna ne pouvait pas s'en empêcher. Elle savait que c'était grave. Elle savait que chaque détail avait son importance.

Peter et elle étaient descendus à la cave. Ses parents leur avaient assuré que c'était confortable et que tout allait bien se passer. Mais Anna savait pertinemment qu'ils étaient là pour des raisons de sécurité. Avant cette histoire de journal, ils avaient affirmé qu'ils n'avaient pas besoin de se cacher, que les rideaux aux fenêtres les protégeaient et que, de toute façon, personne ne viendrait chercher de fugitifs jusqu'ici. Anna voyait bien que ses parents étaient inquiets : son père avait une veine qui battait sur son front, comme M. Sargent, juste au-dessus de son œil droit. Depuis qu'elle leur avait parlé de son journal, il était désormais question qu'ils partent pour la campagne dès ce soir alors qu'à l'origine, ils n'étaient censés y aller que dans quelques jours. Et que son père leur avait assuré qu'il n'y avait rien à craindre.

On accédait à la cave dans la cuisine, par une trappe cachée sous la table et recouverte d'un tapis. Peter expliqua à Anna qu'il s'agissait autrefois d'une cave à charbon, du temps où les gens chauffaient leurs maisons en faisant du feu, mais qu'il n'y avait plus de charbon à y entreposer aujourd'hui.

La pièce était équipée d'un canapé convertible et d'un gros fauteuil pouvant lui aussi être transformé en lit, mais c'était plus long à installer et moins confortable. Peter la lui avait fait visiter, quand ils y étaient descendus pour la première fois. Anna s'était rappelée de son arrivée à Grange Hall, quand elle avait joué les guides pour lui. Peter lui raconta qu'il s'était déjà caché ici, presque d'un ton guilleret, comme s'ils vivaient une aventure excitante et non un cauchemar dont elle était entièrement responsable.

Pendant un long moment, elle avait gardé le silence, pour la simple raison qu'elle ne savait pas quoi dire. Elle s'était contentée de laisser Peter lui montrer le fonctionnement de la cave, les chaises, les boîtes de conserve, le seau derrière le rideau faisant office de petit coin, l'ouverture donnant sur la rue par laquelle on livrait le charbon, autrefois, et par où ils pourraient s'enfuir au cas où les Rabatteurs feraient irruption.

C'est alors qu'elle se mit à trembler.

« Que va-t-il se passer s'ils nous trouvent ? lui demanda-t-elle d'une voix hésitante. Et le Petit, et mes parents ? »

Peter détourna le regard.

« Ils ne nous retrouveront pas », répliqua-t-il. Mais Anna vit bien qu'il avait peur, lui aussi.

« Tu aurais dû me laisser là-bas, dit-elle simplement. Vous seriez tous en sécurité, à l'heure qu'il est, et les Rabatteurs ne seraient pas en route. Tout est ma faute. »

Peter lui fit face, le visage irradiant de colère.

« Ce n'est pas ta faute, dit-il. C'est la mienne. C'était mon plan d'évasion, j'aurais dû veiller au moindre détail. C'est toi qui comptes, Anna, pas moi. Ce sont tes parents, pas les miens. J'ai juste une chance folle qu'ils m'aient recueilli chez eux. Tu es peut-être un Surplus, mais j'en suis doublement un, car mes parents n'ont pas voulu de moi. Je dois tout à tes parents, n'oublie jamais ça. Si quelque chose va de travers, ce sera ma faute. »

Durant toute cette tirade, Anna ne l'avait pas quitté des yeux et Peter baissa la tête, comme gêné par l'intensité de son regard. D'un geste hésitant, la jeune fille lui prit la main. Elle repensait au garçon qui était venu la sauver, à cet orphelin qui rêvait de leur amitié avant même de la rencontrer. Elle repensa à ses colères envers Charlie, les Instructeurs, envers le monde entier, envers elle-même et envers ses parents, envers sa propre naissance. Elle repensa à toutes ces années passées à se tuer à la tâche pour être la meilleure Surplus, pour devenir un Bon Élément, dans le seul but de faire plaisir à Mrs Pincent et s'entendre dire qu'elle n'était pas si indésirable, après tout. Elle comprit alors qu'au fond Peter et elle étaient pareils. Que s'ils étaient séparés l'un de l'autre, ils en mourraient de chagrin. Qu'ils avaient besoin l'un de l'autre comme les fleurs ont besoin du soleil. Elle sut à cet instant qu'elle le suivrait partout, n'importe où. Les histoires de roses monstrueuses et d'enfants à deux têtes ne lui faisaient plus peur, mais la seule idée de le perdre la terrifiait plus que tout au monde.

« Peter, tu ne connaissais même pas l'existence de mon journal. » Sa voix semblait à deux doigts de se briser. « D'ailleurs, c'est *moi* qui te dois tout. Et bien plus encore. »

Elle s'éclaircit la gorge et leva les yeux vers lui. « Sans toi, je ne serais que Surplus Anna. Je ne serais rien. Sans toi, je n'aurais pas su ce que c'était que d'avoir un ami… »

Elle n'acheva pas sa phrase, incapable d'exprimer ce qu'elle ressentait pourtant si fort au fond d'elle-même. Elle aurait voulu trouver les mots pour expliquer que ses sentiments envers Peter lui avaient ouvert les yeux, éveillé sa colère contre la Longévité et le monde, ce monde qui l'avait laissée grandir sans amour.

À la place, elle se contenta de le regarder droit dans les yeux pour lui transmettre en silence ses pensées, ses peurs et ses espoirs.

Ils s'observèrent un long moment sans rien dire jusqu'à ce qu'Anna ait la sensation que sa tête allait exploser. Jamais elle n'avait plongé son regard dans celui de quelqu'un avec une telle force, au point de sonder son âme. Tout à coup, elle comprit pourquoi les Surplus devaient toujours garder la tête baissée. En cet instant précis, elle eut le sentiment de tout connaître de Peter.

Au moment où elle s'apprêtait à détourner les yeux, Peter reprit la parole.

« Je t'aime, Anna Covey », dit-il tout bas. Lentement, maladroitement, il se pencha vers elle. Ses lèvres se posèrent sur les siennes et, à la seconde où Anna sentit son baiser hésitant, elle sut avec certitude qu'elle n'était plus une Surplus. Ni lui non plus.

Surplus signifiait « en trop ». « Superflu ».

Or vous n'étiez jamais de trop quand quelqu'un avait besoin de vous. Vous n'étiez pas un Surplus si quelqu'un vous aimait.

24

Stephen était toujours aussi laid, songea Margaret Pincent avec une certaine satisfaction. Ses chairs molles étaient boudinées dans sa chemise et la ceinture de son pantalon lui cisaillait la bedaine. Il avait le teint couperosé, les yeux humides comme à force de macérer dans l'alcool qu'il ingurgitait chaque jour. Elle tressaillit à la pensée d'avoir été un jour mariée à cet homme.

« Alors comme ça, tu as des choses importantes à me dire ? dit-il sèchement. Tu sais, c'est très compliqué pour moi de me déplacer jusqu'ici. Tu n'aurais pas pu venir à Londres ? »

Margaret le toisa.

« Assieds-toi, Stephen », dit-elle calmement en verrouillant la porte de son bureau. Simple précaution d'usage. Elle ne tenait pas à être dérangée. Pas maintenant.

« Je vois que ton bureau est toujours aussi sordide, dit-il. Tu ne peux pas demander à ces Surplus de faire un peu de ménage ou de donner un coup de peinture ?

— Je le préfère ainsi, répondit-elle en s'asseyant sur son fauteuil, sa place de pouvoir. Mon but est d'instaurer un climat de peur. Des murs fraîchement repeints seraient trop… joyeux. »

Stephen eut un geste indifférent.

« Alors, et cette grande nouvelle ? reprit-il. J'imagine que c'est à propos des Surplus évadés ? »

Elle confirma d'un hochement de tête.

« Et tu ne pouvais pas t'adresser directement aux Rabatteurs ? poursuivit-il. Je dirige un département important, figure-toi. Je n'ai pas l'habitude de me préoccuper de ce genre de détail.

— Ah non ? fit Mrs Pincent avec sarcasme.

— Tu le sais bien. Je supervise les forces de police, les Rabatteurs, les services d'immigration, les prisons… Je n'ai guère de temps pour ces pacotilles.

— Vraiment ? » insista Mrs Pincent en plissant les yeux. Cette fois, le visage de Stephen trahit l'incompréhension la plus totale. « Comme c'est intéressant.

— Écoute, dis-moi seulement pourquoi tu m'as fait venir, et je m'en irai d'ici. Tu devrais peut-être prendre des vacances, tu sais. Tu as une mine épouvantable. Tu as droit à des congés, ici ? »

Il esquissa un sourire affable, mais Margaret resta de glace. Lentement, elle se leva.

« Stephen, que sais-tu de ce garçon ? Cet Aspirant qui s'est évadé… Peter ? »

Stephen se raidit aussitôt.

« Rien. Je ne sais rien de lui. Pourquoi ? »

La Directrice alla se poster devant la vitre située derrière son bureau. Comme toutes les fenêtres de Grange Hall, elle était recouverte d'un mince store gris. Il lui cachait quelque chose, elle le savait. « Tu ne sais rien de son histoire ? insista-t-elle.

— Bien sûr que non. Tu crois que j'ai le temps de m'intéresser aux dossiers des Surplus ?

— Non, seulement au sien. Il est classé confidentiel. »

Elle fit volte-face et vit que Stephen la toisait d'un air irrité. Mais elle discernait également une lueur de peur dans son regard. Parce qu'elle lui avait posé une question à laquelle il redoutait de répondre.

Il secoua la tête. « Le dossier de ce garçon ne me concerne pas. Tu m'excuseras, Margaret, mais je dois y aller. Nous en reparlerons une prochaine fois.

— On l'a trouvé avec une bague en or autour du cou », rétorqua Margaret. À ces mots, Stephen écarquilla les yeux. « Une chevalière avec une fleur gravée sur le chaton et les initiales AF à l'intérieur. Ça ne te rappelle rien ? »

Il blêmit.

« Il existe des quantités de chevalières dans ce pays, répliqua-t-il avant de se lever. Je crois qu'il est vraiment temps que je parte. »

Mrs Pincent prit une profonde inspiration.

« Stephen, tu n'iras nulle part tant que je ne connaîtrai pas la vérité.

— La vérité ? répéta-t-il, soudain pris de colère. Je t'interdis de me parler sur ce ton. Pourquoi aurais-tu besoin de connaître la vérité ?

— Les initiales de mon grand-père étaient AF, continua Mrs Pincent d'une voix aigre. Il les a fait graver sur une chevalière en or avec une fleur. Te souviens-tu de ce bijou, Stephen ? »

Il ne dit rien.

Elle se tourna de nouveau vers la vitre et écarta légèrement le store pour entrevoir le paysage grisâtre derrière. Voilà un cadre de vie idéal, avait-elle songé en arrivant à Grange Hall pour la première fois ; un lieu parfait pour y vivre l'existence misérable qui était la sienne et se venger de ses souffrances sur les créatures qu'elle haïssait plus que tout.

« Stephen, je veux la vérité. »

Il se leva. « Je m'en vais. »

Il se dirigea vers la porte et tenta d'actionner la poignée avant de pivoter vers elle avec colère. « Ouvre cette porte, lui ordonna-t-il. Tout de suite. »

Elle l'ignora.

« Assieds-toi, Stephen, dit-elle calmement. Nous n'en avons pas encore terminé.

— Oh que si, répliqua-t-il rageusement en se ruant vers elle pour la saisir par les bras. Nous en avons terminé il y a des années. Donne-moi la clé ou bien je me verrai contraint de défoncer cette porte !

— Non ! cracha Margaret. Non. Tu n'auras pas cette clé. Pourquoi devrais-je te donner quoi que ce soit, Stephen ? Pourquoi, alors que tu m'as pris ce que j'avais de plus précieux au monde ? Alors que ta garce, ta sale traîtresse, a tué *mon* enfant ! »

Stephen secoua la tête. « Allons, Margaret. Assez. C'était la loi, tu le sais aussi bien que moi. Je ne pouvais rien faire. Maintenant, donne-moi cette clé, veux-tu ?

— Tu ne pouvais rien faire ? persifla Mrs Pincent. Toi et ta garce avez tué mon fils ! »

Stephen lui lâcha les bras et la gifla.

« Je refuse d'entendre de tels propos, vociféra-t-il. Je ne les tolérerai pas ! Donne-moi la clé, sinon…

— Sinon quoi ? riposta Margaret. Tu me tueras comme tu as tué notre fils ? »

Stephen devint livide et dut s'appuyer au bureau pour ne pas défaillir.

« Assieds-toi, Stephen, lui ordonna-t-elle. J'ai le droit de savoir. J'exige la vérité. Soit tu m'expliques quelles sont les origines du Surplus Peter, soit je me rends à Londres pour raconter aux Autorités l'histoire de notre enfant. Celui que tu as assassiné. Qu'est-ce que tu préfères ? »

Stephen semblait totalement hagard.

« Du chantage ? lâcha-t-il d'un ton incrédule. Tu as autant à perdre que moi dans cette affaire.

— Je n'ai plus rien à perdre, répliqua Mrs Pincent d'une voix grave. J'ai déjà tout perdu il y a des années.

— C'est inutile, et tu le sais, fit Stephen en essuyant son front perlé de sueur. Pourquoi ne pas faire une croix sur cette histoire ?

— Dis-moi pourquoi ce garçon portait ma chevalière sur lui. Dis-moi comment un misérable Surplus a-t-il pu se retrouver avec l'emblème de la famille des Pincent. A-t-on pillé la tombe de mon fils ? Dis-moi, Stephen. Qui sont ses parents ? Je veux qu'ils meurent. Je veux qu'on les retrouve et… Mon enfant, Stephen. Mon… »

Elle se mit à pleurer. « Il savait, Stephen. Il connaissait déjà le sort qui l'attendait avant même sa naissance. Il avait refusé de se retourner dans mon ventre, refusé que la sage-femme le mette au monde. Il ne voulait pas naître, Stephen. Et comment l'en blâmer, alors que le monde ne voulait déjà plus de lui ? Alors que toi-même…

— Ressaisis-toi, Margaret, l'interrompit Stephen. Ça s'est passé il y a des années. C'est de l'histoire ancienne. »

Le souffle court, Mrs Pincent croisa ses bras contre sa poitrine et planta son regard dans celui de son ex-mari.

« Si quelqu'un a pillé la tombe de mon fils, je retrouverai sa trace et je le tuerai. Mon fils a été privé de sa légalité, de sa vie, mais il ne sera pas privé de son héritage. » Elle marqua une pause. « Ce Surplus garçon, pourquoi avait-il ma chevalière sur lui ? Et où est-elle, à présent ? Que lui est-il arrivé ?

— Margaret, tu nages en plein délire ! s'exclama Stephen. Et je n'ai aucune idée de l'endroit où se trouve ta chevalière. Je ne sais même plus à quoi elle ressemble.

— Le garçon a été trouvé avec une chevalière. La mienne. Et son dossier est confidentiel. Je veux savoir pourquoi, Stephen. »

Elle avait maintenant rejoint son fauteuil et se tenait penchée au-dessus son bureau dans une posture menaçante.

« Je refuse d'écouter un mot de plus, déclara Stephen en se relevant. Je ne supporte pas ce genre d'attitude, et encore moins venant de toi. Tu n'es rien, Margaret. Tu n'as pas à me parler sur ce ton. Ce que j'ai fait de notre fils ou de ta chevalière appartient au passé. Et si tu en parles à quiconque, je te ferai interner dans un asile psychiatrique. Maintenant, ouvre cette porte ou je la défonce moi-même.

— Dis-moi où elle est, asséna Mrs Pincent d'une voix sourde.

— Je ne te dirai rien du tout, répondit sèchement Stephen en s'avançant vers elle. La clé ! »

Comme dans un geste de réflexe, Margaret ouvrit le tiroir de son bureau et brandit un objet noir. « Dis-le-moi, Stephen ! hurla-t-elle. Tu vas parler, oui ? »

Stephen ouvrit de grands yeux et l'irritation qui se lisait jusqu'alors sur ses traits céda la place à la peur.

« Qu'est-ce qui te prend, Margaret ? balbutia-t-il, hébété. Que fais-tu avec cette chose à la main ?

— Dis-moi la vérité. » Un timbre glacial résonnait désormais dans sa voix. Dans sa main, le canon pointé vers le visage de Stephen, venait d'apparaître un revolver. Celui qu'elle gardait dans le tiroir de son bureau depuis son arrivée à Grange Hall. Au cas où l'existence lui deviendrait trop insupportable.

« Tu es folle, bredouilla Stephen en se rasseyant lentement sur sa chaise.

— Dis-moi tout ce qui s'est passé, dit-elle. Ou j'appuie sur la détente. »

Seule dans la cave, Anna échafaudait un plan. Peter avait été appelé à l'étage pour aider ses parents à rédiger un message codé à l'attention du Réseau Souterrain, et elle s'était vu confier le Petit – Ben –, pour veiller sur lui jusqu'à ce que l'heure du départ ait sonné.

Elle le tenait serré contre elle en un geste protecteur et lui sourit. Lorsqu'il lui sourit à son tour, elle ressentit une onde d'amour et de bonheur se répandre en elle. C'était la petite chose la plus parfaite au monde, se dit-elle. Comment pouvait-il être un Surplus ? Pourquoi Mère Nature produirait-elle quelque chose d'aussi beau si elle n'en voulait pas ? Cela n'avait aucun sens.

Elle se sentait mieux, maintenant qu'elle avait un plan. Comme si elle avait repris le contrôle. Son projet était de se faire arrêter et ramener à Grange Hall. Si les Rabatteurs la retrouvaient la première, ils arrêteraient leurs poursuite. Peter n'était arrivé à Grange Hall que pendant quelques semaines ; sa disparition ne dérangerait personne. Alors qu'elle était sur le point de devenir un Bon Élément. Si elle y retournait, Peter serait épargné. Et Ben aussi.

Anna préférait mourir plutôt que les laisser emmener son frère. Elle n'avait jamais pensé qu'on pouvait éprouver autre chose que du mépris envers les Petits. À présent, elle voulait que Ben grandisse entouré d'amour et d'affection, et non entre les murs de Grange Hall.

Pendant qu'elle lui caressait tendrement la tête, elle entendit la trappe s'ouvrir. Le visage de Peter apparut dans l'ouverture. Il descendit l'échelle pour la rejoindre, suivi de sa mère.

« Tiens, pour toi, dit-il fièrement en lui tendant une fleur jaune. Ça s'appelle un tournesol », dit-il avant de s'avancer pour lui chuchoter à l'oreille : « À la campagne, il y aura des fleurs partout. Plein de fleurs pour mon papillon. »

Anna prit le tournesol et le contempla avec émerveillement. Il était si coloré, si parfumé... Puis elle inspira un grand coup.

« En fait, dit-elle, je me disais justement que je préférerais ne pas y aller. À la campagne. »

Peter se rembrunit. « Ne sois pas stupide. Tu dois venir.

— Non, ce n'est pas possible », répliqua Anna en suppliant Peter et sa mère du regard. « Vous devez me laisser ici. Vous pourrez fuir plus facilement, ils vous laisseront tranquilles et vous serez en sécurité. Ils n'auront de cesse de me retrouver parce que je suis presque un Bon Élément, et s'ils me rattrapent en premier, ils ne vous trouveront pas et Ben...

— Je n'irai nulle part sans toi, l'interrompit Peter. Arrête de dire n'importe quoi. Si quelqu'un doit se sacrifier, ici, c'est moi. C'est ta famille, pas la mienne.

— Je ne raconte pas n'importe quoi. Et c'est ma faute si les Rabatteurs sont en chemin, pas la tienne. Je suis parfaitement sensée. Je…

— Anna, viens t'asseoir une minute, veux-tu ? » Sa mère, qui les observait sans rien dire depuis un petit moment, s'installa sur le canapé entre eux deux et leur prit chacun une main.

« Laissez-moi vous raconter une histoire, commença-t-elle d'une voix douce. Celle d'un homme et d'une femme qui s'aimaient très fort et rêvaient de fonder une famille. Car, contrairement à ce qu'on t'a appris à Grange Hall, Anna, la Nature n'a pas vocation à préserver les vieilles choses mais à en créer sans cesse de nouvelles. Des vies nouvelles. Des idées nouvelles. Comme ton tournesol. Il mourra, un jour, mais d'autres viendront prendre sa place. C'est dans l'ordre naturel des choses.

« Bref, cet homme et cette femme sont allés voir les Autorités pour leur dire qu'ils souhaitaient s'Affranchir de la Longévité et avoir un enfant. Mais les Autorités leur ont répondu que c'était impossible, parce qu'il fallait s'Affranchir à l'âge de seize ans, sans quoi vous étiez automatiquement considéré comme signataire de la Déclaration. L'homme et la femme ont protesté qu'ils étaient beaucoup trop jeunes pour prendre une telle décision à l'époque, qu'ils ne pouvaient pas deviner qu'ils voudraient s'Affranchir un jour, mais les Autorités leur ont répondu qu'il était trop tard et que c'était la loi.

« Ils étaient très abattus. Puis ils commencèrent à rencontrer d'autres couples dans le même cas d'eux. Ils s'aperçurent alors que beaucoup de gens n'étaient pas si favorables que ça à la Longévité, mais que les labos pharmaceutiques étaient si puissants que personne n'avait le droit de remettre le traitement en question, et que ceux qui osaient le faire étaient jetés en prison. C'est ainsi qu'ils rejoignirent un mouvement appelé “le Réseau Souterrain” et qu'ils décidèrent d'avoir un enfant, malgré l'interdiction ; s'ils renonçaient, cela signifierait que les Autorités auraient gagné, qu'à force de ne plus voir d'enfants nulle part les gens finiraient par oublier leur existence et que, comme tout le monde signait la Déclaration, les enfants disparaîtraient pour toujours.

« Alors ils eurent cet enfant. C'était la plus jolie petite fille qu'on ait jamais vue et elle les rendait fous de bonheur, bien qu'ils sachent que son existence devait rester secrète. Ils l'aimaient plus que tout au monde, mais ils commirent une erreur. Ils firent la connaissance d'une femme qui prétendait vouloir rejoindre le Réseau Souterrain et affirmait qu'elle et son mari souhaitaient avoir un enfant. Ils lui firent confiance et lui parlèrent de leur fille ; une semaine plus tard, les Rabatteurs firent irruption chez eux pour leur arracher leur bébé, et tous deux furent jetés en prison. Ils supplièrent en hurlant qu'on leur rende leur enfant, mais en vain.

« Quelques années plus tard, ils sortirent de prison, changèrent de nom et reprirent contact avec le Réseau Souterrain qui les installa dans une nouvelle maison, ici, à Bloomsbury. Et un jour, ils eurent la chance de rencontrer un orphelin prénommé Peter. Ils l'aimèrent aussitôt et il accepta de venir vivre avec eux. Mais au fond d'eux-mêmes, ils souffraient toujours autant d'être séparés de leur fille. Ils ne l'avaient pas protégée. Et elle en payait désormais le prix, enfermée à Grange Hall.

« Alors Peter, qui était un garçon courageux et formidable, décida de les aider à sauver leur fille. L'homme et la femme refusèrent, trop inquiets pour lui, mais il insista tant et si bien qu'ils finirent par lui révéler qu'elle s'appelait Anna et qu'elle portait un papillon sur le ventre, une tache héritée de la Nature pour prouver au monde qu'elle devait être libre... »

Anna sentit sa mère lui serrer la main.

« Tu vois, ma chérie, reprit-elle, rien de tout cela n'est ta faute. Et si tu retournes à Grange Hall, tous ces efforts n'auront servi à rien. Toi, Peter et Ben êtes ce qui comptez le plus au monde. Vous incarnez l'avenir. Vous représentez tout ce pour quoi tous les membres du Réseau Souterrain se battent : la jeunesse, la fraîcheur, les idées nouvelles. Le renouvellement des générations, et non le maintien de vieillards en vie.

« Les Autorités ne veulent pas que les gens s'Affranchissent, elles ne veulent pas voir naître de nouveaux enfants, car cela risquerait de fragiliser leur pouvoir. Elles veulent que les choses restent telles qu'elles sont. Comme elles ont peur du changement, elles l'interdisent. Vous êtes la révolution, Anna. Toi, Peter, et maintenant Ben. Et vous devez veiller à votre sécurité, car vous avez la responsabilité de vivre, pour notre bien à tous. »

Anna acquiesça d'un air grave et se tourna vers Peter, dont le regard luisait de détermination.

« Tu vois ? dit-il d'une voix étranglée. Tu comprends, maintenant ?

— Je comprends », chuchota Anna avant de se tourner à nouveau vers sa mère. « Tu prends toujours la Longévité ? » voulut-elle savoir.

Sa mère acquiesça.

« Nous avons poursuivi le traitement pour ne pas attirer l'attention. Et pour ne pas tomber malades pendant que tu étais enfermée à Grange Hall. Mais aujourd'hui… tout a changé. Nous n'en avons plus besoin. Pas tant que tu es en sécurité auprès de nous. »

Anna se mordit la lèvre. « Mrs Pincent me disait que mes parents étaient égoïstes, murmura-t-elle, la gorge nouée. Elle disait que je devais vous détester… et je vous détestais. Mais aujourd'hui, je suis fière d'être votre fille. Très, très fière. Et je ne vous décevrai pas. C'est promis. »

Sa mère sourit, et Anna vit des larmes briller dans ses yeux.

« Comment pourrais-tu nous décevoir ? dit-elle. Ni toi ni aucun d'entre vous. Ne vous inquiétez pas, mes chéris. Nous allons partir loin d'ici, et tout va bien se passer. Vous allez voir. »

25

Frank afficha un rictus mauvais tandis que Bill brandissait un couteau au-dessus des doigts de Mrs Parkinson.

« Alors, Christopher, lança-t-il au mari de cette dernière, ça t'embête pas que je t'appelle Christopher, dis ? Christopher, on n'a aucune envie de faire du mal à ta petite femme. On tient pas plus à la voir mutilée que nos propres femmes. On a tous besoin de nos doigts, Christopher, on en est bien conscients. C'est juste qu'on a un boulot à faire, comme tout le monde, et qu'on n'est pas sûrs que tu nous dises tout ce qu'on voudrait savoir. Tâche de te mettre à notre place. Nous, on est là pour traquer des Surplus, des Surplus fugitifs, pardessus le marché, et on sait qu'ils se cachent quelque part chez l'un de tes voisins. Mais toi, tu nous dis que t'es au courant de rien. Alors on a du mal à te croire, Christopher. Tu vois où je veux en venir ? C'est quand même bizarre que t'aies jamais entendu le moindre bruit ni suspecté quoi que ce soit… »

Lentement, Bill abaissa son couteau sur le petit doigt de Mrs Parkinson, et Mr Parkinson poussa un cri.

« Non ! Par pitié, non ! Je crois qu'ils sont au numéro 53. Ou 55. L'un ou l'autre. C'est tout ce que je sais – des rumeurs qui circulent, pas plus. Je vous en supplie, mon Dieu… qu'avez-vous fait ?

— Là, tu vois, c'était pas si difficile ! fit Frank avec un grand sourire pendant que Bill rangeait son couteau dans une petite trousse en cuir. C'était un plaisir de discuter avec toi, Christopher. Te dérange pas, on connaît le chemin ! »

Mr Parkinson se précipita auprès de sa femme pour endiguer le flot de sang qui coulait de sa main. Il les vit à peine sortir de chez lui.

« Je n'ai pas pu le tuer. C'était au-dessus de mes forces. »

Mrs Pincent tâtonna d'une main derrière elle à la recherche de son fauteuil tout en continuant à tenir Stephen en joue, le bras ferme malgré l'émotion violente qu'elle ressentait.

« Tu ne l'as pas tué ? » lâcha-t-elle d'une voix rauque. C'était comme si elle venait de recevoir un coup en plein ventre. Son fils était vivant. Son fils était…

Puis elle eut un hoquet d'horreur en comprenant l'ampleur de cette révélation. Son fils, vivant. Son fils, le Surplus, ce garçon au regard si perçant et haineux. Celui qu'elle avait… Non. Impossible. C'était impossible !

« Je n'ai jamais approuvé ta décision de le tuer, reprit Stephen. Une vie est une vie, Margaret. Quelle que soit la manière dont elle est vécue. Mais je ne supportais pas l'idée qu'il devienne un Surplus. Alors je l'ai laissé devant la porte d'une maison réputée pour abriter des sympathisants du Réseau Souterrain. Et j'ai truqué son enterrement. Margaret, je n'ai pas pu tuer cet enfant… »

Il pleurait, à présent ; son gros corps était secoué de sanglots, et son regard cherchait le sien comme pour implorer… quoi, son pardon ? Sa compassion ? Il n'obtiendrait ni l'un ni l'autre.

« Avec la chevalière ? » Elle ignorait comment elle parvenait à garder son calme. Mais elle le devait, se dit-elle. Pour son fils. Pour toutes les promesses qu'elle n'avait pu tenir.

Stephen la regarda sans rien dire, mais continua à sangloter.

« Lui as-tu laissé la chevalière ? » répéta-t-elle. Elle devait en avoir le cœur net. « Oui ou non ?

— Oui, fit-il d'une voix pathétique. Oui, je la lui ai laissée.

— Et aujourd'hui, où est-elle ?

— Elle a été envoyée à ton père, pour qu'il la garde quand ils ont arrêté le petit.

— Mon père ? Il était au courant ? Vous saviez, tous les deux ? » Le cœur de Margaret battait à tout rompre et son corps tremblait sous le choc, mais son esprit, lui, semblait soudain plus clair. Comme il ne l'avait pas été depuis des années.

« Tu as fait de mon fils un Surplus, dit-elle d'une voix blanche en lançant à son ex-mari un regard plein de haine. Puis tu l'as enlevé et confié à des criminels. Mon propre fils…

— Je ne pouvais pas savoir que…

— Silence ! s'écria-t-elle. Tu ne parles que si je te le demande. Tu ne mérites pas de m'adresser la parole. Tu… »

Elle sentit les larmes monter, mais se ressaisit aussitôt. Stephen était corpulent et rusé. Au moindre signe de faiblesse, il en profiterait, et elle le savait. À l'instant où elle abaisserait le canon de son revolver, tout serait terminé pour elle.

« Tu as anéanti tous mes espoirs, dit-elle. Depuis quinze ans, je ne vis plus. Je ne suis plus qu'un fantôme. Depuis quinze ans, je supplie le sol de s'ouvrir pour m'engloutir, mais même cette prière-là m'est refusée. J'ai connu le malheur par ta faute. Et aujourd'hui, j'apprends que mon fils est vivant. Qu'il est un Surplus. Un Surplus transféré à Grange Hall, et que j'étais à deux doigts de faire éliminer moi-même. Stephen, j'ai failli tuer mon propre enfant… »

Elle sentit son estomac se serrer. Mais elle devait à tout prix rester vaillante. Elle savait qu'il n'existait qu'une seule manière de venger Peter.

« Que prévoit la Déclaration, déjà ? » demanda-t-elle en clignant des paupières pour s'empêcher de pleurer, chasser ces larmes qu'elle refoulait depuis quinze ans et qui menaçaient de déferler.

Stephen secoua la tête, comme tétanisé.

« La Déclaration ? Je, hum… tu sais…

— Une vie pour une autre. C'est bien ça ? »

— L'Affranchissement, tu veux dire ? Oui, je… c'est le terme officiel.

— Je ne parle pas de l'Affranchissement, asséna Margaret. Une vie pour une autre. Un Surplus n'est plus considéré comme tel si l'un de ses parents meurt. C'est bien ça ? »

Il acquiesça et blêmit en voyant Margaret retourner l'arme contre elle.

« Tu ne comptes pas te suicider ? dit-il avec stupeur. Margaret, non. Pas ici. Attends… »

Mais il devint encore plus livide en la voyant pointer de nouveau son revolver vers lui.

« Cela n'arrive jamais, bien sûr, reprit-elle. Une vie pour une autre, je veux dire. Qui voudrait mettre un enfant au monde avant de l'abandonner ? Mais notre fils n'a besoin de personne, n'est-ce pas ? Il a déjà prouvé qu'il pouvait se débrouiller tout seul, tu ne trouves pas ?

— Margaret, repose cette arme, je t'en prie », supplia Stephen. Il n'avait jamais été aussi terrifié de toute sa vie. Cette femme était folle. Dieu savait de quoi elle était capable.

« Je me tuerais sans hésiter pour sauver mon fils, poursuivit-elle. En un instant. Mon cœur est déjà mort depuis des années, ce serait un soulagement d'en finir. Mais dans ce cas, comment m'assurer qu'il sera en sécurité ? Le problème, c'est que je ne peux pas te faire confiance, Stephen. Qui me dit que tu n'enterreras pas son dossier pour te couvrir ? Qui me dit que tu ne trahiras pas notre fils une seconde fois ? »

Elle contourna son bureau à pas lents.

« Margaret, non, tu ne peux pas faire ça. Tu iras en prison. Tu ne peux pas… Margaret, je t'en prie. Je t'en supplie, non…

— Ta mort pourra offrir à cet enfant tout ce que tu n'as pas su lui apporter de ton vivant, souffla-t-elle. Et la prison ne me fait pas peur. J'y suis déjà. »

À ces mots, elle appuya sur la détente et vit son ex-mari s'effondrer dans une mare de sang… à l'endroit précis où, quelques heures auparavant, s'était tenue Surplus Sheila, songea-t-elle.

Mrs Pincent se retourna et décrocha son téléphone.

« Allô, Père ? déclara-t-elle d'un ton parfaitement calme. J'ai quelque chose de très important à t'annoncer. Je tiens à ce que tu m'écoutes attentivement. »

26

« Une petite lichette ? » proposa Frank en tendant sa flasque à Bill, qui refusa d'un signe de tête. Le Rabatteur haussa les épaules et but lui-même le reste d'un trait.

Il regarda sa montre. Dix-huit heures trente.

« Prêt ? »

Bill acquiesça. Ils prirent chacun une grande inspiration et, avec une imparable efficacité, défoncèrent la porte d'entrée.

Alarmée, Kate Covey se tourna vers son mari, Alan, en entendant l'énorme craquement de la porte.

Elle n'osa pas prononcer un mot ni exprimer sa terreur alors qu'ils étaient seuls dans cette pièce. Comment étaient-ils arrivés jusqu'ici aussi vite ? se demanda-t-elle, au désespoir. Dire qu'ils s'apprêtaient justement à partir. Dire qu'ils attendaient seulement la tombée de la nuit.

« Eh bien, messieurs ? » Alan s'était rué dans le vestibule pour aller à leur rencontre – sans doute pour lui laisser le temps de se préparer, se dit-elle. « Vous ne frappez plus avant d'entrer chez les gens, maintenant ? »

Il s'exprimait d'un ton agacé, mais Kate savait qu'il masquait sa peur. Les Rabatteurs pouvaient débarquer à l'improviste chez n'importe qui ; il n'y avait aucune raison de se trahir en montrant leur inquiétude.

Mais Kate était plus qu'inquiète. C'était peut-être la fin, et elle le savait. Alan et elle pourraient toujours retourner en prison, mais… les enfants ? Elle leur avait promis qu'ils seraient à l'abri. Elle ne pouvait pas briser sa promesse une seconde fois. Non, c'était hors de question.

Elle se mit à réfléchir à toute allure. Alan serait-il capable de retenir les Rabatteurs pendant qu'elle ferait sortir les enfants ? C'était peine perdue – l'un d'eux se dirigeait déjà vers la cuisine. Si elle jetait ne serait-ce qu'un regard furtif sous la table, ils découvriraient la trappe. On lui arracherait ses enfants, et cette pensée lui était insupportable.

« Mrs Bunting, je présume ? » lui demanda le Rabatteur.

Elle fit oui de la tête.

« C'est donc bien Bunting au lieu de Covey, n'est-ce pas ? »

Kate blêmit et leva les yeux vers Alan, que le second Rabatteur venait d'escorter de force jusque dans la cuisine.

« C'est juste qu'on a été prévenus par nos chefs que vous aviez peut-être changé de nom, poursuivit le Rabatteur. Vrai nom, Covey, qu'ils nous ont dit. Bien sûr, nos chefs, il leur arrive de se tromper. Ils croient tout savoir sous prétexte qu'ils ont de beaux ordinateurs et de jolis bureaux. Alors que Bill et moi, on est en uniforme, mais il se trouve que la plupart du temps on s'active beaucoup plus qu'eux. Marrant, non ?

Alors il faut vous appeler comment : Bunting ou Covey ? Moi, les deux me vont. »

Kate croisa le regard d'Alan. Elle y lut le signal, le message désespéré. Au moment où il passa devant elle, leurs doigts se frôlèrent et il lui glissa une petite chose rose et minuscule, une petite chose à faire fondre sous sa langue, synonyme à la fois de fin et de recommencement. En un éclair, elle comprit et approuva d'un hochement de tête imperceptible. Mais Alan l'avait vu. Elle sut qu'il l'avait vu.

« Bunting, répondit Alan calmement. C'est notre nom. Bunting.

— Eh ben voilà ! s'exclama le Rabatteur, un petit sourire aux lèvres. Alors, Mr Bunting, laissez-moi vous expliquer comment ça va se passer, d'accord ? Ce qui va se passer, c'est que vous allez nous dire où se trouvent les Surplus, qu'on va aller les chercher, et hop, terminé. Sauf que pour vous, ce sera la prison, bien sûr. Vous n'allez pas vous en tirer comme ça, hélas ! C'est pas bien joli de cacher des Surplus. Mais vous le saviez déjà, non ? C'est pas la première fois, je me trompe ? »

Kate pouvait à peine respirer. Elle osait à peine penser aux enfants, cachés en bas, dans la cave.

« Bref, voilà le topo, poursuivit le Rabatteur sur le même ton guilleret et vulgaire. Maintenant, si vous tenez vraiment à compliquer les choses, mon collègue Bill ici présent a apporté sa mallette magique pleine d'accessoires qu'il adore sortir pour jouer avec. Et si vous ne nous dites pas tout de suite où sont planqués les Surplus, si ça vous est sorti de la tête, par exemple, il se fera une joie de commencer par votre femme et de la découper petit bout par petit bout jusqu'à ce que ça vous revienne. »

À ces mots, le second Rabatteur ouvrit sa mallette de cuir noir et produisit un couteau.

Juste en dessous, Anna et Peter se regardaient sans rien dire. Ils avaient entendu la porte d'entrée craquer et Anna avait miraculeusement réussi à empêcher Ben de pleurer. À présent, ils se tenaient cachés dans un coin, trop terrifiés pour oser bouger d'un centimètre.

Toute idée d'évasion était désormais exclue. Sortir de cette cave impliquerait de passer par l'ouverture débouchant sur la rue, où ils seraient aussitôt vus et entendus. Leur seule option était de rester ici, tapis dans un silence de mort en attendant de se faire arrêter d'un instant à l'autre.

Anna serra Ben contre elle et le berça tout doucement. « Tu n'es pas un Surplus, lui murmura-t-elle en lui caressant la tête avant de déposer un baiser sur son front. Tu n'en seras jamais un. Jamais. »

Avec mille précautions, ils regagnèrent le canapé où ils étaient assis il y avait encore un instant avant de bondir sur leurs pieds en entendant la porte voler en éclats.

« Tu as peur ? » lui demanda Peter tout bas. Anna secoua la tête, trop effrayée pour parler.

« Nous nous évaderons à nouveau, s'ils nous prennent », chuchota-t-il en serrant sa main si fort qu'elle faillit lâcher un petit cri de douleur.

« Bien sûr que oui, souffla-t-elle en s'efforçant d'esquisser un sourire confiant. Nous fuirons avec Ben et nous retrouverons nos parents, et nous partirons tous ensemble pour la campagne. Et après ça, on ira dans le désert, à la chaleur du soleil, et on aura une belle maison immense avec un grand jardin.

— De sable ? fit Peter, souriant malgré la peur qui se lisait dans son regard.

— Oui, de sable, murmura Anna avec assurance. Et il n'y aura plus de Surplus. Nous serons seulement des gens comme les autres, et nous serons très heureux.

— Et il y aura des fleurs, renchérit Peter. Plein de fleurs partout, et aussi des livres. Et pas de Rabatteurs.

— Ça non, pas de Rabatteurs », murmura Anna.

Elle baissa les yeux vers Ben et éprouva un soulagement immense en songeant qu'il était totalement inconscient du drame qui se déroulait au-dessus de leurs têtes.

Pourvu qu'il ne le sache jamais, pria-t-elle en silence. Pourvu qu'il n'ait jamais à le savoir.

Comme elle le contemplait, il ouvrit les yeux et son parfait visage angélique s'illumina d'un petit sourire sans dents.

Alors, sans crier gare, il éclata en sanglots. Non pas des pleurs timides et hésitants, mais un vagissement sonore, la bouche grande ouverte, ses traits adorables tordus en une bouillie de détresse cramoisie.

Anna et Peter échangèrent un regard alarmé. C'en était fini. Ils allaient être découverts. Ils n'allaient pas être sauvés.

Désespérément, Anna tenta de calmer son frère, de le cajoler, de lui tendre son index pour qu'il le morde. Mais Ben recracha son doigt avec dégoût et continua à hurler. Peter passa son bras autour d'Anna. Tout sembla se dérouler au ralenti. Elle entendit d'abord qu'on tirait la table de la cuisine, puis qu'on ouvrait la trappe. Un Rabatteur passa sa tête à travers l'ouverture et ses parents descendirent les barreaux de l'échelle sous la menace d'un couteau.

L'un des Rabatteurs tendit les bras pour attraper Ben. Anna s'écria « Non ! » et l'homme brandit son couteau en lui expliquant qu'il avait le choix entre la méthode douce et la méthode dure. Anna rétorqua qu'il n'aurait ni l'une ni l'autre, qu'il n'emmènerait jamais Ben loin de chez lui. Mais soudain, son père s'écria « Maintenant ! » et Anna resta interdite parce qu'elle ne comprenait pas de quoi il parlait. Elle vit ses parents avaler quelque chose d'un geste vif. Sa mère rayonnait, riait, presque, comme si elle venait d'accomplir un acte qu'elle avait rêvé de faire toute sa vie.

Se tournant vers le Rabatteur au couteau, elle déclara : « Vous ne pouvez plus rien contre eux, à présent. » L'homme fronça les sourcils, et elle se mit à tituber avant de s'écrouler à terre, bientôt imitée par le père d'Anna. Mais ils souriaient, et leurs mains se rejoignirent.

« Anna, lui dit son père, tu es libre. Toi et Ben, vous êtes libres ! Une vie pour une autre. C'est dans la Déclaration. Voilà si longtemps que nous attendions cet instant. Que nous l'espérions. Pour vous redonner la vie. Une vraie vie. Un vrai avenir. Pardonne-nous, Anna. Pardon… »

Il se tourna vers sa femme, et Anna vit qu'il pressait sa main de toutes ses forces. Les yeux remplis de larmes, Kate regarda son mari en lui disant sans bruit « Je t'aime ». Puis elle se tourna vers Anna, un sourire triste au coin des lèvres, et murmura : « Mon Anna. Ma toute petite Anna… »

La jeune fille regarda ses parents et comprit que la vie les quittait. Chaque souffle les rapprochait un peu plus de la fin. Les Rabatteurs eux, semblaient furieux et hagards. Anna vit alors son père jeter un regard impuissant à Peter. En un éclair, elle comprit. Une vie pour une autre, cela signifiait que Ben et elle étaient libres. Mais pas Peter. Son Peter qui l'avait sauvée, son Peter qui l'avait aidée à s'évader de prison.

Anna eut soudain l'impression que sa propre vie la quittait, en même temps que celle de ses parents.

Sa mère regardait Peter avec insistance, elle aussi, et Anna la vit articuler les mots « *Va-t'en* ». Mais Peter secouait obstinément la tête. Anna eut envie de hurler, de se jeter devant lui tel un bouclier, un rempart, pour le protéger et l'empêcher de partir. Mais à la place, elle serra Ben entre ses bras et contempla ces deux êtres qui l'aimaient tant qu'ils s'étaient sacrifiés pour elle, ces parents qu'on lui avait appris à haïr encore plus qu'elle-même. Pétrifiée, elle regarda leur vie s'éteindre peu à peu, comme la lumière du jour qui décline, jusqu'à ce qu'il n'y ait plus d'autre bruit dans la pièce que les sanglots de son frère.

Frank, qui avait suivi toute la scène, leva les yeux au ciel. Puis il se tourna vers Peter.

« Il n'y a plus que toi pour nous accompagner, on dirait, soupira-t-il. Tu ferais mieux de dire au revoir à ta copine. »

Anna s'interposa.

« Non, ne l'emmenez pas, dit-elle. Prenez-moi à la place. Je suis plus Utile. »

Peter l'écarta avec colère. « C'est moi qu'ils veulent, rétorqua-t-il sèchement.

— Mais ils vont te tuer », insista Anna. Les yeux de Peter étaient brillants de larmes. « Je ne les laisserai pas faire. J'ai besoin de toi vivant, Peter. J'ai besoin de toi ! »

L'un des Rabatteurs se mit à ricaner. « Comme c'est mignon, hein, Bill ? Hélas, on n'est pas dans un show de téléréalité. On choisit pas le candidat à éliminer. Alors, Peter… c'est bien ça ? Je crois qu'on t'appellera juste Surplus, si ça te dérange pas trop. Et si ça te dérange, on t'appellera Surplus quand même. Allez, ouste, remonte derrière Bill. »

Mais avant que ce dernier ait eu le temps d'empoigner l'échelle, un autre visage surgit à travers la trappe. Un parfait inconnu, vêtu d'un élégant costume à fines rayures.

L'homme descendit dans la cave et ouvrit des yeux ronds en apercevant les deux corps gisant à terre.

« Peter ? » demanda-t-il.

L'adolescent hocha la tête, méfiant.

« Peter, je suis ton grand-père. » Il se tourna vers les Rabatteurs et leur tendit un certificat.

« Je l'emmène avec moi », déclara-t-il tout en observant Peter des pieds à la tête comme s'il cherchait un indice. « Peter, ton père est mort, aujourd'hui. Cela signifie que tu es désormais un Légal. Je m'appelle Richard Pincent. Je suis… ta famille, Peter, et j'aimerais t'emmener vivre avec moi. »

Sous le regard stupéfait d'Anna, Peter dévisagea d'abord l'inconnu, puis les Rabatteurs qui lisaient le document d'un œil furibond.

« Vous mentez, dit-il. J'ai été adopté. Je n'ai pas de grand-père.

— J'ai pourtant quelque chose qui t'appartient », répondit l'homme. Il ouvrit la main, révélant la chevalière en or posée au creux de sa paume. Les yeux de Peter se mirent à briller.

Anna examina la chevalière pour voir s'il y avait une fleur gravée sur le chaton. Elle priait pour que ce soit celle de Peter, tout en redoutant de le voir partir avec cet homme.

Tu ne peux pas t'en aller, avait-elle envie de s'écrier. Ta place est ici, avec moi. Mais elle ne prononça pas un mot. Elle n'avait plus la force de se battre. Et elle était trop terrifiée à l'idée qu'il veuille partir de son plein gré.

Peter lui adressa un regard qui la transperça au plus profond d'elle-même. Il avait peur, réalisa-t-elle, sous le choc. Ses yeux trahissaient son angoisse et son impuissance. Et l'homme restait planté là, main tendue, à l'attendre. Anna serra Ben fort contre elle, accrochée au regard de Peter. Elle regrettait de ne savoir ni quoi dire, ni quoi faire.

Alors l'adolescent se tourna vers l'homme au costume rayé, qui lui adressa un grand sourire avant de l'entraîner vers l'échelle. Peter jeta un dernier coup d'œil à Anna, aux corps de ses parents et à cette cave qu'il avait habitée pendant si longtemps. Puis il pivota sur ses talons et, sans un mot, remonta l'échelle derrière l'homme.

27

21 avril 2140

Mon nom est Anna. Anna Covey.

Je suis une Légale. Cela signifie que j'ai le droit d'être ici.

Le certificat est là, juste sous mes yeux. Je ne suis plus un fardeau pour Mère Nature.

J'ai aussi droit à la Longévité, si je le souhaite. Le représentant des Autorités, qui passe nous voir chaque semaine pour voir comment se déroule notre Assimilation, dit que je devrais absolument suivre le traitement. Qu'autrement je tomberai malade et que je subirai la vieillesse et la mort.

Mais je ne veux pas. Je n'ai pas peur de mourir. Je n'ai plus peur de rien.

Nous vivons désormais à Bloomsbury, dans une belle maison – celle où ont vécu mes parents. Elle est constamment baignée par la lumière du soleil, qui entre à flots par les fenêtres de devant le matin et par celles de derrière le soir, puisque c'est le printemps, en ce moment, bien qu'il fasse encore froid. Les murs ont été repeints avec des couleurs vives et chaleureuses, que j'ai choisies moi-même en souvenir de la maison de Mrs Sharpe. Il y a du rouge, de l'orange, du jaune, et nous avons aussi une moquette épaisse et de gros canapés moelleux garnis de coussins.

Il y a également une photo de mes parents, au-dessus de la cheminée, pour qu'on ne les oublie pas. Parce qu'ils nous ont sauvés. Parce qu'ils sont morts pour nous.

Avant, je croyais que mes parents étaient égoïstes et qu'ils ne m'aimaient pas. Mais ils nous aimaient de tout leur cœur, au contraire, mon petit frère et moi. Ils nous aimaient tant qu'ils se sont sacrifiés pour nous rendre Légaux. Ils nous ont laissé une lettre pour tout nous expliquer. Ils disaient qu'ils avaient planifié tout cela depuis longtemps, qu'ils auraient aimé pouvoir passer un peu plus de temps avec nous, mais qu'on ne peut jamais prédire l'avenir et qu'au moins, ils mourraient avec la certitude que nous étions hors de danger. Ils nous demandaient également de rechercher Peter et de tout faire pour le sauver. Parce qu'ils auraient aimé pouvoir le sauver, lui aussi. Ils nous expliquaient qu'ils avaient toujours considéré cette petite pilule rose comme le dernier recours possible, lorsqu'ils seraient sûrs de ne plus avoir d'autre choix, sûrs que tout espoir serait perdu.

Si seulement ils avaient été au courant pour le grand-père de Peter… Je crois que ça les aurait rendus beaucoup plus heureux…

« Anna ? Où es-tu ? »

Levant la tête, Anna vit Peter traverser le salon à sa rencontre et lui sourit.

« Alors, cette journée de boulot ? »

Il grimaça. Il travaillait à présent dans un laboratoire londonien, détail qu'Anna jugeait assez cocasse, étant donné son manque d'enthousiasme en cours de Science & Nature. Mais la société qui l'employait était la firme rivale directe de son grand-père, et cela l'avait convaincu d'accepter ce poste, bien que l'idée lui ait été suggérée au départ par le représentant des Autorités. La haine de Peter envers son grand-père était encore plus forte que sa haine des Autorités. Et presque aussi forte que celle qu'il éprouvait envers Mrs Pincent. Après avoir enfin récupéré sa chevalière en or, il avait refusé tout contact avec eux.

« Correcte. » Il se baissa pour soulever Ben, puis se tourna vers Anna en fronçant les sourcils.

« Qu'est-ce que c'est que ça ? »

Son regard s'était posé sur le carnet en daim rose et duveteux qu'Anna tenait à la main. Elle s'empourpra. Elle avait toujours l'impression de commettre un acte illicite en couchant ses pensées par écrit, au risque que quelqu'un les lise.

« J'ai récupéré mon journal, expliqua-t-elle, gênée. Ils me l'ont renvoyé. Et il y a une lettre pour toi, aussi. De la part de Mrs Pincent, en prison. Enfin, de la part de ta mère, je veux dire… »

Elle prit une feuille de papier couleur crème et la tendit à Peter, qui la repoussa avec une moue de dégoût.

« Ça ne m'intéresse pas. Tu continues à écrire là-dedans ? lui demanda-t-il.

— Je parlais seulement de notre maison, répliqua-t-elle, sur la défensive. De Ben, et de notre vie à l'extérieur. »

Peter secoua la tête. « Anna, tu dois *vivre* ta vie à l'extérieur, pas la raconter dans ton journal. Viens, j'ai envie de faire un tour avec Ben et toi. »

Anna hésita. Elle adorait sortir, passer des heures dans leur petit jardin à s'émerveiller de la couleur de l'herbe et des fleurs, de la beauté majestueuse de la nature et de la chance qu'elle avait de pouvoir admirer le ciel. Elle avait l'impression de le respirer tout entier. Elle adorait aussi montrer des choses à Ben, comme les oiseaux ou les nuages, par exemple, heureuse de savoir qu'il n'en serait jamais privé. Mais ce jardin était surtout un abri, pour elle ; les murs et les palissades la protégeaient. Elle avait beau avoir quitté Grange Hall pour toujours, elle avait encore besoin de protections autour d'elle pour se sentir à l'abri – même celles qu'elle s'imposait elle-même.

« Les gens nous dévisagent toujours dans la rue, dit-elle tout bas.

— Ignore-les, répliqua Peter en haussant les épaules. Moi, ça m'amuse. J'espère même qu'on leur fait peur. Ouh, les vilains jeunes, les adolescents ! »

Il eut un grimace effrayante, et Anna ne put s'empêcher d'éclater de rire.

« Tu n'as peur de personne, hein ? fit-elle, admirative. Ça ne te fait rien de savoir que les gens se retournent sur notre passage ? Qu'ils ne nous aiment pas ? »

Peter haussa les sourcils. « C'est réciproque, figure-toi. Je n'ai pas de temps à perdre avec des gens qui s'arrogent le droit de vivre éternellement. Et puis, il y a des gens qui nous aiment. Les membres du Réseau, par exemple. »

Anna acquiesça timidement. Peter avait déjà rejoint le Réseau Souterrain. En dépit du danger, il passait l'essentiel de son temps libre à organiser des opérations secrètes et à assister à des meetings clandestins organisés dans des lieux aléatoires à travers tout Londres et annoncés seulement une demi-heure à l'avance. Peter se délectait à l'idée d'une révolution ; chaque fois qu'ils étaient seuls, il lui parlait avec exaltation du grand combat à venir, mais ses discours mettaient toujours Anna mal à l'aise. Les gens mouraient dans les combats, et elle n'avait plus envie de perdre qui que ce soit. Surtout pas lui.

« Allez, viens », lui lança-t-il avec impatience, les yeux brillants d'excitation. « Allons faire peur aux vieillards ! »

Il l'encouragea d'un sourire. Anna, qui ne pouvait jamais lui résister, reposa son journal en lui souriant à son tour.

« Va chercher le manteau de Ben », lui dit-elle comme il se penchait vers elle pour l'embrasser. Après quoi elle entreprit d'enfiler ses chaussures.

Mais dès que Peter eut quitté la pièce, elle reprit son carnet. Peut-être était-il temps de cesser d'écrire, songea-t-elle en feuilletant les pages. Renoncer à l'écriture pour commencer enfin à vivre. Mais pas avant d'avoir mis un point final à son journal. La nouvelle histoire de Peter et Anna ne faisait que commencer, mais cela ne voulait pas dire que son journal ne méritait pas une conclusion digne de ce nom.

Pensive, elle saisit son stylo, ouvrit son carnet à une page blanche et se remit à écrire.

La vie à l'extérieur est très différente de celle à Grange Hall. Différente en mieux. Différente en merveilleux.

Il n'y a pas de règles, pas d'instructeurs. Il n'y a ni châtiments corporels ni punitions ; j'apprends à faire la cuisine avec des provisions du Maxi-Marché et à faire pousser des légumes dans notre jardin potager.

Nous avons un ordinateur chez nous. Grâce à lui, nous pouvons nous informer et communiquer avec les autres. Peter m'apprend à m'en servir. D'après lui, je serai d'une aide précieuse aux membres du Réseau Souterrain grâce à ma connaissance des Foyers de Surplus. Il dit que chacun de nous est utile et indispensable aux yeux du Réseau parce que nous sommes jeunes, et que la jeunesse représente l'avenir.

Cependant, se montrer utile ici n'a rien à voir avec être un Bon Élément. Je n'appartiens plus à personne, m'ont-ils expliqué. Je peux décider ce que je veux faire de ma vie. Moi, nous tous.

Je ne sais pas encore ce que je compte faire. Peter veut se battre pour le Réseau Souterrain – il parle sans arrêt de guerres et de révolutions, et il affirme qu'ils finiront par supprimer la Longévité et qu'il n'y aura plus jamais de Surplus.

Moi, je me fais surtout du souci pour ceux qui sont encore des Surplus aujourd'hui. Je pense à Sheila, à Tania, à Charlotte – et même à Charlie. Ils sont toujours à Grange Hall, dans cette prison grise et froide, à travailler comme des esclaves pour effacer la Faute de leurs parents et apprendre à devenir Utiles, au seul prétexte que les Légaux étaient là avant eux.

J'ignore le sort qui les attend. Chaque fois que j'en parle à Peter, il m'explique qu'il faut voir les choses « dans leur ensemble », et non juste leurs effets.

Je ne sais pas trop. Mais ce que je sais, c'est que le monde est le plus bel endroit où vivre et que nous avons beaucoup de chance d'être ici. Je sais que nous devons profiter de chaque instant parce que nous ne serons pas là éternellement, et ça me va comme ça, d'ailleurs, car c'est en prenant conscience que les choses sont éphémères qu'on les apprécie à leur juste valeur et qu'on a envie d'en savourer chaque minute.

Et je sais aussi que je ne signerai pas la Déclaration, même si cela me rend différente, voire suspecte aux yeux des autres. Personne n'a besoin de vivre pour toujours. Je pense qu'on ne devrait jamais imposer sa présence.

Je sais que je ne suis plus « Surplus Anna », désormais.

Je suis Anna Covey : Affranchie.

Le Livre de Poche s'engage pour l'environnement en réduisant l'empreinte carbone de ses livres. Celle de cet exemplaire est de :
g éq. CO_2
Rendez-vous sur www.livredepoche-durable.fr

PAPIER À BASE DE FIBRES CERTIFIÉES

« Pour l'éditeur, le principe est d'utiliser des papiers composés de fibres naturelles, renouvelables, recyclables et fabriquées à partir de bois issus de forêts qui adoptent un système d'aménagement durable. En outre, l'éditeur attend de ses fournisseurs de papier qu'ils s'inscrivent dans une démarche de certification environnementale reconnue. »

Édité par la Librairie Générale Française – LPJ
(58, rue Jean-Bleuzen, 92170 Vanves)

Composition : Nord Compo
Achevé d'imprimer en Espagne par Liberdúplex
Dépôt légal 1re publication : octobre 2022
63.1020.9 – ISBN : 978-2-01-720236-3
Loi n° 49-956 du 16 juillet 1949 sur les publications destinées à la jeunesse
Dépôt légal : septembre 2022